JN176173

証言記録 市民たちの戦争

❷ 本土に及ぶ戦禍

NHK「戦争証言」プロジェクト［編］
吉田裕・一ノ瀬俊也・佐々木啓［監修］

大月書店

証言記録　市民たちの戦争②　目次

III

はじめに

太田宏一

戦争体験者の高齢化が進むなか、戦争の記憶が日本人から完全に消えてしまう日が、遠くない将来に訪れる。そうした危機感を抱いて、私たちが「戦争証言プロジェクト」を立ち上げたのは、二〇〇七年のことでした。同年夏、元日本軍将兵の証言から戦場の実態を描く「証言記録　兵士たちの戦争」の放送を開始。二〇〇九年からは、いわゆる銃後の人々の体験を取り上げた「証言記録　市民たちの戦争」をスタートしました。両番組は、二〇一二年の放送終了までに合わせて六九本制作され、その取材を通して集められた証言は未放送部分も含めて「ＮＨＫ戦争証言アーカイブス」でネット公開されています(www.nhk.or.jp/shogenarchives/)。本書は、これらのうち「証言記録　市民たちの戦争」の制作のため収集した証言を書籍化したものです。

厚生労働省によれば、日中戦争と太平洋戦争での日本人戦没者は三一〇万人。その内、終戦前後の混乱などで命を落とした外地一般邦人が三〇万人、空襲などによる国内犠牲者が五〇万人に上るとされています。日本人が昭和という時代に体験した戦争は、武器を手に戦った将兵だけでなく、前線ではない国内外の地域で生活を営んでいた人々にも多大な犠牲をもたらしました。空襲は、東京や大阪などの大都市だけでなく、中小の地方都市を含む二〇〇以上の街が対象にされました。サイパンやテニアンなどのマリアナ諸島、沖縄、旧満洲などでは、一般市民が連合軍の攻撃に直接さらされました。また、日本人が初めて体験する総力戦の下、日々の生活も大変過酷なものでした。多くの人々が、稼業や学業を離れ、鉱山や軍需工場などで労働することが求められました。子どもたちは親から引き離され疎開生活を余儀なくされました。「証言記録　市民たちの戦争」は、主に、こうした銃後を生きた人々の体験を記録したものです。

戦後七〇年を迎えた今年、戦争体験者の証言を記録する私たちの仕事は、八年目に入りました。兵士と市民の証言記録シリーズの放送が終わった後も、私たちは毎年夏期に編成される戦争関連番組を制作し、戦争体験者の証言の収集を続けてきました。こうした取り組みの過程で、私たちが常に感じてきたことがあります。

ひとつは、日を追うごとに証言をしていただける方の数が少なくなっているという切迫した実感です。当初、「証言記録　兵士たちの戦争」は、おおよそ三〇〇〇人前後で編成された〝連隊〟という部隊単位で番組を制作していました。〝連隊〟は拠点を置いていた地域を中心に徴兵を行ったため、証言者の住まいが周辺にまとまっていたからです。番組を開始したばかりのころは、全滅に近い部隊を除けば、各連隊とも一〇人を超える方に証言していただけました。しかし、次第に証言者を探すことが難しくなり、シリーズ終盤では、より上位の部隊の〝師団〟単位で制作するようになりました。師団は、三個～四個歩兵連隊と砲兵・騎兵・工兵・輜重(しちょう)兵などの連隊で編成され、一万人以上の兵士が所属していました。状況は「証言記録　市民たちの戦争」の場合でも同様でした。戦時経済で稼業が行き詰まるなか、外地に活路を求めるか否か。相次ぐ空襲を避けるため、家族や子どもを疎開させるか否か。

こうした判断や選択を迫られたのは、一家を支えていた父親や母親だった世代の人です。番組のスタート当初は、かろうじてこうした方々の証言を聞くことができましたが、年を追うごとに、彼らの子どもの世代の方からしか聞くことができなくなっていきました。

こうした限界を抱えながらも、取材を続けるなかで私たちが何より強く感じてきたのは、「今語らなければ」という証言者の方々の強い意志でした。戦争体験者の多くにとって、当時の記憶は、思い出したくない過去、忘れ去りたい体験です。それは、酸鼻を極める最前線の戦場を体験した元兵士の方々だけではなく、銃後を守った人々も同じだと思います。空襲でわが子を失った人、軍需工場の事故で手足を失った人、「集団自決」で家族を失った人もいます。当時の国策を受け入れ、時に熱狂的に支持した過去の自分に、強い葛藤を抱えている方もいらっしゃいました。それでもカメラの前に立つ決断をしてくださった方々に感じたのは、思い出しただけでも痛みを伴いそうな記憶をあえて語ろうとする覚悟と、次世代に伝えることへの使命感でした。

「証言記録　市民たちの戦争」で証言をしていただいた人の中に、二瓶寅吉さんという方がいます（「楽園の島は地獄になった」、第三巻収録）。二瓶さんの一家は、戦前、日本の統治下にあったテニアン島に、さとうきび農家として渡った移民です。一九四四（昭和一九）年、二瓶さんの一家は、上陸して来た米軍に追い詰められ集団自決を図りました。この体験を証言することに対し、二瓶さんが体調を崩していたこともあり、当初は周囲の方から反対されたそうです。ディレクター自身も取材すべきか否か思い悩むなか、二瓶さん自身が身内を説得され、ぜひ証言を残したいと申し出てくださいました。「子どもがいないので語り継げなかった。テレビを通じて次代へ残したい」とディレクターに伝えた二瓶さん。病を押して語ってくださった体験は、悲痛きわまりないものでした。米軍が迫るなか、どうせ死ぬなら息子の手でと親に懇願され、二瓶さんは両親と妹に銃を向けざるをえない状態に追い込まれます。そして家族が息絶えた後、自ら命を絶とうとしますが、米兵に取り押さえられ生き延びます。このときの撮影テープの最後に、取材していた若いディレクターに向けて語りかける二瓶さんの言葉が残されていました。「戦争というものの残酷さは、身に染みて知っているけど、そんなことは俺一人でいいわ。誰もそんな苦労する必要ないよ。あんたもそうだよ。そんな苦労することはないんだ」。二瓶さんは、この言葉を残した三カ月後、八四歳で他界されました。

人生の最終盤に覚悟を持って語られた重い言葉。その遺言とも言える言葉から、何を受け取り、どう未来に生かすべきなのか、私たち一人ひとりが問われているのだと思います。

今年四月、総務省は、日本の総人口に占める戦後生まれの割合が初めて八割を超え、戦時中すでに生を受けていた人は二割を切ったことを発表しました。終戦前に物心が付き、戦争を実体験として記憶している人は、さらにわずかです。戦争証言は、私たちが過去を学ぶための貴重な財産です。本書を通して多くの方々が、生身の人間が体験した戦争の実態に触れ、何かを考えるきっかけを得ていただければと願ってやみません。また、NHKでは、本書で紹介した証言を動画で見ることができる「戦争証言アーカイブス」を公開しています。現在でも新しい証言の追加は続いており、今年一月には、証言者数が一〇〇〇人を超えました。本書と同時に活用していただければ幸いです。

なお、本書に掲載された証言は、証言者が体験してから長い年月を経て語られたものです。そのため、記憶違いや事実誤認、あいまいな点、現在では適切ではないとされる表現が含まれている可能性があります。以上の点をご了解いただいた上で、お読みいただけますようお願いいたします。

本書は、以下の方たちの大きな協力をいただきました。番組の企画・制作の時点から戦史に関するさまざまなアドバイスをいただくとともに、本書の解説の執筆を快く引き受けてくださった一橋大学・吉田裕教授と埼玉大学・一ノ瀬俊也准教授。戦時動員だけでなく連合軍捕虜の問題など、複雑な要素がからむ第一巻に対して明晰な解説を書いてくださった茨城大学・佐々木啓准教授。書籍化にあたってのさまざまなリサーチや調整に尽力いただいた大月書店編集部のみなさん。そして何より、私たちに戦争の記憶を語り残してくれた証言者の方々に、心よりお礼を申し上げます。

二〇一五年五月

（ＮＨＫ大型企画開発センター　チーフ・プロデューサー）

解説

一ノ瀬俊也

本巻は、疎開や空襲、勤労動員といった、銃後民衆の戦争経験に関する諸証言を収めたものである。各証言について解説を行う前に、戦後日本で民衆の「証言」がどのように記録化され、戦争について考える手がかりとされてきたのかについてふり返り、読者の参考に供したい。

銃後の戦争体験の語られ方

吉田裕は、銃後民衆の戦争体験の記録化が一九七〇年代に始まったと指摘する。七〇年代とは「新旧の様々な戦争観が対抗し、せめぎあいながら次の時代を準備した時期であった」(『日本人の戦争観——戦後史のなかの変容』岩波現代文庫、二〇〇五年〈初刊一九九五年〉、一五六頁)という。ここでいう戦争観の「新旧」とは、昭和の戦争を侵略戦争として否定するか肯定するかについての姿勢の相違を指す。

同じく吉田によると、七〇年代半ばにはいわゆる「戦争を知らない世代」が国民の六割近くを占め、「戦争の記憶の風化」が叫ばれるようになっていた。そのような時代背景の中で、庶民による戦争体験の記録・記憶化が進められたのである。

その先駆となったのが、雑誌『暮しの手帖』九六「特集　戦争中の暮しの記録」(一九六八年八月)である。読者から募集した戦争中の「暮しの記録」、体験記だけで一冊全部を埋めたものである。応募総数一七三六篇、その書き手たちが暮らしていたのは、内地は北海道から沖縄まで全部の都道府県、外地は関東州、朝鮮、台湾、樺太、満洲にまでわたっていた。配給生活や学童疎開での飢え、空襲の惨禍、勤労動員、買い出しといった銃後生活の多様な側面を、「恥の記憶」——買い出しをして警官に捕まったり、疎開先の風呂経由で淋病(りんびょう)をうつされたりといった暗い記憶も含めて描いた回想、当時記された日記などが、多数収録されている。

同誌編集長の花森安治は、巻頭のグラビアに東京空襲の一連の写真や敗戦で泣く人々の姿を掲載し、続いて戦争中の米つき用一升瓶やもんぺの写真を載せている。そこから立ち上るのは、戦時中の暮らしの総体を後世まで残したいという、執念のようなものである。

その執念は、読者たちにも共有されていた。花森の「あとがき」によると「その多くが、あきらかに、はじめて原稿用紙に字を書いた、とおもわれるものであった」からである。花森は誤字の多いその原稿を、「そのままでも意味のわかるものは、わざと直さなかった」し、「編集者として、お願いしたいことがある。この号だけは、なんとか保存して下さって、この後の世代のためにのこしていただきたい」と述べている。

花森が同特集の編集を企画したきっかけのひとつは、「若い編集部員と話していて、『疎開』という言葉が、うまく通じなかったことにある」という(酒井寛『花森安治の仕事』朝日新聞社、一九八八年、二一〇頁)。戦後二〇年以上が経った時点ですでに、戦争体験の「風化」に対する危機感から、証言の記録化と保存化が始められ、今日に至っている。

また、日本本土各地に対する空襲被害の調査と記録化が行われたのも七〇年代である。「戦争の記憶の風化」の危機が叫ばれるなかで、東京空襲を記録する会編『東京大空襲・戦災誌』第一巻〜第五巻（同会、一九七三〜七四年）や横浜の空襲を記録する会『横浜の空襲と戦災』一〜六（横浜市、一九七五〜七七年）など、空襲による人的・物的被害にとどまらず、当時の民衆意識などについても、米国戦略爆撃調査団史料にまであたって解明・記録化を試みた大部の史料集が作られた。その後、全国の各地域でも、規模の差はあれ、同様の記録化が進められて今日に至っている。

吉田は、このような空襲体験を記録する諸運動について、「日本人の被害者としての体験に焦点をあわせた運動」であり、加害の側面に対する記述・認識が薄いことは否めないとしつつも、「多くの国民が自己の戦争体験と向きあい、それを自分なりに総括する直接のきっかけとな」り、「戦争の時代のいわば生活史に新たな光があてられることになった」と指摘する（吉田前掲『日本人の戦争観』一七四―一七七頁）。

では、昭和の戦争と日本民衆の関係について、歴史学はどのように向かい合ってきたのだろうか。戦争や軍事に関する研究が、戦争に対する嫌悪や忌避感から全般的に低調だったなかで、その先駆となったのは女性たちの運動である。女たちの現在を問う会が一九七七年に創刊した『銃後史ノート』は、女性たちの戦争・銃後体験を多数収録し、「母たちは確かに戦争の被害者であった。しかし同時に侵略戦争を支える〝銃後〟の女たちでもあった――何故にそうでしかあり得なかったのか」（「刊行にあたって」一九七七年一一月一日、同会『銃後史ノート合本』ＪＣＡ出版、一九八〇年）を問う試みであった。また、民衆史を標榜する藤井忠俊らも、戦争を支える基盤としての銃後、女性に着目していた。藤井『国防婦人会』（岩波新書、一九八五年）は、当事者たちの回想に大きく依拠したものではないが、戦時体制の担い手としての民衆（女性）に着目した、研究史上最初期の著作である。

山中恒『ボクラ少国民』全五巻＋補巻一（一九七四〜八一年）および『子どもたちの太平洋戦争――国民学校の時代』（岩波新書、一九八六年）は、戦時中の実体験から「逆に教師を突きあげ督戦するような」「戦闘的少国民」（『子どもたちの太平洋戦争』二一三頁）としての子ども像を描いている。

さらに同じころ、一九四六年生まれ、すなわち戦争を実体験していない吉見義明が『草の根のファシズム――日本民衆の戦争体験（新しい世界史七）』（東京大学出版会、一九八七年）にて、従軍兵士のみならず、女性をはじめとする銃後民衆の諸回想記を駆使しながら、彼・彼女らを「ファシズム」体制を支えた基盤として描いた。そこには、女性の地位向上を目指した愛国婦人会分会長などが登場する。吉見は自らの用いた諸体験記を日本民衆による「自らの戦争体験・アジア体験の自己検証」と捉え、「戦場や焼け跡における日本民衆の原体験の持つ意味は、十分に吟味されないまま、次第に見失われつつあるようにも感じられる」と指摘した。その背景として「戦争反対・平和意識の定着の裏側での『聖戦』観の残存、戦争協力に対する反省の中断、主体的な戦争責任の点検・検証の欠如、アジアに対する『帝国』意識の持続といった、多くの日本人に共通する意識・態度があった」（以上、同書二九四―二九六頁）とされる。その後、今日に至るまで、戦争にかかわる多数の「証言」の蓄積が進められてきたが、そこで吉見の言う「『帝国』意識」の残滓（ざんし）がそぎ落とされてしまってはいないか、気にかかる。

とはいえ、八〇年代の日本社会、そして学界は、庶民の戦争「証言」を、ともすれば「民衆」としての自己の「責任」を認めるか、あるいは逃避するかを追及する、踏み絵の材料と見なしていたことも否めない。例えば朝日新聞が一九八六年七月から八七年八月にかけて読者から募った戦争体験「テーマ談話室〝戦争〟」では、次のような意見が寄せられた。「戦争の悲惨さをもたらした責任をとこととんまで追及し、二度と戦前の考え方や行動をくりかえすまいと言うのでなければ、悲惨な戦争の話が〝趣味としてのレトロ〟に堕してしまうのではないかという気がします」(男性、六一歳)。政治学者の高橋彦博はこの意見に「私としては、まったく同感です」と述べている(高橋『民衆の側の戦争責任』青木書店、一九八九年、一六六頁)。

この「戦争の悲惨さ」に対する「民衆」の「責任をとことんまで追及」し、断罪するかのような姿勢は、当時としては止むを得ないとはいえ、戦争の時代の「証言」を日常のそれにまで拡大して幅広く蓄積、客観視していく姿勢よりはむしろ、〝その他大勢〟の体験者たちの反発を生んでしまったのではないだろうか。本書収録の証言中にも、元国民学校教師の「自分一人ではどうにもできなかったと。どうしても私も〔疎開に応じる児童の〕人数を満たさないといけないから」、また疎開児童の「国民学校の四年生の子どもに、国の体制がどうのこうのということは考えることはできませんよ」といった、かつての戦争責任追及論に対して反駁(はんばく)するかのような発言がある(「海に沈んだ学友たち――沖縄・対馬丸」一三二・一四二頁)。

さらに、多くの証言者たちと学校での平和教育が「戦争の悲惨さ」と語り継ぎの大切さを強調したことは、戦争を知らず当事者意識を持てない後の世代に『あの当時なぜそんな悲惨な戦争をしたのか』という背景をとりあげたものは少ないように思う。『過ちは繰り返さない』と言っても、何が過ちで、誰がどうしてその過ちを犯したのか、正直私にはよく分からない」(一九歳・大学生)という違和感をもたらした(朝日新聞社編『戦争体験――朝日新聞への手紙』朝日文庫、二〇一二年〈初刊二〇一〇年〉、四〇頁)。とはいえそれは新聞への投書という形で例外的に表面化した意見であって、多くの子どもたちにとっての戦争「証言」は、教えられた安全な決まり文句としての「戦争の悲惨さ」「平和の尊さ」

をひたすらなぞるだけの道具に「堕してしま」っているのが現状ではないだろうか。

庶民による戦争「証言」の記録・伝承化はその後、「戦後五〇周年」を記念した大量の遺族会史（誌）などで行われ、現在でも各地で空襲体験などの記録化が続いているが、「戦争責任」がかつてほど声高に追及されることは少ないし、「あの当時なぜそんな悲惨な戦争をしたのか」、反省的検証を求める声も大きいとは言えない。どこかで戦争「証言」に対する日本社会の姿勢が徐々に、しかし決定的に変わってしまったのである。それがなぜなのかを考えながら、諸証言を読んでみてはいかがだろうか。

以下、証言項目別に、簡単な時代背景を述べる。

試練に耐えた「少軍隊」――宮城・学童集団疎開の記録

疎開とは、「空襲に対する都市からの待避」の言い換えで、もともとは『歩兵操典』などに出てくる、歩兵の散開を指す軍事用語である。太平洋戦争開戦後、都市に対する空襲の可能性が高まり、一九四四年三月三日の閣議で「一般疎開促進要綱」「帝都疎開促進要目」が決定され、老幼者・要保護者、なかでも国民学校初等科児童の縁故先への疎開が進められた。同年五月末までに一〇万六〇〇〇人が縁故疎開した。

さらに同年六月三〇日、「学童疎開ノ促進ニ関スル件」が閣議決定され、縁故疎開の困難な東京都の児童は「帝都学童集団疎開実施要領」に基づき勧奨による集団疎開を実施する、その他の都市もこれに準ずるとされた。四四年七月一七日から各学校長、教師による強力な「勧奨」が始まり、九月二五日までに東京都、神奈川県、愛知県、大阪府、兵庫県の児童四一万一三六〇人が集団疎開したとされる。また、沖縄県からも九月二〇日の時点で五五八六人の児童が宮崎・熊本・大分各県へ集団疎開した。児童たちは食糧・衛生状況の悪化、人間関係に苦しめられ、その後の空襲で家族を失い、孤児となった者も少なくない（以上、逸見勝亮『学童集団疎開史――子どもたちの戦闘配置』大月書店、一九九八年）。

証言には、東京・浅草の精華国民学校から疎開した児童と教師が登場する。東京から宮城県へ疎開した児童の総数は、四四年九月の時点で一万八七八一人（逸見前掲書一一五頁）であった。急な疎開の「勧奨」話に動揺・心配する親たちを熱心に説得した教師や、その反面いささか遠足気分であった当時の児童たちの心情、飢えやいじめの実態が語られている。

集団疎開児童は、国民学校卒業後は疎開する理由がなくなり、また元の居住地の上級学校へ進学できることになっていた。東京の六年生約五万九〇〇〇人が三月の東京大空襲のさなかに帰京したが、そのうち空襲で亡くなった児童、孤児となった児童の人数、全体像はもはや不明である（逸見前掲書一九〇―一九六頁）。

海に沈んだ学友たち――沖縄・対馬丸

米軍によるサイパン陥落とほぼ同時期の一九四四年七月下旬、沖縄からの県外疎開について、約八万人を沖縄本島から本土へ、約二万人を宮古八重山から台湾へそれぞれ疎開させる方針が決められた。学童の疎開については、七月一九日に県内政部長から「学童集団疎開に関する件」が通達され、教学課が担当して進められた。

しかし八月二二日、疎開者を乗せた対馬丸が悪石島（あくせきじま）付近で米潜水艦によって撃沈され、一〇二五人の子どもを含む一四八五人が死亡した。軍は公表を禁じたが、子どもたちから何の連絡もなかったことから事件が知れわたったため、沖縄の人々は疎開に消極的となった。しかしその後の十・十空襲（米機動部隊による沖縄空襲）などによって疎開する人が増加、沖縄戦開始までに本土へ約六万人、台湾へ約二万人が疎開した（以上、林博史『沖縄戦と民衆』大月書店、二〇〇一年、一〇一―一〇三頁）。

証言からは、前出の東京から宮城への学童疎開と同じく、教師たちが「お国のため」と信じて勧奨に努めたこと、子どもたちはある種の遠足気分だったこと、配属将校に「逃げるのか」と疑われたことがあったことがわかる。そうした諸々の思いは、被雷後の船倉で繰り広げられた地獄絵図の中に消えた。戦後の沖縄で生還者たちの感じた罪悪感とともに心に残る。

封印された大震災——愛知・半田

一九四四年一二月七日に発生した東南海地震は、死者・行方不明者一二二三人、住宅の全壊一万七六一一棟、半壊三万六五六五棟という多数の犠牲をもたらした。ただし戦時中で地震の規模や被害状況に関する報道が厳しく統制されたことなどから、被害については資料ごとにばらつきがあり、正確な数値はもはやわからない。また、同地震は中京工業地帯の軍需工場に大きな被害をもたらした。なかでも愛知県半田市の中島飛行機山方工場では、建物が倒壊して一五三人（うち九六人が学徒動員の中学生・女学生）が亡くなるという悲劇が起きていた。

もともと煉瓦づくりの紡績工場であった建物を飛行機工場に転用し、軍事機密保護のため出入り口の数を一つに絞ってその内側に衝立（ついたて）を置いていたため、避難しようとした人々が集中して団子状態になっているうちに煉瓦が崩れたことが、犠牲を大きくした原因であった（以上、木村玲欧『戦争に隠された「震度7」——1944東南海地震・1945三河地震』吉川弘文館、二〇一四年、六―一二頁）。

学徒たちが工場で働いていたのは、一九四三年六月二五日閣議決定の「学徒戦時動員体制確立要綱」で中等学校以上の男女学徒の「勤労動員ノ強化」が図られ、翌四四年一月一八日の「緊急学徒勤労動員方策要綱」で一年につきおおむね四カ月動員することになり、さらに二月二五日の「決戦非常措置要綱」で通年動員の態勢がとられたからであった。同年八月二三日の勅令第五一八号「学徒勤労令」で通年動員が法制化され、いわゆる根こそぎ動員が行われていった。女子に関しては、学徒ばかりでなく一般女子の勤労動員も促進強化するため、四四年三月一八日に「女子挺身隊制度強化方策要綱」を閣議決定して、挺身隊を組織し「必要業務ニ挺身協力スベキコトヲ命ジ得ルモノトスルコト」「挺身隊員トシテ従業スベキ期間ハ差当リ一年トスルコト」とされた。これは学徒勤労令公布と同じ日の勅令第五一九号「女子挺身勤労令」で法制化された（以上、福間敏矩『学徒動員・学徒出陣――制度と背景』第一法規、一九八〇年、二八―五七頁）。

証言では、時に映画を観るというような日常が、大地震で一挙に崩壊した様が述べられる。なお、証言に出てくる「地震の次は何をお見舞いしましょうか」というビラについて、筆者（一ノ瀬）は米軍ビラをある程度見てきたが、この種のものの存在は今のところ確認していない。

禁じられた避難――青森市

青森市は戦時中、三回にわたり空襲を受けた。第一回（一九四五年七月一四日）、第二回（同一五日）は、収録した証言にもある通り、主として青函連絡船をねらって行われ、同船は潰滅（かいめつ）した。第三回は四五年七月二八日二一時一五分に警戒警報が発令され、B29約六〇機が秋田県境より侵入、青森市へ向かった。二二時二〇分空襲警報が発令されて二〇分後に市の西部へ侵入、投弾が始まった。約一三〇分にわたって爆撃は続き、二九日午前四時ごろになってようやく鎮火した。罹災面積は一六〇万坪、罹災戸数は約一万五九三〇戸(罹災前戸数二万一六一七戸の七三・八%)、罹災人口は七万四二五八人(罹災前人口一〇万五四五人の七三・九%)、死者七四七人、負傷者三〇〇人を数えた(以上、日本の空襲編集委員会編『日本の空襲　一　北海道・東北』三省堂、一九八〇年、一一五―一一六頁)。

被害を大きくした一因は、当時の青森県、青森市が市民の避難を禁止したことである。七月二〇日ごろから米軍が空襲予告の宣伝ビラを投下し、読んで恐怖に駆られた市民たちが避難を開始した。これに対し青森県は「七月二八日までに青森市に帰らないと、町会台帳より削除し、配給物資を停止する」と通告した。驚いた市民たちが市内へ戻ったところへ、空襲が行われたのである(水島朝穂・大前治『検証　防空法――空襲下で禁じられた避難』法律文化社、二〇一四年、一一二―一一五頁)。

ちなみに証言中の米軍の爆撃予告ビラとは、表面にB29の写真と青森、西ノ宮、大垣、一ノ宮、久留米、宇和島、長岡、函館、郡山、津、宇治山田の一一都市名を、裏面に「数日の内に裏面の都市の内全部若くは若干の都市にある軍事施設を米空軍は爆撃します」と記したもので、実際に七月二八日夜半~二九日未明の空襲により青森、大垣、一ノ宮、宇和島、津、宇治山田の六都市が焼かれた(奥住喜重『B-29　64都市を焼く――1944年11月より1945年8月15日まで』揺籃社、二〇〇六年、一一〇―一一三頁)。

青森県、青森市が市民にこのような「退去禁止」を通告できたのは、防空法八条ノ三に内務大臣は都市からの「退去禁止」を命令できると定めており、さらに同様の権限が防空法施行規則九条ノ二によって県知事(地方長官)にも与えられていたからである。防空法とは、一九三七年に制定された、国民に灯火管制や消防などの防空義務を課した法律である。四一年の同法改正で、都市からの退去禁止

（八条ノ三）、空襲時の応急消火義務（八条ノ五）が追加され、「空襲の猛火からも逃げてはならないという、現実の空襲時の危険な義務が法律に明記された」のであった（水島・大前前掲書五四頁）。このことが空襲での多大な犠牲につながる。

戦場になると噂された町――茨城・勝田

米海軍機動部隊の戦艦が行った艦砲射撃とその被害に関する証言。戦争末期、米艦隊は日本側の反撃が微弱であるのに乗じて本土海岸近くまで接近、釜石、浜松、常陸、函館、室蘭、清水、野島崎などに艦砲射撃を加えた。七月一四日、戦艦二隻を含む艦隊が釜石に接近して艦砲射撃を行い、翌一五日に戦艦四隻他が室蘭を砲撃した。さらに一七日夜遅く、茨城県北部地区に艦砲射撃が行われた（以上、防衛庁防衛研修所戦史室編『本土方面海軍作戦（戦史叢書）』朝雲新聞社、一九七五年、三九四頁）。

茨城県勝田町に対する艦砲射撃は、七月一七日夜半から翌日にかけ「わずか十三分間の凄惨な生地獄」として行われた。米艦隊は海岸から二・五キロの距離まで接近して日立市を砲撃した直後、勝田の日立製作所水戸工場と日立兵器水戸工場をねらって四〇センチ砲弾三六八発を撃ち込んだが、「大半が目標をはずれて東石川大島、石川、武田、勝倉、東石川・勝倉社宅などに落ちた」。勝田町の死者三四名、重軽傷三九（四〇）名、被害住宅二〇四戸であった。以上は勝田市史編さん委員会編『勝田市史料Ⅵ　勝田艦砲射撃の記録』（勝田市、一九八二年）の記述によるが、同書には町民の手記一七篇、聞き書き一一篇が収録されているので、あわせて参照されたい。

B29墜落 〝敵兵〟と遭遇した村——熊本・阿蘇

熊本県阿蘇郡は、内牧町に三井鉱山の鉄鉱石採掘および搬出場があったため、B29や艦上機による銃爆撃が繰り返し行われた（日本の空襲編集委員会編『日本の空襲　八　九州』三省堂、一九八〇年、二七〇―二七二頁）。

事件の経緯は次の通りである。一九四五年五月五日午前八時半ごろ、福岡県大刀洗飛行場を爆撃して帰路に就くB29の一機に対し、日本軍戦闘機が体当たりを行った。B29全乗員が落下傘で脱出、南小国町星和地区に四人が降下した。うち二人が暴行を受けた後捕らえられ、一人は住民に発砲した後に鎌で切られて即死、残る一人は住民数百人に取り囲まれてピストル自決した（藤井可「阿蘇地方の住民によるB29飛行兵殺傷事件に関する一考察」『先端倫理研究』六、二〇一二年三月。なお、同論文は本番組を参考資料のひとつに挙げている）。

他の搭乗員たちは産山村田尻地区、同村山鹿地区、同村大利地区にそれぞれ一人が降下し、うち一人は「捕虜には絶対、手を出しちゃならん」という地元獣医師の言葉により暴行を免れたものの、一人は降下時に絶命して遺体が暴行され、もう一人は撃ち合いの後射殺され、同じく遺体を暴行された。また、大分県・竹田に降下した三～四人のうち、三人は、一人（機長）が頭を殴られたのみで、他二人は地元の駐在や老人の制止により助けられ、捕虜となった。生存捕虜七人は機長のみが東京へ送られて敗戦後に釈放されたが、ほか六人は九州帝国大学医学部で五月一七日から六月二日の間の四日間にわたって行われた臨床実験手術（「九大生体解剖事件」）の犠牲となった。

藤井は、多くの米兵の遺体にまでも暴行が加えられた理由について、当時は諸証言にある通り住民たちが「敵が上陸したら殺せ」と言われ竹やり訓練などを行っており、敵愾心が高まっていたことを挙げている。とはいえ、暴行に関しては駐在や地元住民の制止が有効であった事例と、制止の声が「何でわら（お前）むこうば贔屓（ひいき）すっとや」という住民の声にかき消された事例とに分かれた。その背景について藤井は、「抑止力となる人物の影響力の強さと、いきり立った住民の数の力のバランス次第で、明暗が分かたれたものと考えられる」（前掲論文五六頁）と分析している。

爆撃された教室――大分・保戸島

一九四五年に入ると、B29に加えて米機動部隊の空母艦上機も日本本土への空襲を行うようになった。二月一六日、関東地区への襲来を皮切りに、日本近海に長期間遊弋（ゆうよく）しながら各地の飛行場などへ銃爆撃を加えたのである。日本側にこれを撃退するだけの戦力はなく、小型・軽快な米艦上機による銃爆撃は、軍事目標のみならず、民間人・施設へも無差別に加えられていった。その様子の一部は、米軍機搭載のガンカメラ（戦果確認用のムービーカメラ）撮影映像によって見ることができる。

大分県下が初空襲を受けたのは三月一八日早朝、米空母艦載機によるものである。七月一六日夜半から翌一七日未明にかけて大分市が空襲された。さらに七月二五日には津久見湾の保戸島が米艦上機F6Fのロケット弾攻撃を受け、授業中だった保戸島国民学校の校舎に命中、教師・児童一二七人が爆死、七五人が負傷した（以上、日本の空襲編集委員会編『日本の空襲　八　九州』三省堂、一九八〇年、二七四頁）。七月二五日、米艦載機六波一〇〇〇機が西日本一帯に来襲し、保戸島を襲ったのはその一部とみられる（前掲『本土方面海軍作戦（戦史叢書）』三九四頁）。

この空襲に関しては、本証言にも登場する元教師・田邉国光の体験記『忘れ得ぬ保戸島の惨劇――一教師がつづる実体験』（大分合同新聞社、二〇〇九年）や、同校で助教をしていて空襲時は出征中だった得丸正信の『子等を偲びて――学童被爆（死者一二六人）保戸島』（私家版、初刊一九八〇年、二〇一〇年三刷）などの回想記がある。なお、犠牲者数は文献により一二六人・一二七人と異なるが、田邉前掲書九二頁に掲載された「戦歿学徒慰霊碑」銘板の写真を見ると一二六人（訓導二人、児童一二四人）の名前が記されている。

証言の過程で、漁船の徴用について言及されている。戦時中、海軍は捕鯨船や遠洋・近海マグロ漁船などを乗組員ごと徴用し、特設掃海艇・特設駆潜艇として用いた。前者の最終的な数は一一一隻、後者は二六五隻である。これとは別に陸海軍とも全国の民間小型漁船（五〇総トン以下の小型の動力付漁船、大半は総トン数二〇トン以下で、乗組員五～六名）を徴用して、南方各地の陸海軍部隊への糧秣（りょうまつ）・弾薬輸送に用いた。その数は確認されているだけで二〇五〇隻、うち九四五隻が失われたとされるが、正確な実態は不明という（大内建二『戦う日本漁船――戦時下の小型船舶の活躍』光人社NF文庫、二〇一一年、三二一―三四四頁）。

アッツ
キスカ
アリューシャン列島
千島列島
太　平　洋
ミッドウェー
ハワイ諸島
ウェーク
マーシャル諸島
クェゼリン
トラック
東カロリン諸島
マキン
タラワ
ギルバート諸島
ビスマルク諸島
ラバウル
ソロモン諸島
ニューブリテン
ガダルカナル
サモア諸島
フィジー諸島
珊瑚海

関係地図

江口圭一『十五年戦争小史（新版）』（青木書店、1991年）を参考に作成

凡例

一、『証言記録　市民たちの戦争』（全三巻）は、NHKで放送されたシリーズ「証言記録　市民たちの戦争」をテーマごとに分類し、未放送の証言も含めて構成したものです。

一、活字化にあたっては、読みやすさを考慮し、編集部で一定の整理を行いました。ただし、文意がとりにくい箇所や単語・表記の不明な箇所について、証言者がすでに逝去されているなどの理由で確認できなかった部分もあります。ご了承ください。また、現在では不適切と思われる表現に関しては、記録性を重視し、修正は最小限にとどめました。

一、本書の収録にあたって、番組名を一部変更したものがあります。

※本書の証言者で、連絡の取れない方がいらっしゃいました。お心当たりのある方は、小社編集部までご連絡ください。

I

試練に耐えた「少軍隊」
【宮城・学童集団疎開の記録】

アメリカ軍による空襲（米国国立公文書館所蔵）

太平洋戦争終盤、政府が決定した「学童疎開」。大都市の児童を空襲から守るため、学校・学年単位で地方に移住させる計画だ。

東京・浅草の精華国民学校では、一九四四年九月、三五〇人の児童と引率の教師九人が、宮城県白石（しろいし）へと疎開した。だんだん厳しさを増す寒さと飢えに、児童たちは追いつめられていった。

翌年三月七日、六年生だけが東京へ帰された。そして一〇日の東京大空襲。帰京した一〇〇人の児童のうち、およそ三〇人が死亡した。宮城に残った児童も、半数以上が親や家族を失った。

疎開先での児童の生活、教師の苦悩、生き残った児童・教師の思いを、体験者の証言から浮き彫りにする。

柴田恵喜さん

（しばた・しげよし）1932年生まれ。1944年、精華国民学校6年の時に学童疎開で宮城・白石に。1945年、受験のために帰宅した浅草で東京大空襲に遭う。静岡に再疎開し、静岡の中学校に通う。一切の学用品を焼失し、悲惨な学校生活を経験した。

吉田道子さん

（よしだ・みちこ）1925年生まれ。女学校を卒業後、臨時教師になる。1943年、精華小学校に臨教として赴任。1944年、学童集団疎開の引率として宮城・白石に。1945年、厳しくなった実家の生活を支えるために帰京。西多摩郡平井村で、畑を耕しながら兄弟の面倒をみる。教員は辞めた。

佐野繁さん

（さの・しげる）1934年、東京・浅草生まれ。1944年、精華国民学校5年の時に学童疎開で宮城・白石に。戦後は、四谷の防空壕に住みながら、再び精華国民学校に通う。

嘉藤長二郎さん

（かとう・ちょうじろう）1933年、東京生まれ。1944年、精華国民学校5年の時に学童疎開で宮城・白石に。東京に戻り中学に通うが家庭の事情で退学。その後、書生になる。

原田静枝さん

（はらだ・しずえ）1935年、東京生まれ。1944年、精華国民学校4年生の時に学童疎開で宮城・白石に。1945年、父に連れられて再疎開先の郡山に。戦後は、千葉などを転々としたあと、生活を再建し東京で暮らし始める。

三輪和代さん

（みわ・かずよ）1933年生まれ。1944年、精華国民学校5年の時に学童疎開で宮城・白石に。埼玉に再疎開。1949年、東京に戻る。

戸田山幸子さん

（とだやま・ゆきこ）1933年生まれ。1944年、精華国民学校6年の時に学童疎開で宮城・白石に。1945年、受験のために帰宅した浅草で東京大空襲に遭う。女学校に入学後、すぐに学徒動員で長野・白馬へ。学徒動員から戻り、女学校に通う。著書に『ひとひらのさくらに——大震災に寄せた神の言葉』（文芸社）。

長門郡司さん

（ながと・ぐんじ）1920年生まれ。1938年、東京の青山師範学校に入学。1940年に精華小学校に赴任。1944年、学童疎開の引率として宮城・白石に。東京に戻り、その後定年退職するまで小学校の教員。

1

胸を躍らせた学童疎開

一九四四年。戦局が悪化し、日本列島は空襲の脅威にさらされ始めていた。この年の七月にサイパンが陥落し、アメリカはB29爆撃機の基地を建設する。

急速な時局の変化の中、国は六月三〇日に「学童疎開ノ促進ニ関スル件」を閣議決定する。地方の親類縁故に疎開できない三年生以上の児童、およそ四〇万人が対象となった。

学童疎開の実施要綱では、学童疎開は保護者の申請に基づいて行われる、と謳われていた（「帝都学童集団疎開実施要領」）。政府は、疎開を戦力向上の一環と位置づけ、強力に推進した。

「足手まといとなる老人や子どもたちを地方に出てもらい」、「疎開によって、人的にも物的にも、いわゆる戦闘配置を整えて、国家戦力の増強に寄与せしめることをねらっておるのであります」（防空総本部・上田誠一総務局長の説明）。

疎開は、学童を将来の戦力として育てることを目的とした「学童の戦闘配置」とされたのである。

精華国民学校の児童に疎開を求める連絡が入ったのは、一九四四年七月だった。

精華国民学校の児童(蔵前小学校提供)

■吉田道子さん……当時教員

吉田さんは、女学校を卒業後、一九四三年に一八歳で精華国民学校に臨時教師として赴任したばかり。一九四四年夏からの集団疎開を引率した。

——最初、疎開をするということは、吉田先生は誰から言われましたか。

校長先生から話があったと思うんですけれど、よく覚えてませんね。行かなきゃならないんだっていう、そういう気持ちにさせられたみたいですね。自分でも、行ってがんばってやらなきゃって、もちろん思いましたけどね。

疎開に行くのが怖かったですね。お母さん方と話し合いがあって、自分の大事な子どもだから真剣な顔をして聞いていらして。私も先輩の先生たちから伺ったことを、一生懸命に説明するしかなかったので。

本当は親御さんたちは、あんな若い教師に面倒をみてもらうのは、心細くて嫌だったんじゃないですかね。

精華の場合は第九学寮まであって、それは全部決められていましたので、いやおうもなく、それを子どもたちに伝えて。でも、いい話のほうが多かった。白石っていうのは素晴らしい町で、水はきれいだし、皆さんは優しいしっていう、そういうお話で、私もそれを子どもたちに伝える。そういう形だったと思いますね。

——親の説得はなさいましたか。

親御さんも、縁故疎開に行かれない方は、子どもを疎開へやらないと東京でどういうことになるのか、子どもの命っていうのを考えられたでしょうしね。親御さんも本当に決心して、「やるしかない」っていうか。すごいつらかったと思いますね。

しかも、若い、それこそ少女教師に頼むっていうのは、後になってみると本当に恥ずかしいんですけど、親御さんのほうがつらかったんじゃないかと思いますよね。

親御さんもさんざん悩んでのことだったでしょうね。当時の宮城県の白石なんて、知らない所ですしね。

本当につらかったのは、親御さんかもしれない。若い我々のほうが、むしろ何もわかってないし、本当にお国のためだったらやるんだ、行くんだっていう思いだから。私が年をとって、親の気持ちがわかるようになってから、しみじみ思いました。

親に言いに行くときには、「もう決めたことだから」っていう感じで。親たちもあきらめてたんでしょうかね、その時代の状況で。反対されたということはないですね。

■嘉藤長二郎さん……当時五年生

嘉藤さんは、母親から集団疎開を告げられた。

「それだけ戦況が切羽詰まっているのか」ということと、「寂しいな」という気持ちがありましたね。ただ反面、「戦争に勝つために、子どもとして一生懸命やらなきゃいけないんじゃないか」、そういう思いはしましたよね。

母のほうは、「これが今生の別れになるのか」という、そんなことをちょっと漏らしてはいましたね。だから、親は親なりに、大変な戦局に来てることは感じていたんじゃないかと思いますけどね。

——疎開先が宮城県白石と聞いたときは、どう思いましたか。

全く未知の世界ですね。地名も知らなかったし。

だいたい、集団疎開に行かなきゃいけないのは、田舎がない子どもたち、縁故疎開ができない子どもたちですから。「全然知らない土地」っていうイメージだったですね。

そんなに悲壮な気持ちはなかったと思いますよ。汽車に乗れるのは遠足気分っていうんですかね。そういう感じだったと思いますけどね。

▒三輪和代さん……当時五年生

(疎開の話を聞いたのは)先生からだと思います。みんなのうちで疎開の先がない人は、そういうことになるよというのは聞きました。だから、うちも田舎がないので、行くことになると覚悟していました。父が「和代も行くんだろうな。行かざるをえないだろうな」と言ったのは覚えてます。

当時は、「何ちゃんちは田舎があるからいいね」とか、そんな感じ。反対に、「うちは田舎があるから、みんなと一緒に行けないじゃないの」なんて言う人も、いたような気もしますね。細かくは覚えてませんけど。

——疎開に行くと聞いてどう思われましたか。

当然だと思いました。だって、当時、国の政策に乗らないということ自体が考えられなかった。やっぱり行くんだと。行ってがんばらなくちゃ、という感じだと思います。

「嫌だ、悲しい、みんなと別れるの嫌だ」というふうなことは思わなかったように思いますが、ちょっとはっきりしません。上野駅で別れるときは悲しかったですけど、結構ウキウキしてたんじゃないかな、という気もします。

▒柴田恵喜さん……当時六年生

そのときは、事態の深刻さということは全然考えられず、何か修学旅行にでも行くような、言ってみればルンルン気分でいたことは確かだと思います。その厳しさを本当に感じたのは、現地へ入って一〇月、一一月、だんだん寒さが厳しくなるにつれて、深刻さというものを感じるようになりましたですね。

正直言って、ルンルン気分で修学旅行にでも行くようなつもりで、でしたら温泉地がいいな、なんて考えました。「温泉地ではない、白石という宮城県の小さな町なんだよ」と言われて、ちょっとがっかりして。でも、「町の公会堂とかお寺が寮になるんだよ」と言われるなかで、私らの入った寮は旅館なので、よかったなと。そんな気持ちが偽らぬところでした。

六年生でしたので、ある程度のものは感じていたと思うんですけれど。三年生、四年生あたりの小さい子どもたちは、親子ともども悲壮な感じをもって対応したんではないかと思います。

私の両親も、えらく気にして、出発する前までは何かと私のことを気にかけてくれて、今まで食べられなかったものをどこからか都合してきてくれたり、飲食に連れて行ってくれたと思います。それを受ける当人は、まだ事態の深刻さが理解できなかったんでしょうね。当時の社会は配給制度で不自由な生活を強いられたなかで、豪華なものを食べさせてくれたり、飲ませてもらったり、すごいなと。

嬉しいというのもおかしいですけど、華やいだ気分になったことは間違いないと思います。

疎開ということを一生懸命、当時の情報局がＰＲしてましたですね。疎開とはこれこれだよと。人的な疎開と、建物の疎開がある。建物は、工場なんかを守る。一般民家も、空襲を受けたら東京なんかは大火事になるから、建物を間引きしてつぶしておく。人的なほうは、我々のような子どもたちは、露骨に言えば足手まといになるので地方へ移ってもらう。しきりにＰＲしていましたから、その程度の知識は多分に持っていたと思います。

出発の日。一九四四年九月、精華国民学校三年生以上の児童三五〇人が、九人の教師に引率されて、宮城県白石へと旅立った。

精華小学校の校庭に集合して、クラスごとに隊列を組んで、上野駅へ向かったんです。家を出るとき、父は「体に気をつけろよ。元気で帰ってこいよ」と。母は外へ出て、近所の方と話をしていたようです。

隊列を組んで、学校の正門を出て、その道筋に疎開児童の父兄、友達がズラリ並んで、手を振って別れを惜しんでくれました。

その中に母がいて、まだ赤ん坊だった妹を抱いて、そばに近所のおばさんが見送ってくれていましたけど、私はただ手を振って、隊列に入っておりまして。

母は何て表現したらいいのか、それこそ、この世の別れというような感じでいたんじゃないでしょうか。ただ私をじっと見て、妹を抱きしめて、私をくい入るように見たあの面影は、いまだに忘れませんですね。

■佐野繁さん……当時五年生

夜行で行ったもんですから、ここの学校の校庭に、たぶん午後六時か七時ぐらいに集合して、まだ、薄明るかったと思うんですよ。

そこで出発する式というんですか、そういうのがあって、僕ら第一分団から順に、正門から出て、ちょうど学校の前の通りを上野のほうへ向かって、お寺さんや何かある所を歩いて行ったんです。その両側は、僕なんかだと両親がいて、あるいは兄弟がいて、親戚の人も何人か来てくれて、近所の人とか、東京に残った同級生とか、そういうのが全員並んで送ってくれたんですね。

そのときは、僕らは、何と言っても軍国教育を受けてたわけですから、「軍国歌謡曲」っていうのかな、「勝って会おうと誓って征った　友のたすきが目にしみる　俺の名前もあるその旗を　踏みにじらせてなるものか」、そういうのを歌いながら、元気よくというか、高揚した気分で行きましたね。

上野で夜行列車、たぶんあれは一〇時ごろじゃないかと思うんですが、それへ乗ってても、近所の子と一緒だから遠足気分で、「早く寝ろ」というようなことを言われた気がします。

出征軍人がみんなに見送られて行った、そういう姿を見てますので、子どもながらに、それと同じような気分があったのかなと思うんですね。

上野からの夜行列車で、宮城県白石に到着。児童たちは九つの班に分かれ、寺や民宿に入った。地元の国民学校に通いながら、一人一畳程度の狭い空間で寝食を共にする生活が始まった。

▒原田静枝さん……当時四年生

見たことのない風景でしたよ。都会の育ちですから。東京は目の前を電車が走ったり、大きな建物があったりでしょう。白石は建物がものすごく低くて、ペタッとしていた。

白石の駅の前は広かったって記憶があるんですが、その大きな広場に比べて、建物がすごく小さい。瓦屋根の小さいおうちばっかりっていう記憶でしたね。田舎って、こういう所なんだって。

——疎開生活が始まって、最初の晩はどういう感じでしたか。

最初の晩から「泣き」が入ったんですよね。

汽車の汽笛が鳴る、それが目の前で鳴るもんですからね。これは東京にいたときに経験がない。「ボーッ」て音が聞こえるたびに、みんなが、「お父様、お母様」っておいおい泣くの。私ももちろん泣いたけれど。

たぶん大人たちが考えて、それより離れたカネマン旅館という所に移って行くんですね。「高等御下宿」と書いてありましたけれども、こんなことを申し上げるといけないかもしれませんが、あばら屋みたいな所。汽笛が少し遠のいた。

それまで鈴木屋旅館に一週間ぐらいいたんでしょうか。毎晩、泣いてましたね。窓を開けて叫んでましたね。東京へ帰りたくて。

——何を叫んでいたんですか。

「お父さん」であったり、「お父様」であったり。一人、「パパ」「ママ」って言う人がいたけれど、ほとんど「お父様」「お母様」と言って泣くのよ。

その泣き声が大合唱になっちゃう。次から次へと泣き始めちゃうからね。我慢してる子も、次には泣きだしちゃう。それはもう寂しいですよ。帰れないわけだから。

後になってから、脱走していく生徒が出てきて、「何寮の誰々がいなくなったんだって」とか、そういう話はすごく早くに入ってくるわけ。自分だって逃げ出したいんだけれど、お国のために疎開して来てるんだから、帰るということは考えちゃいけない。けれども感情的には寂しかったです。寂しい、悲しいですね。

でも、私は四年生のまとめ役でしたので、その緊張感で、けっこう生意気な態度を取ってたと思うんですよね。嫌がられてたかもしれない。

ちゃんとまとめなきゃ、少なくとも四年生は私がちゃんとさせなければっていうかな。六年生、五年生、四年生、三年生までいたからね。四年生がいつまでも泣いたり悲しんだりしているっていうのは恥なわけですよ。

自分も泣きたい、泣いてもいるんだけれど、いざとなると、毅然とした態度をとる。「兵隊さんのためにも、きちっとやらなきゃいけない」って。「銃後の守り」の小学生版かな。

2 学童疎開の現実

■原田静枝さん（四年生）

——疎開先の食事はどういうものでしたか。

ご想像つかないと思いますよ。

浅いおどんぶりなんですけれど、底のほうにしかない。男子は五回お箸を運んだら終わっちゃう。もっと少ないかもしれない。

初めのうちはまだよかったんですけれど、日に日に悪くなっていったんじゃないでしょうか。その食料をどうやって調達していたのか、親たちがいくらお金を出していたのかっていうことは全く知りません。ただただ食べる物がなくなっていく。

東京の家にいるころは、食べ物がないということがなかったものですから。闇のお米とか、闇のお野菜とか、手に入れることのできる環境だったと思います。それは言っちゃいけないことだって、子どもながらにあるわけですけれど、本当に豊かに食べていた、十二分に食べていた私たちが、いきなりあそこに行ったわけです。

初めのうちはまだよかったんです。おやつも出たりして。それがどんどん、おどんぶりの底が透けて見えるような感じになってきて。それはやはり、秋口を過ぎて冬にさしかかったという感じなんですよ。

雪は降るし、風は冷たいし、蔵王の山は真っ白だしというような心細さも加わって、食べる物がどんどん貧しくなっていくことに、寂しさが募っていくわけですよね。九月の初旬に出て行って、まだそのころは、寒いという感じはなかったでしょう。それが、一〇月、一一月になってどんどん寒くなっていく。空っ風（からっかぜ）がすごいんですよね。生まれて初めてですよ、あんな冷たい風に遭うっていうのはね。

でも、とにかく兵隊さんのためにも、私たちはしっかりやらなければいけないと思っているから、弱音を吐けない。弱音を吐くという思いではないんですよ。気張ってたっていうのかな、子ども心に。いま考えられないぐらい気張ってた。ものすごい緊張が高かったですよね。

あっという間、三分で終わっちゃうようなご飯を何とか延ばそうということで、お茶碗の器の縁に一粒乗せて、それをお箸で半分に切って、そして口に入れる。ご飯の粒が舌に当たりますよね。それをずっとなめて、転がして、それから、噛んで落としていくんですね。大げさに言えば、一分ぐらいの時間なめていられる。お粥のようになるんだけれど、飲み込んで、そしてまた半分を入れる。そういうことをやってましたね。

■佐野繁さん（五年生）

お腹が空いてたです。正直言って。

「金(かね)の茶碗と金(かね)の箸」という兵隊さんの歌じゃないけども、自分たちが持ってきたどんぶりがあるわけですよ。それと、お椀とかいくつかあるわけでしょう。でも、ご飯は盛り切りだし、一汁一菜に近い状態だから、非常にお腹が減ったんですね。

――空腹をまぎらわすために、何かしましたか。

いまだにその薬屋さんがどこにあったか記憶にあるんですけれども、薬屋さんを一軒発見してね。「わかもと」とか、そういう錠剤を買って、ご飯代わりに食べちゃうわけですよ。

お小遣いも、そんなに持たされてないわけです。常に寮長が管理していて、何か必要があってこういうものを買いたいと言って、自分のお小遣いをもらうわけですけれども、それでもって、薬を買って。

こんな小さな瓶ですから、二日か、三日はもたなかったと思います。

——一回に何錠ぐらい食べるんですか。

二〇錠やそこらは食べてるでしょう。お腹が空いてるから。栄養剤という気持ちじゃなくて、お腹が空くから食べるという気持ちですから。あっという間ですよ。

——どんな味でしたか。

あまり、おいしくはなかったですね。

疎開先の男子児童と教師（佐野繁さん提供）

それが結局、なくなっちゃって、その次にどうするかというときに、子どもながらにいろいろ研究、といったらおかしいけど、探しましてね。トフメルというピンク色の傷薬が、たまたまなめたら甘いっていうんで、それをなめて。

甘いものに飢えてたんですね。糖分に。

それもまたなくなって、次に何がいいかっていうんで探したのが絵の具で、絵の具の白がいちばん甘いと。

——ほかの色も食べたんですか。

ほかはおいしくなかったです。

——その絵の具はどこで。

持って行ってましたから。パレットに入っているのと、チューブがありますからね。白はあっという間になくなったですね。

——逆に、どういうものを食べたいなと想像していましたか。

いちばんはサツマイモですね。サツマイモを食べたいと思った。行ってからしばらく経って、昭和天皇の皇后の、香淳皇后ですか、あの方から、学童疎開の子どもたちにということで、ビスケットが下賜（かし）されたんですね。紙の袋へ入っていて、表に菊のご紋章がちゃんと印刷されていて、それを僕らみんな一袋ずついただいた。

まず地元の子どもたちにも分けてあげるということになって。二〇枚ぐらい入ってたのかもしれないんですが、四、五枚ぐらいを、言うなれば供出して。地元の子どもたちがどれだけ食べられたかわかりませんが、そうしたうえで、僕らは初めて食べた。

あんなにビスケットがおいしいとは思わなかった。そのときに、皇后陛下が学童疎開へ行ってる子どものためにということでお歌を詠まれて、「つきの世を　担うへき身そ〔正しくは「せおふへき身を」〕たくましく　たたしくのひよ　さとにうつりて」と。誰が曲をつけたのか知らないですが、♪「つぎの世を　担うべき身ぞ　たくましく　ただしくのびよ　さとにうつりて」。そういうふうに覚えて、しょっちゅう歌わされてたです。

あのビスケットの味は忘れられないです。いまだに、おいしかったなと思いますよ。

■嘉藤長二郎さん（五年生）

（食事のとき、）テーブルの下に、六年生がどんぶりか何かを流すわけですよ。そうすると、（ほかの子は）自分のご飯をそこに少し入れてね。そういう、ご飯のカツアゲっていうんですかね、召し上げは、各学寮で、六年生はやっていたと思いますよ。
戦後、学寮長の先生に聞いたら、「そんなこと知らなかった」と。先生は知らなかったんだけど、男の六年生は各学寮でやってたみたいですね。女の六年生はわかりませんけど。

――出さなかったら、何をされるんですか。

出さなかったら、食事が終わったときですね、リンチですよね。なんで出さなかったと。まぁ、場合によれば、ぶん殴られたりしたんじゃないですか。

――それは、六年生がやるわけですか。

実際にやったのは一人ですね。ボスっていうことですね。ほかの六年生はやらなかったというか、できなかったですよ。

――ボスは、ほかにどういうことをしていましたか。

まあ、面倒をみる、ひとつのチームをまとめるという思いですよね。
ボスがいれば、ボス以外からいじめられることはないわけですよ。ボスが全部管理しているわけですからね。そういう良い面もあるわけですね。食事は一部とりあげられますけどね。
まあ、そういう意味ではまとまっていたと思いますよ。てんでんばらばらってことじゃないですよ。ボスを中心に集団生活をしていた。
全くの軍隊でしたね。「少軍隊」って言ってましたからね。軍隊組織がそのまま、学童疎開の学寮に入った感じですね。

■佐野繁さん（五年生）

いじめはありました。

五年生が力が強かったので、五年生同士でそういうことが始まったんですね。まだ六年生がいたときだと思うし、六年生が東京へ帰った後でも、それは続いたんです。

今にして思えば、それぞれ皆が極限の状態にいたので、寂しさとか、いろんなものを持ってたと思うんですよ。

僕がやられて。それも、（実家が）隣のうちの子にやられましてね。しょっちゅう遊びに来たりなんかしてたにもかかわらず、その子が中心になって、やられた。いじめというより、あのころは仲間外れっていうんですね。

例えば、五年生以下がみんな、輪になって集まって、言うなればつるし上げですよ。次々と質問というか、罵声を浴びせられて、こっちは何も話せない。

学校へ行くのも集団登校だったですから、寮を出るときは一緒であっても、あとは、五メートルとか一〇メートル離れて歩けと。笑っちゃいけないとか、口きいちゃいけないとか、そういう状態が三週間ぐらい続くんですよね。

そうすると飽きちゃうのか何か知らないけど、今度別の誰かがターゲットになるわけです。僕はターゲットが替わったら、今までさんざんやられたわけですから、やられたらやり返すということで、当然、攻撃的になりますよ。

二、三人終わると、また僕に戻ってくるわけですよ。それを三回ぐらいやられたのかな。

今のいじめとはちょっと違うんですけど、やられたからといって、誰かに、こうやられてるっていうことは、何も言えないわけですよ。寮長にも言えないし。
夏に水泳なんかやったりした川があるんですが、裏側に深い所がありましてね。僕らでは足が届かない。いっそのこと、ここへ僕は飛び込もうかなと思って行ったんです。
けれども考えてみたら、体が浮くようになってるから、浅瀬のほうに流れたら駄目だなと。第一、それをやったら母親に会えないなと。やっぱり父親より母親ですよ。会うことができないなと思って、そこで思いとどまったんですけど。
そういう意味では、学童疎開というのは、僕は思い出したくない。一日も早く忘れたい。そういう思いが強いんですよ。

▒戸田山幸子さん……当時六年生

夜になるとみんな寂しいので、学芸会もどきみたいなことを自然とするようになっていったんじゃないかと思いますね。それは今でも覚えてるんですよ。小さい子が前に座って、大きい人たちが、何の劇かわからないんですけど、したようなことがありましたね。

——下級生を見ていて、お腹を空かせている様子はありましたか。

たぶん皆さん一緒ですから。
でもね、ふっと思うのは、「下級生のために」という配慮は、ずいぶんしたと思いますよ。同じお膳に座っても、確か下級生の方たちのお茶碗の中に、六年生が入れた覚えがありますね。

——それは、女の子。

そうです。確か、何回かありましたね。それだけ小さかったですからね、三年生だとね。

一九四四年、白石の冬は記録的な寒さになった。

■吉田道子さん（教員）

戦後に何回も行ってるんですけれど、何度行っても蔵王おろし（蔵王連峰から吹き下ろす強風）にあえないんです。あの年がいちばんひどかったんですよね。私はあの蔵王おろしの音が耳について。台風なんか来ますでしょう、ウーッって唸る、あの風の音と、雨の音と。あれと同じのが夜な夜な、九月になると吹くのかな。あの年がいちばんひどかったと思うんですね。

そのあと何度行ってもお天気で、（白石市で同窓会をやったときに当時の教え子から）「蔵王おろしなんてどこにあるの」って言われて。河原に草が揺れてると「ほら先生、蔵王おろし」とか、からかわれましたけどね。あんまり蔵王おろしのことを私が忘れられなくて、よく言ってましたからね。ひどかったです、本当に。

お風呂は、お風呂屋さん。小さな風呂屋があったんですね。そこへみんな通ってたんですけれど、それこそ、蔵王おろしの中を帰ってくるのは大変なことでね。よく温まっても、カネマン（寮）までけっこう道のりがあるのでね。絞った手ぬぐいが棒になるし、洗った髪は針、ピーンとなって。

あまりかわいそうだと思って、カネマンのほうで、寒い間だけ入れてあげるということになって。もう喜んでね、子どもたちは大変でした。大喜び。

小さい川の上に立てられたお風呂で、子どもたちが入って、最後に私が入るんだけど、とても素敵なお風呂でしたね。寒さとかそういうつらさは別にして、雪が、雪片が水に浮いてるんです。それをお風呂に入れると、雪がスーッと溶けていくのが、ああ素敵だなと。おセンチ姉さんだから。

うちで入れればゆっくり温まって寝られますから、子どもたちもほんと大喜びでしたね。それで、寒い間は何とかしのいだんですね。

■原田静枝さん（四年生）

二階が女子の部屋で二部屋、下が男子の部屋なのね。二階のお部屋で火鉢一個。ものすごい寒い。ガラス戸だけでしたからね。雨戸がなかったように思うんですよね。

衣服は、セーターとかそういうものは持ってて、都会の子どもだからみすぼらしくはなかったですよね。でも、はんてんを着るなんていう発想はなかったんじゃないかな。私は持ってませんでしたし、みんなも、なかったと思うな。持ってらした方もあるかな。

かいまきは覚えてます。お布団の間に、袖のついた掛布を持っていったのは覚えてる。

——それだけ寒かったら、しもやけになりませんでしたか。

できましたね、しもやけ、ヒビ。メンソレータムを塗ったり。ハンドクリームなんて洒落たものはないから、そうでしたね。

■佐野繁さん（五年生）

当時はジョギングシューズなんてものはありません。下駄ですから。寒くなってくれば、足袋をはいて、下駄をはいて、学校へ行くっていうことになる。

下駄の歯の間に雪がだんだん詰まってくると、歩けなくなるわけですね。そうすると、雪の中へ足袋のまま下りて、下駄の歯をカチャカチャぶつけて雪を落とす。そういう繰り返しで、白石国民学校まで行ったんですね。

だから、四カ所か五カ所しもやけができて、崩れたんですよ。

――**見せてもらっていいですか。**

まだ、ここ（右手小指の付け根）にうっすらとあるんですけど、ケロイド状になってたんですけど。ここと、この辺と、これがそうだったかな（両手の小指側、二カ所ずつ）。

四カ所ぐらいしもやけが崩れて、自分で薬を買って、包帯を巻いて、それこそグルグル巻きですよ。結局、そのあとはケロイド状になって。今、やっとこういうふうに、よくわからなくなったんですが、前はかなり鮮明にあったんですよ。

――**寒い中で、暖房器具は。**

暖房は、ほとんど火鉢だけですね。それも、たくさんあるわけじゃないですから。

足袋の中に唐辛子を入れると温かいというのを、そこで知ったのかもしれないです。そういうのが、どこからか伝わってきたような気がするんですよ。足袋の中へ唐辛子を入れたような記憶があります。

天理教の建物（寮）は旅館と違って、仕切りがないですから、広間ですから。しかも、表は雨戸とガラス戸だけで、廊下を挟んで、あとは障子だけですからね。非常に寒かったです。天井も高いし。

■長門郡司さん……当時二四歳、精華国民学校の教員として疎開を引率

いちばん記憶にあるといえば、シラミだよね。

子どもも口に出さないから。寮母さんには「シラミが湧かないように洗濯をしてくれ」ってよくお願いしてはおったんだけど、毛糸の腹巻きは洗濯に出さないよね、お腹に巻いてるから。だから、い

つの間にか毛糸の腹巻きにシラミがいっぱいたかって、それが周りに移ったりして大騒ぎしたことがあるけどね。

それ以来、下着を替えるときは全部着替えさせて、腹巻きもちゃんと出させるようにして、それ以来、シラミの問題は解決しましたね。

——髪の毛にもシラミが湧きますが、女の子は、髪が短いとはいえ男の子より長いじゃないですか。シラミが湧いた子もいましたか。

女の子にいましたね。ここ(当時の記録)にあるよ。「やむを得ぬ 許せ バリカンで シラミのヒサコを丸坊主とす」。ヒサコさんを丸坊主にした、バリカンでもって。

その子はしばらくは、丸坊主のまま過ごしたけどね。しようがない、移るから、シラミってやつは。そんな寮生活ですよ。

——バリカンで刈ったのは寮母さんですか。

僕が刈った。僕はみんな、子どもの頭を刈ったよ。バリカンで。男の子全部。そういえばそうだ。バリカンはみんな私が刈ったんだ。

女の子はわからないけど、ヒサコちゃんは刈ったよ。しようがないから。別に嫌がらなかった。(シラミがいては)迷惑をかけると思ったんでしょう、きっと。

■原田静枝さん(四年生)

洗濯も、初めのうちは寮母さんたちと一緒に。それが、だんだん自分で洗うことになりますでしょう。

あるとき、先生がみんなを呼んで、お二階に干してある下着を指さして、「これがシラミというものです」っていうことで。大発見ですよね。シラミって知らないわけだから。「これがいっぱいになると大変だから、一生懸命お洗濯をなさい」とか、「これをつぶして片づけなさい」というようなご指示があって。これがシラミというものだってさされた指を、私、今でも思い出すんですよね。ちっちゃなシラミでしたけどね。

少し厚手のものを着るようになって、一一月ぐらいには繁殖してたんじゃないでしょうかね。九月の半ばに行って、どんどん不潔になっていったんじゃないかな。お洗濯も、今までねえやさんがやってくれたものを着ていただけでしょう。だけど、自分で洗うとなればそんなに丁寧に洗えないし、川へ流れていっちゃう。川でやるから。

ちいちゃな小川で、流れると、走って三軒先ぐらいのお屋敷に飛び込んで、「すいません、取らせてください」と言って、向こうから流れてくるのを待ち構えてね。川の流れがゆるやかだったから。

――当時お風呂は?

毎日は行ってなかったと思いますね。一週間に二日とか三日とか。毎日お風呂屋さんに通ったという記憶はないですね。

▨三輪和代さん(五年生)

――お母様と、お手紙のやり取りはあったんですか。

母はほとんど毎日、一日おきくらいに。検閲がありますからハガキですけど、必ず書いてきました。うちの母はほとんど日記ふうに、本当によく書いてくれました。今もその字を思い出しますと、きちっと書いてあって、わりと几帳面な性格だったのかなと思いますね。で、必ず、「和代様」じゃなくて、「和代どの」って書いてきました。「どの」はひらがなでね。それをすごくよく思い出すんです。

——お手紙の「検閲」というのは、どのようなものでしたか。

「先生がご覧にならなきゃ出せない」っていうだけのものだったと思います。

「うちに帰りたい」、そういうことは書いちゃいけないんですよ、たぶん。本当はうちに帰りたいという思いを抱いていても、そういうことは書かなかったんじゃないかと思います。あとは、あれが食べたいとか、これが食べたいとか、何もないとか、生活に対する不満。「検閲」なんて言ってたか知りませんけど、先生を通してじゃなきゃハガキは出せなかったと思います。

一回、姉からすごく匂いのいい石鹸を送ってきたときに先生が、「これはね、和代ちゃん、みんなで使うようにしましょうね」っておっしゃった。それ以外は、そういうことは全然覚えてません。そういうものかなとか思って。

吉田道子さん（教員）

——お母さんのことを寮で思い出したりしましたか。

「お母さん」って泣きながら走って寮へ帰りましたね。涙をポロポロ流して。カネマン（寮）の前で一生懸命拭いて。寮母さんが心配しますから。彼女も、私がそんな若いと思ってなかったと思うんですね。

偉そうな顔をしていなきゃならない。ものすごく一生懸命。「やらなきゃ、やらなきゃ」という思いでしょう。夜になるとそうやって泣きながら、短歌作ったり、涙流したりしていた。

――子どもたちも寂しかったでしょうね。

そうですよ。それこそ、「お母さん」「お母さん」ね。

あのころ、「太郎は父のふるさとへ」っていうのが、ラジオか何かで流行ったんですかね。あんなのを歌ったし。

「月月火水木金金」とかっていうのは、男の子たちはしょっちゅう歌って、走ったり行進してましたね。女の子は、優しいっていうか、私と同じようにおセンチ姉ちゃんがいっぱいいました。

3 東京大空襲

年が明け、一九四五年一月一二日。疎開先に、東京都教育局からの通達が送られた。卒業式を控えた六年生に対し、三月一〇日までに帰京することを求めるものだった。

三月七日、白石に疎開していた精華国民学校の六年生約一〇〇人は、卒業式や中学受験のために東京へ帰った。

■長門郡司さん（教員）

東京都の方針だから。そのころ、教育委員会というのはなかったかもしれないけど、東京都の教育局という所があったんでしょう。都の教育関係の役所から全部指令が出るわけ。我々は指令に従ってやってるわけ。

そのころ中学校は義務教育じゃなかったから、試験を受けなくちゃいけないんだよ。高等小学校へ進む子は必要ないよね。だけど、中学校へ進む子は試験を受けなくちゃいけないので、該当する子どもを連れて東京へ帰ったわけ。

九つの寮にいる六年生を私が、白石中学に教室を作って教えてたの。その六年生の受験生の子を連れて、三月七日に東京へ帰ってきた。

——当時の長門先生の気持ちとしては、六年生は受験が終わったあと、また白石に帰ってくると。

そうです。それがいいなと思ったね。でも、そこまで考えなかった、正直言って。考える余裕がなかったね。七日に着いたでしょう。八日の晩は普段だった。九日の晩だから、あの空襲は。

試験に受かってくれればいいなって、そのことばっかり考えていて、そこまで考えなかったね。

戸田山幸子さん（六年生）

東京に到着。東京はそれまでにも、度重なる空襲を受けていた。

やっぱり焼けた所もございましたしね、これはちょっと大変なことだなっていうことは感じましたですね。

自分のうちのお隣も壊されてましたから。その当時は、お隣まで壊されていれば焼けないという、そういう思いがあったみたいですよ。それでよく、強制疎開とかっていう名目で家を壊されているおうちも、たくさんあったようですからね。

——ご両親に会ったときはどういうお気持ちでしたか。

そのときは、嬉しいことは非常に嬉しかったですけど、これから大変だなっていう思いがすごくありましたね。

——大変というのは？

結局、不安ですよね。この先どうなるのかなっていう。いくら受験が控えていても、それはありました。

うちの中に防空壕が、畳を上げると下に防空壕ができていたもんですから、それを見せられて、（警報が）鳴ったらここへ入るって言われたんですけどね。非常に狭いですし、浅いですし、これで人間が助かるのかなって、正直思いましたね。

■嘉藤長二郎さん（五年生）

——当時、東京は危険だという知らせは白石に届いていたんですか。

届いてないですね。届いてないです。

六年生が上野駅に着いて、東京は三月一〇日以前にもかなり空襲を受けていましたから、「こんなにひどいのか」といってびっくりしたと、手紙をくれましたね。「東京は前の東京と違うんだよ」と、六年生からそういう知らせが来てました。

——そのお手紙の内容を、もう少しお聞きしてもよろしいですか。

オオタニカズヒロさんという六年生、これはカネマン学寮のボスで、私を五年生でいちばん可愛がってくれたんですよね。後から思うと、オオタニさんは私を五年生のサブボスにして、「五年生をまとめろ」という、そういう思いがあった。

そのオオタニさんが私の実家へ、帰ってから一日か二日で訪ねてくれたんですね。母は再婚してまして、弟が昭和二〇（一九四五）年の一月二二日に生まれて、「そのおじさんが弟を抱いてたよ」ということですね。

東京は前の東京と違う、東京よりも白石のほうがいいと。「だから、そのうち行くよ」と。そういう内容の手紙だったですね。

▒柴田恵喜さん（六年生）

東京に帰った直後の一〇日深夜零時過ぎ、B29の大編隊が東京への爆撃を開始した。柴田さんの自宅近くにも焼夷弾が落ち始めた。

時間はわからないんですよ、時計がないんだから。

布団に入ったって、寝巻きに着替えているんじゃなくて、上着とズボンを脱いだぐらいで、それで寝たんですよね。寝て間もなく、警戒警報。私、叩き起こされてね。

とにかく真っ暗な中、ズボンをはいて、上着を着て、カバンを背負ったのか。でも、慣れないからオロオロしてたんですよね。そしたら、母親に「ボタンなんか後でもいいんだから、すぐに防空壕へ逃げなくちゃ死んじゃうんだよ」と脅かされて。私は、そのときは、空襲の恐ろしさなんてことは全然わかってませんから、何となく手ぬるかったんですね。

玄関からタタキ（土間）へ下りて、靴を、あのときはズック靴だったかな、ひもを締めたら、「ひもなんか後でもいいんだから、防空壕へ早く行かなくちゃいけない」。

自分の家にも床下を掘って防空壕らしきものはあったんだけど、すぐ近くに、さら地を隣組で一括して借りて、わりあいしっかりした防空壕を作ってあった。そこへ逃げ込むことになってたらしいんですね。そこへ避難するというので外へ出たんですけど、「靴のひもなんて後からでもいい、結べるんだから。さっさと防空壕に行かないと死んじゃうよ」ってまた脅かされて。

逃げる途中に空襲警報になっちゃったんですよ。空襲警報は通常、警戒警報が出てから二〇分なり三〇分なりしてから。つまり本当に敵機が来るまで、二〇分や三〇分余裕があるらしい。だけど、そのときはすぐに空襲警報になった。

空襲警報になったことはわかったんだけれど、もう周りでドカンドカン、音がしてるんですよ。ともかく防空壕に入って。それが何時何分であるか、一二時前であるか一二時過ぎてからであるか、時間はわからないんですね。

じっとしていたんです。ドカンという音がするたんびに、目と耳を押さえるんですよね。爆風に備えて。これはもう疎開に行く前から、一年も二年も前から、空襲のときはそうやって小さくなってるんだってことを教わってましたので。そんなことをやったって意味ないんですけどね、実際には。

間もなく、外で隣組長の声らしいんだけれども、「もう駄目だ、逃げろ」と言うんですよ。それで、またおふくろに手を引かれて外へ出たら、もう周りが火の海。Ｂ29が低空飛行してるんです。「えっ」と思って見たら、人相まではっきりわからないけれども、パイロットが、暗い中ですから黒く影になっているのが見えるぐらい、それぐらいの低空飛行で。

右のほうを見ても、左のほうを見ても、後ろを見ても、火なんですよ。これ、すげえなと思って。すげえなって思うだけ、まだ余裕があったんですね。本当に逃げ出すころには、そんな感覚さえ出てこなかったですね。恐ろしいっていうか、何ていうか、ともかく親に従ってついて行くほかないんで。

移動を始めたんですけど、ふっと親父が後ろを振り返って、「何も頭に乗っけてねえ。ちょっと待ってろ」。すぐ家へ戻ってきて、布団に水をかけて、「これを頭の上に乗っけて、これで行くんだ」と言って、避難して行ったんですね。

そのときには、ちょっと広めの通りへ出たら大勢の人がゾロゾロゾロゾロ、上野のほうへ向かって、西のほうへ向かって逃げている。

逆に東のほうへ向かって逃げようとする人がいたんです。というのは、西のほう、それから北のほうは火の手がバーンと、ものすごく火の手が上がってるんですよ。それで、「精華公園へ逃げろ。そこが駄目だったら、大川のほうへ逃げろ」と言ってるんですね。親父が「組長、馬鹿言うな。こんな大火事のときは風下に逃げちゃダメだ。風上に逃げるのが常識なんだ」。後で聞いたら、それは関東大震災のとき、風下へ逃げた人は命を失ったり、ケガしたりしたけど、風上に逃げた人が助かってるんだ。それで、川上の三味線堀と言ってるんですけど、現在清洲橋（きよすばし）通りという所、二月の空襲と、たぶん強制疎開で、空き地になっている、そっちへ逃げればいいだろうということで、目指したわけなんです。

火のひどいのは、恐ろしいものですね。今考えてもゾッとするような。しかも、焼夷弾による火ですからね。言ってみれば、空からガソリンまいて火をつけられたような、そんなものですからね。炎の上がり方もすごいんですよ。

——風も吹いていましたか？

ええ。風がものすごかったです。火事風というんですか、ものすごく強い風が吹きましたよ。いま新宿の西口のビルの間を、ちょっと天気の悪いとき、いわゆるビル風が吹きますけど、あれより強い風じゃなかったかな。

西から吹いてきたかと思うと、今度は東から吹いてきたり、下から吹いてきたり。何かグルグル回ってる感じでしたね。

■**戸田山幸子さん**（**六年生**）

隅田川のほうへ逃げなさいということで、結局、浅草橋方面に歩いて行ったと思うんですよ。浅草橋の手前に須賀神社という神社がありまして、そこの真ん前で、たまたま父と出会ったんです。

ご近所の方も四、五人いたって妹が言うんですけど、その方たちと一緒に上野のほうへ逃げたわけですね。父は大震災を経験してますから、皆さんに「風上に」と。

私はわからなかったんですけど、妹の言うのには、しょっちゅう風の向きが変わったと。確かに、トタン板の大きな火の粉がどんどん飛んでくるわけです。テーブルぐらいの大きさのトタン屋根が、火だるまになってる。それが頭上に飛んでくるわけですよ。そういうのがしょっちゅう来るわけですよね。

火事風っていうんですか。風の流れがしょっちゅう変わってたんじゃないかと思うんですけど。

とにかく明るいというか、真っ赤ですから、周りじゅうが。飛んでくるのがみんな火ですからね。

それはすごかったです。

■**長門郡司さん**（**教員**）

長門さんは空襲を逃れるうちに、銀行の建物を見つけた。この中にいれば、煙で死ぬことはあっても焼け死ぬことはない。そのほうが死体検視のときにわかりやすい。そう考えて、そこに入った。その建物の中で、夜を明かすことができた。

（朝）四時ごろになると、あのころは三月だから、もうだいぶ明るくなってくるんだね。ガヤガヤ音がするんだよ、外で。私はあのときには、ほとんど外は、全部人が死んでると思ったの。だから、おかしいな、生きてる人がいるなと思って、窓をパーッと開けてみたところが、人が動いてるんだよ。へえ、この火の中を生き延びた人がいるんだ。これは大変なことだな、大したもんだなと思って。

そこからさっそく、私は学校の先生だから、自分の学校まで行かなくちゃいけないでしょう。学校へすぐ行ったんだ。

外へ出たとたんに、人間が真っ黒になって、電信柱が転がっているみたいに、真っ黒になった人がゴロゴロゴロゴロ。初め、人間と思わなかったんだよ。「すごい火事だったな、電信柱もこんになったか」と思って見たら、人間。人間が真っ黒になって突っ張ってるんだよ。

そういう所を踏み分けて、死体を踏み分けて。

――踏み分けるほど、道路一面に死体が。

ゴロゴロゴロゴロ。まっすぐ歩けないんだよ。踏み分けて行かなくちゃいけない。

それで学校へ着いた。学校が残ってたの。偶然に。ああよかったと思ってしばらくしているうちに、今度は学校へ、焼け残った人たちがやって来るわけ。

それからすぐ私は、小さい黒板に、蔵前一丁目（からの避難者）は一年一組（の教室に）、蔵前二丁目は一年二組っていうふうに、記憶に残っている町名と教室とを指定したわけ。

そしたら、来た人がね、よれよれになって来てる人もいたり。そういう人がみんなその黒板を見て、それぞれの教室へ入っていった。

そのために帰れなくて、一週間近くいたね。ようやく落ち着いたから、これでもって、今度俺は、自分の本業があるんだから、五年生以下を見なくちゃいけないからってことで、さっそく白石に帰ったの。

その災害対策をやりながら、暇を見ては外へ出て、子どもの家を訪ねてた。一家全滅の家には何もないの。トタンがコロコロ転がってる。誰かが生きていると、トタンか何かに書いてある。「どこどこへ引っ越してます」とかって。

引っ越し先があるのは誰か生きてる。何も書いてないのは一家全滅。

■柴田恵喜さん（六年生）

空襲を生き延びた柴田さんも、学校へ足を運んだ。

周りはすべて焼け野原で、精華小学校が焼けずに残っていた。そのちょっと先に、友達の家の蔵、白壁の倉庫があったんですね。それが耐火がしっかりしていたらしくて、焼け残った。

そこまで行って、三筋町の交差点から行くと、焼け焦げた死体が転がっている。最初は何かなってという感じでしたけど、いくつか見ると、人間が焼け死んだものだったり、建物か何かに寄っかかった形をして、真っ黒けになって。

後に人から聞かされた話では、焼け焦げないで死んでる人が結構いた。おそらく有害ガスを吸って、あるいは普通の火事の煙のように、ひどい煙で窒息死したんではないかと思われる死に方なんだそうです。

とにかく一面の焼け野原。そして、ところどころ焼死体が転がっている。いやあひどいもんだな、この世の地獄っていうけど本当だなっていう、そういう印象が非常に強かったですね。

そのとき、お腹も空いてたと思うんですよ、喉もカラカラだったと思うんだけど、そういう飢餓感も忘れてたっていうか、気がつかなかったっていうか。何ともうまく表現できないような恐ろしさ、虚しさでしたね。

キントキアパートというのが精華小学校の近くにあるんですが、地下が倉庫になっている。地下へ逃げ込んだ人が、危ないからっていうんで鉄の扉を閉めたんです。閉めて間もなく、私の小学校の友達が親子で逃げてきて「入れてくれ」って。「一杯だから駄目だ。よそへ行ってくれ」と言われて、やむなく厩橋(うまや)のほうへ行った。

そしたらば、地下が蒸し焼きになった。扉が開かなくなっちゃったんだそうです。鉄の扉で、熱のために鍵が溶けちゃったんですかね。開かなくなって、中にいた人たちはみんな蒸し焼きになった。あそこのそばを通ったとき、臭かったですね。何とも表現できないような臭さでね。恐ろしいものでしたね。

――学校に着いたときはいかがでしたか。

嬉しかったですよね。なんか救われたっていう感じでしたよ。

勤務をなさっている先生が二人、三人いらっしゃって。一人が私の担任だったキタムラ先生で、何かほかの人と、父兄と話をしていたようですが、私の顔を見て、立ち上がって「柴田、よく助かったな。よかったな」と目を潤まして、私の手を握りしめてくださいましてね。

そのときだったかな、卒業証書をいただいたのは。なくしちゃったんですけど、B5サイズくらいの画用紙、それも紙の質の悪いね、ガリ版刷りでしてね。

周りがすべて焼け落ちて、精華小学校だけ残ったのは奇跡的なんですけど、宿直の先生が近所の方、あるいは逃げ込んできた人の協力を受けて、水をかけながらカバーしたという話でした。よくぞがんばってくださったという感謝の気持ちですね。

▒戸田山幸子さん（六年生）

戸田山さんたちは上野の山に逃げて生き残った。一面、真っ黒の焼け野原。

——皆さんで上野の山に逃げたとのお話でした。


私は山だと思ったんですね。朝、見下ろしたときに焼け野原でしたから。

そしたら、妹は「山じゃないわよ」って。今の上野の松坂屋がございますけど、そこの前が焼け野原になってて、そこに到着したんだと言うんですけど、私は眼下に見た光景が残ってるんですね。太陽がすごい色で昇ってきたのを覚えているんです。

すごく大きく見えましたし、太陽の色はふつう赤で象徴しますけど、だいだいがすごく強いんですね。だいだい色で。今まで見たことのない色でしたね。それは今でも思い出します。

すごく近く見えたんですよね。下が焼け野原だから、きっと近く見えたと思うんですね。


——その後、皆さんでどこかに避難されたんですか。


私は記憶にないんですけど、妹の話では、それから学校へ行ったと。

うちの裏にいた炭屋のおじさんがリヤカーをくださった。当時、校長先生だと思うの、その方がお布団をくださって、それを乗せて、その上に私たちきょうだい三人が乗って。

それから、本八幡におばあちゃんがおりましたから、そこへ歩いていったわけです。父が「いいと言うまで目を開けちゃいけない」と、すごく厳しく言いましてね。でも両国を越して亀戸辺りで目を開けましたら、あちこち、丸太のようになって亡くなった方もいらしたし、ガードの所に積み木のようになって、亡くなった方が高く積まれていました。今もその光景がまだ目に焼きついているんですけど。

父は関東大震災を経験してますから、おそらくその惨状が胸にあったと思う。だから、「いいと言うまで目を開けるな」と、ずいぶん言われました。子どもだからどうしても、薄目を開けて見たとき、そういう光景で、びっくりして。

あと、江戸川を渡って市川へ入ったときに、確かおにぎりを、炊き出しか何かでいただいたの、私記憶があるんですけどね。そのとき、逃げてきた方が群がって、鬼のような顔をして、すごい光景だったと妹は言うんですよ。妹は、本当に戦争は嫌だと思ったって、そんな話を私にしたんですけど、私は全然記憶がないんですね。

ひとついただいたっていう記憶はあるんですけどね。なんで私に記憶がないのか、不思議でしょうがないんですよ。

大空襲の直前に帰京した六年生は、東京全体で約五万九〇〇〇人。地区によっては半数以上が命を奪われた。

精華国民学校の六年生約一〇〇人のうち、三〇人が亡くなった。

4 家族を失った子どもたち

吉田道子さん（教員）

吉田さんは、五年生以下の児童たちとともに白石に残っていた。三月一〇日の東京大空襲では、吉田さんの寮から帰省した六年生一〇人のうち、六人が犠牲となった。

「まさか」という感じで。

特に私の寮と、長門先生のところもそうでしょう。うちの寮がいちばん、人数にしては多かったんじゃないですかね。一〇人帰って六人死んじゃうっていうのはね。

本当にひどいもんですよ。東京大空襲の真っただ中に飛び込んで行った子どもたちだから、本当に怖かったろうし、つらかったですよね。

（女子で）残ったのは戸田山さんだけだもんね。戸田山さんのおうちが、表通りじゃないんですよね。浅草橋に近かったし。

みんな死んじゃったんですもんね。戸田山さんを残しただけで、みんないなくなっちゃって。甘ったれの女の子たち、みんないなくなっちゃった。

東京大空襲は、帰京した六年生の命だけでなく、白石に疎開していた子どもたちの家族の命をも奪った。家族が亡くなったことを、先生は子どもたちに伝えなくてはならない。

東京が焼けたことは、みんな子どもたちもわかってたわけです。ラジオとか何かでわかっていて。ただ、事細かく、誰の親がどうなったというのは、言えないですよね。家族が全員助かった子もいるし、そうじゃない、残されちゃった子には、なんて言っていいかわからない状況でしたよね。

どうやって話したらいいのかが、それこそ悩みですよね、夜な夜な。早く知らせなきゃならないけど、こっちが泣いちゃいけないのに……。

城山で四つ葉のクローバーを、いつも女の子はみんなで探すんですね。私が四つ葉のクローバーの歌を、学校で習った歌を歌って。そこで私はエイコちゃんに言ったみたいですね。あんまり細かく覚えてない。それを言うのは大変なことで。

寮の部屋で話した子もいるかもしれない。エイコちゃんにはクローバー摘みながら話したって、彼女は言うのね。覚えてるみたい。

タニ君のお姉さん、ケイコちゃんが六年生でね。あの子も死んじゃって。弟は残ったんだけど。本当に六年生の女の子たちが優しくて、お姉さんで。だから、つらかったですね。ケイコちゃんが、手袋を一生懸命編んで、私に渡してくれて。あの子が死んじゃって……。

▩長門郡司さん（教員）

私の寮の場合は、タカハシタクノスケっていうのが六年の男。これは一家全滅。カナザワヒサオ。これは四年生の男子。父親が亡くなってる。コバヤシシロウというのは五年生の男子。一家全滅。

ウザキヒサコ。五年生の女子だった。一家全滅。

フクイヨシコ。四年生の女子。一家全滅。

ハヤシミチコ。六年生の女子。これが、父以外全滅。

タカシマイチロウ。五年生の男子。一家全滅。

それを抱いて寮に帰るわけでしょう。この子たちに話しにくくて。

「あんたのお父さんもお母さんも、みんな死んじゃったんだよ」っていうことを話さなくちゃならないんだけれども、話せないでしょう。かわいそうで。

私は朝、常林寺（寮）へ着いたんだよね。学校の災害対策を終えて、というか途中でやめて帰ったところ、朝着いたんだけど、みんなちょうど朝飯。

いつ入っていこうかっていうのも考えてたんだよ。朝食の時間に行けばそのほうに気を取られるから、僕のあれが紛れると思って、時間を見計らって朝食時間に入っていったの。

そしたら、みんなびっくりするよね。驚いて、喜んで、「先生が帰ってきた」って、そのままちょこちょこっとあいさつして、「先生もご飯食べなさいよ」なんて言われて、食べたかもしれないね。だけど、そこにいられないの、私は。かわいそうで。

お寺の書院って所があってね。そこへ潜り込んで一週間ばかりずっと、ご飯のときにちょこちょこっと行くぐらいでもって、そこに引きこもっていたね。

私があんまり顔を出さないから、子どもたちも気になっていたんだろう、きっとね。そこに僕がいるってことを知ってはいる。そこへ来てワイワイ騒いで、見たら大部分の子がそこにいるんだよ。そこで、よし、この機会だと思って戸を開けて、「おい、みんな集まれ」。

みんな私の周りを囲んで、「今日は先生が大事なお話をするから聞いとれ」。そのときに私はちょうど、田舎の父が刀剣の趣味があってね、たくさん持ってたんだよ、そのうちの一振りを自分の身から離さないようにして、空襲にあった最中も持ってたの。その刀があったから、「これは先生のお父さんが大事にしている刀だ」って抜いて見せたの。「すごいな」なんて言って。子どもにとっては珍しいから。

「実はね、この間の三月一〇日に大空襲があってね。ここにいる皆さんのお父さんやお母さんが、みんな死んじゃったうちが多いんだよ。先生はお話しするのがつらくて我慢してたけど、今日はみんなが元気そうに遊んでるからお話しするけれども、この敵（かたき）は先生が、いつかはこの刀を持って敵討ちに行くからな」と言ったら、みんな目を輝かせてるんだよ。

「カナザワ君ね、カナザワ君のうちは一家全滅だよ。誰々君のうちは一家全滅だよ。あんたのうちもそうだよ」ってな調子で言うと、お互いに顔を見合わせて、あの子のうちもか、あの子のうちもかっていう調子だよね。

誰も泣く人もいなかった。一家全滅だと話しているのにだよ。泣かないんだよ。

それには救われたね。それで私は気持ちがサッパリして、生まれ変わったたね。よし、わしはこれからが自分の本当の仕事なんだ。この孤児たちを含めて、この子たちを俺は最後まで見守らなくちゃいけないんだ。俺の使命はこれから始まるんだってことを決心したわけ。

——その決心というのは、どういう決心でしたか。

これからこの子らを、孤児たちを抱えて、そうでしょう、守っていかなくちゃならない。本当に今度は自分がお父さんお母さんになるわけだよ。その決心だよ。

これからが、私の疎開学童の担任としての責任だよ。今まではチヤホヤしてればいいけど、これからは孤児たちを抱えていかなくちゃいけない。その責任だよ。

■三輪和代さん（五年生）

東京大空襲は三輪さんの母と姉の命を奪った。

私はね、母から手紙が来なかったんです。

それと、何となく雰囲気が、先生たちの間にあったのかもしれませんね。それで、何かあったんじゃないかなと思いました。

いつごろだったか、ちょっと覚えないんですけど、父から手紙が来ました。何も書いてありません。うちが焼けたということしか。「焼けちゃったよ、蔵前のうちも」。それを読んだときに、こういうことを父が書いてきたってことは、何かあったんだなと思いました。

それが、先生からお話を聞いた前か後かわからないんですよね。いつごろお話を正式に聞いたかっていうことも、ちょっとわかりません。

――先生からは、どのように聞いたんですか。

具体的にはよく覚えてないですけど、私は、「母と姉たちが」っていうようなことを、火鉢の前で伺ったんじゃないかなと思いますね。

そのときのことは、具体的にどういう言葉で、どういうふうに知らされたかわからないんですけど、「ここじゃ泣いちゃいけないんだわ。私はまだお父さんたちも残っている」、そういうふうに思ったのだけは、すごく印象的に。ほかの人たちが独りぼっちになったという話はしてたからですね。

先生も、そうやってみんなにお話をするのは、今になって思えばすごいつらいことでいらしたんでしょうけどね。あまりにも多かったしね、六年生の亡くなった方も多かったし。

▩原田静枝さん（四年生）

三月の一〇日を過ぎると、「いいわね、静枝ちゃんちは。みんなが助かってて」。矢のように刺さってくるの、その言葉が。それはとってもつらかったですね。

自分のうちが焼けてるほうがどんなによかったかって、そのとき思ったから。どうしようもない、声のかけようがない。

「この間、六年生のお兄ちゃま、お姉ちゃまを送ったばっかりなのに」って、それは泣きましたよ。みんなで抱き合って。でも一緒に泣いてる私でも、うそ泣きということになっちゃうのよ。私たちが子どものころ、「ほんと泣き」と「うそ泣き」があって、「静枝ちゃんちはいいわよ。みんな生きてるってことわかってるんだから」という、その視線の痛さったらなかった。

彼女たちだって、したくてやったんじゃなくて、悔しさと悲しさと、どうなっちゃってるかわからないという葛藤があるんですよね。みんな悪いほうへ考えていくじゃない？　そういうときって。

お友達のお母様やおばあちゃまに、遊びに行けばお世話になっていたわけですからね。お互いに行ったり来たりしていたご家族が、あのおうちも、このおうちもとなったら、悲しくてたまらないですよ。だから泣くんだけれども、「静枝ちゃんちはみんな助かってるからいいじゃない」っていう、言葉にはならない視線が本当につらかった。「かわいそうな静枝ちゃん」が、あの日を境に「憎たらしい静枝ちゃん」になっちゃったということかな。

六年生のことも、わずか三日前に「さよなら」したお兄さんお姉さんが亡くなっちゃうんだから、すごいつらかったですね。精華小学校で出発前に記念撮影した写真に、亡くなった方に丸印をつけて、ずっとお祈りしてましたね。

東京大空襲から一カ月ほど経ったある日、父親が迎えに来た。原田さんは「絶対に帰りません。みんなと一緒にいます」と抵抗するが、吉田先生の説得で東京に帰ることになった。

ハッチ（友達のあだ名）の手袋はもちろん両手あって、その両手のひとつを私がつけて、もうひとつを彼女がつけて、二人で歩くんです。右手にハッチの手袋があると、向こう側のハッチのポケットに私が左手をつっこみ、ハッチは左手に手袋をして、私のポケットに右手をつっこむ。それで学校に通ってたんですね。

その片手を私は持って帰ってきちゃった。それは駅に着くまでにわかったの。だから返しに行こうか迷ったけど、今思えば、盗んだのね。ハッチと離れたくない気持ちがあって、その手袋を返さないって自分で決めたんですね。

ささやかなことかもしれないけれど、私にとっては大問題。カネマン寮から駅まで、父の後ろをトボトボとついていた私が、ポケットにあるハッチの手袋をしっかり握りしめて、持って帰ってきちゃった。

ずっと彼女と一緒にいるっていう気分で、その手袋を大事に大事にしてたんですけれど、本当に人間って情けない、何十年か後に返すことができない。どこへ行っちゃったかわからない。転々と家を引っ越している間に行方不明になって、感触だけが残っている。

だから謝りましたけど、彼女は覚えてなかった。「そんなことがあったの?」と言ってました。だけど、さぞかし冷たかろうと思うのよね。私のポケットもなくなって、片手の手袋ちゃんもなくなって、あの人はどんなに寒かったろう、どんなにつらかったろうと思ってね。出会って抱きしめたときに、それだけ、すごく思いましたね。

こういう話をしていると、一〇歳の私になっちゃうのね。おべそちゃんになってごめんなさい。恥ずかしいです。

ですから、あの人のことは忘れられない。可愛い子だったんですよ、ちっちゃくてね。あの人を置いて学童疎開を去ったということは、最後まで私にとっての傷になっている。あの人のことを思うと涙が出てきちゃって。それも七十何歳になってる人なのにね。

5　終戦、そして今も癒えない傷

東京大空襲から五カ月後の八月一五日。精華国民学校の児童たちも終戦を迎えた。

政府の方針で、一一月にはすべての児童が白石を去り、学童疎開は一年余りで終わりを迎えた。

■長門郡司さん（教員）

終戦後も長門さんは、引き取り手のない児童と一緒に白石で生活を続けた。

結局、ウザキさんのところは最後まで引き取りがなくて。

その子が残ったから、一緒に辺りを散歩して、スケッチしたのがこの絵なんだよ。

暇つぶしだよ。用がないんだから。その子を守ることが仕事なんだから。

――スケッチを見せていただいてよろしいですか。

これだよ。常林寺。終戦後だから、一〇月ごろだよ。ちょうど紅葉してる。「常林寺山門より」って書いてあるでしょう。これは山門なんだよ。

ここに書いてある。「終戦後　残留児童……」五年生以下のことを「残留児童」と言ったの。「残留児童それぞれが引き取られたあと、ウザキさんのみ残り、二人で後始末」って書いてあるでしょう。「記念にと、暇にかまけて近所を描きまくった」って書いてある。暇にかまけて描きまくったんだよ。

――もしウザキさんの引き取り手が現れなかったら、一生面倒をみていくつもりで。

もちろん。もちろん私が面倒をみて。いちばん私が神経をつかったのはあの子だね。その後長い間、ずいぶん長い間、僕ら、旅行に行くときも連れて行ったりね。ずいぶん長くあの子には手がかかったよ、正直言って。

今見ても新鮮に見えるね。こっちは私が描いた絵じゃなくて、そのころ、子どもに描かせた絵。子どもたちは絵がうまいんだよ。だから、ここに貼っておいたの。

この絵は、学校の寮の生活の最中にやってることなんだよ。終戦前。いわゆる寮の授業だよ。授業として描いたの。これは、みんなに返してやったの。そのときに来なかった子のやつが、ここに残っているわけ。

この子なんかも死んじゃったからね。戦災で死んじゃったから、取りに来ないでしょう。だから残っているんだよ。六年のヨシダマサオ。この子、なかなか優秀な子だったけど、空襲で死んじゃったの。絵だけが残っているの。

モリヤマヨウゾウって、これもそうだよ。取りに来なかった子の分が残っている。

六年生は水彩で描いてあるしね。六年生以下の子はクレヨンの絵だけだね。常林寺の山門を書いてる。フクイヨシコっていう子は、これも一家全滅だよね。

▩佐野繁さん（**疎開時五年生**）

一九四六年一月に、精華国民学校が再開。家を失っていた佐野さんは、四谷の防空壕に住みながら再び通い始めた。

一月七日か八日に精華が再開されたので、始業式の日に僕は来て、そこから精華がスタートしたんです。半年以上、精華は教えたくても、校舎は残っていても、子どもがいないから。

僕らが卒業するころは、確か五四人だと記憶していますね。全校で、一年生から六年生まで。そのぐらいだったですよ。

これ（写真）が、僕ら、二五〇人以上いた同級生が、昭和二一（一九四六）年の三月に、再開された精華小学校に通っていただけ。これ（一八人）しかいない卒業式です。

いちばん端の彼を見ていただくとわかるんですが、彼は裸足なんですね。はくものがなくて。そういうのが昭和二一年三月の現状です。

一日でも早く忘れたい過去。二度と思い出したくない。しかし、現実的な問題として、何かあれば、出てくれれば、思い出さざるをえないわけですよ。でもそれを、声を大にしていろんな人たちに教えたくない。これは、僕の過去のしがらみとして墓場まで持っていくのが、僕はいちばんいいかなと思いますね。

東京ばかりではなくて、横浜ももちろんそうだし、大阪も学童疎開をやってるんですよね。その人たちが、そういうことを公にしたかどうか。あまりそういうことが知られてないということは、言いたくない人が多いんじゃないかなと僕は思うんですよ。

——それだけつらいことが。

心に残っているつらさですね。

もし自分の子どもが同じような状態で、学童疎開に行くという話があったら、僕は、絶対に行かせない。死ぬときは親子一緒だと、僕はそう言ってますから。

学童疎開というのは決して、楽しいとか、懐かしいとかいうものではないと思いますよ。新聞なんかに、よく学童疎開の会があって、現地を訪れて、懐かしかったとか、楽しかったとか、良さを強調されている報道が載りましたけども、それは本心じゃないだろうなと思いますね。

三〇年経ち、四〇年経ち、ひとつの思い出としてそう語っているようなもので、その当時の生の声ではないと思いますよ。

▒三輪和代さん（疎開時五年生）

私ね、あまりメソメソと思い出さなかったですね。

思い出さないっていうか、私は、一生分可愛がられたという思いがすごくあるんですね。末っ子で、母が弱かったもんですから、どうせ私は早く死に別れるって、母は親戚によく申しておりましたそうで、叔母たちからも聞いてましたし。

だから、一生分可愛がってもらえたんだと。いい思い出ばっかりですね。そういう気がします。

メソメソしても、みんな帰ってきてくれるわけじゃありませんでしょう。そういう思いはすごくしてましたね。「悲しんでて帰ってきてくれるなら、いつまでも泣いてるわよ」っていう開き直りもありましたね。

私がいちばん傷ついた言葉は、学校のお友達に「三輪さん、お母さんもいなくて偉いわね。私だったら母が死んだら生きてられない」なんて言われた。そういう慰めの言葉は、わりと友達から聞きました。

今にして思えば、彼女たちの最大の同情の言葉だったということはよくわかりますけどね。当時まだ若かったころは、「そんなこと言ったって、生きていくよりしようがないじゃない」とか、思ったこともありますね。

――疎開のときにもらっていた、お母様からのお手紙はどうしましたか。

焼きました。引っ越しのときに、誰にも言わずに庭で焼いたのを覚えてますね。

なぜでしょうね。私だけがそういう思い出に浸(ひた)ってちゃいけないんじゃないかと思ったのと、自分の心の中にみんなあるからと思ったんでしょうかね。

兄は母たちと一緒に逃げて、はぐれて、自分は助かった。父は町会長をしてて、最後まで皆さんの逃げるのを待って、自分の家族は若いから大丈夫と思ってた。そんなこともありまして、私だけが空襲を知らないから、悪いような気がしていて。空襲については、父とも兄とも話したことはありませんでした。

——三輪さんにとって、疎開とはどういうものでしたか。

大変な生活の変化でしたけど、私にすごい順応性を与えてくれたと思います。疎開に行く日の朝まで、私は洋服まで親に着せてもらってました。小学校五年生なのに。そういう生活をしてたのに、自分でもできるんだわ、とかね。あれがなかったら、こんなにその後の人生をたくましく生きられたかっていう気がしますね。どうしようもできない環境に置かれたときに、どう対処するか、自分をどう対処させていくか。そういう、生き方を学んだような気がしますね。

前向きな考え方っていうんですか、そういうのは、やっぱりあの疎開で培われたことじゃないかな。疎開と、戦後の大変な生活で。大変といっても恵まれてたほうかもしれませんけど、そう思います。

■吉田道子さん（教員）

一九四五年六月、吉田さんは実家の生活を支えるために故郷に戻っていた。そこで八月一五日の敗戦を迎えた。

（教師は）そのままやめちゃいましたね、確か。もう嫌だと思ったんですよね。恥ずかしかったのね、きっと。偉そうにしてたのが恥ずかしくて。子どもたちは死んじゃったし。

一生懸命に教師になって、子どもたちの面倒をみて、学童疎開も国の方針でしょ、お国のためでしょ、みんな「お国のため」「お国のため」、その通りにやったことが全部、敗戦で崩れてしまった。一生懸命やってきたことを全部、抹殺された。それはほんとにつらいし、恥ずかしいし……。

――戦後まもなくは、子どもたちに会いに行けたのではないですか。

そうです。会いたかったです。でもみんな食べること、生きることが大変。戦争中は「お国のため」で、国の方針の通りに動くしかなかったでしょ。戦後は全部それがなぎ倒されて、それぞれが本当につらい日常だったんですね。ほんと、みんなに会いたくて。でも私が会いたいと思ってても、みんなは会いたくないかもしれないと。教師というのは許しがたい存在だと言われることも多かったから。

――吉田先生にとって、疎開はどういうものでしたか。

思い出したくはないんですけれど、思い出さなければいけない。「学童疎開」なんていう言葉、知らない人ばっかりですよね。そういう意味では、思い出したくないと言わないで、伝えなきゃいけない。それは本当に思いますね。わかってくれるかどうか、わからないけど。

■戸田山幸子さん（疎開時六年生）

一人のお友達は防火用水の中で亡くなっていたってお話も伺って、本当に絶句しました。それから、いちばん仲が良かったのはアリハラタエコさんなんですけど、ご自分の家の防空壕の中で、家族中で亡くなって。それが後にビルを建てるので掘ったときにわかったっていうことは伺いました。

　だから、カネマンの中で私だけでしょう。生かされたっていう思いがずっとありましてね。亡くなったお友達のできなかった気持ちを、私は死ぬまで受け継いで、何か役に立つことをしていかなきゃいけないいなって、ずっと思ってるんです。

　私が生きているのは、奇跡に近いようなものですからね。家族全部亡くなられた方もあるし、本当に大変なことだったですよね。広島とか長崎の原爆ももちろんですけど、大空襲っていうのはむごいことです。

　私このごろ思うんですけど、人間は時が経つと、風化しちゃうというか、常にそういう気持ちを持ち続けることができないのか、自分自身も含めて反省することがありますよね。だから、できるだけ私は、孫にときどき話をして、生かさせていただくことがどれだけ大事かをわかってほしいって話すことがあるんです。

　どうでしょうか、今の日本を考えて。私ぐらいの年代の方が、もっと下の世代の方たちに、大事なことを伝えていく役目があると思うんですよ。戦争の惨状がどうだったとか、戦争があってはならないということはもちろんですけど、それよりもっと深いところ、命に対する思いを、私は伝えていくべきだと思っているんです。目に見えない大きな力の中で、一人ひとりが生かされているということ。

　だから、亡くなったお友達の分までも、一生懸命、命あるかぎりは、できることをしていこうと思っています。幸いに、こうやって元気でいさせていただいてますから、本当にありがたいと思っています。

■嘉藤長二郎さん（疎開時五年生）

子どものとき戦争体験をしたので、民衆が幸せになるための仕事をしたい。それと、「子どもに平和を」というんですかね。だから、区役所に就職したときも、翌年には組合の執行委員をやって、経済闘争と平和運動闘争をやるんですよね。

それを一〇年近くやって、学童疎開のことを継承していかなきゃいけないという思いになって、私の平和活動は学童疎開の継承に変わっていくわけです。

それで、文集を作ろうと。ただ、いきなり文集っていうのはできないですからね。数年間は、精華の昭和二〇年度生の同期会を結成するとかですね。それから、九学寮の同窓会で、白石へお礼訪問とか。そういうのが一段落してから、この文集『不忘山』の原稿起こしに入ったの。

原稿を集めるのは大変だった。「嘉藤は学童疎開の原稿を集めている。あいつは反戦の活動家ではないか」と。私の職場にも問い合わせが来たくらいだし。

それから、学童疎開のことは忘れたいのに、なんで今さら思い出して書かなければいけないのかと。親と死別した悲しみ、いじめられた悲しみ。そういうのを思い出さなければ書けないわけですよね。でもやはり、子どもたちに、私たちが味わった、「子どもの戦争」と呼ばれている学童疎開を味わわせたくない。そうしたら、実態はこうだったと知ってくれないといけないわけですよ。子どももそうだし、今の四〇代、五〇代くらいまで、あまり戦争を知らないわけですからね。日本が起こした戦争、太平洋戦争っていうのはね。

海に沈んだ学友たち
【沖縄・対馬丸】

上原清「沈む」(対馬丸記念館提供)

一九四四年八月二一日午後六時半ごろ、沖縄・那覇港から長崎に向け出航した対馬丸。
乗客およそ一七〇〇人、うち学童集団疎開の子どもたちおよそ八〇〇人を乗せたこの貨物船は、出航翌日にアメリカの潜水艦から攻撃を受け、沈められた。貨物室で寝ていた子どもたちは海に投げ出され、荒波の中で息絶えていった。
学校ごとに行われた集団疎開の子ども、親戚などを頼って九州に渡る一般疎開の子どもを合わせると、少なくとも一〇二五人の児童・生徒が命を落とした。
生存者たちの証言から、対馬丸の悲劇を見つめる。

堀川澄子さん

(ほりかわ・すみこ)1932年生まれ。1944年8月、那覇市泊(とまり)国民学校6年生で学童疎開の際、対馬丸が撃沈。宮崎県に疎開。1945年、親戚に引き取られて疎開生活。帰沖、高校卒業後、基地従業員として勤務。

儀間真勝さん

(ぎま・しんしょう)1933年生まれ。1944年8月、那覇市垣花(かきのはな)国民学校6年生で学童疎開の際、対馬丸が撃沈され、宮崎県に疎開。1945年、親戚に引き取られ熊本県で疎開生活。母と妹が沖縄戦で死亡。1946年に帰沖。高校を卒業後、教員訓練学校に通い、約40年間教員を務める。

喜屋武盛守さん

(きゃん・せいしゅ)1929年生まれ。1941年、沖縄県立第二中学校に入学。1944年8月、3年生で家族と疎開の際、対馬丸が撃沈され、妹が死亡。1947年に大阪へ、以後、鉄工業・空調会社に勤務。

新崎美津子さん

(あらさき・みつこ)1920年生まれ。沖縄県女子師範学校卒業後、1940年に久志尋常高等小学校に赴任。1941年、那覇市垣花尋常高等小学校に転勤。1943年、那覇市天妃(てんぴ)国民学校に転勤。1944年8月、疎開の引率として乗った対馬丸が撃沈され、宮崎に疎開。ケガが癒えず離職。1945年は両親と疎開生活。夫と再会して熊本、栃木に引っ越し、以後、主婦業。

糸数裕子さん

(いとかず・みつこ)1924年生まれ。1944年3月、沖縄師範学校女子部専攻科卒業。4月、那覇国民学校の訓導に。8月、疎開の引率者として乗った対馬丸が撃沈され、宮崎に疎開。高崎国民学校に転勤。1946年、生徒を連れて帰沖、約37年間教員として勤務。

中島高男さん

（なかじま・たかお）1927年生まれ。1942年に日本郵船に就職。12月、対馬丸の船員に。1944年8月、対馬丸が撃沈。その後、横浜―室蘭の貨物船に乗船。1945年3月に退職、4月から海軍の通信学校に。以後、日本郵船勤務。

平良啓子さん

（たいら・けいこ）1934年生まれ。1941年4月、国頭村安波国民学校に入学。1944年8月、4年生で家族と疎開の際、対馬丸が撃沈。奄美大島で疎開生活。1945年2月に帰沖、沖縄戦では山中で避難生活。高校卒業後、教員免状を取り、39年間教職を務める。著書に『海鳴りのレクイエム――「対馬丸そうなん」の友と生きる』（民衆社）。

1 「軍艦で行くから」と勧められた学童疎開

一九四四年、日本軍の戦況は悪化の一途をたどっていた。七月には、太平洋方面の最重要拠点であるサイパンが陥落。沖縄で学童疎開の動きが始まったのは、その直後だった。

それは、戦況の悪化に伴って、日本軍が進めていた戦略に基づくものだった。国の求めを受け、沖縄県が提出した文書（「警察官の疎開家族に対する臨時生活費補助に関する件」）には、疎開の目的として「防衛態勢の強化」が挙げられ、老人や子どもが島にいると「軍の足手まといになる」と記されている。

アメリカ軍の侵攻が迫る中、大本営は沖縄を航空戦の一大拠点にしようと、兵力を増強。「要塞化」を進めるなかで、一〇万人もの住民を島の外に出す計画をたてた。

■儀間真勝さん……当時、那覇市垣花（かきのはな）国民学校六年生

夏休みが始まって、八月になってからだったと思いますけれども、先生方が各家庭を、疎開をするようにと言って回ったんです。後で聞いてわかったら、サイパン島が玉砕して、そして昭和一九（一九四四）年の七月一七、一八日かに国のほうから県に、疎開させるようにという命令みたいなのがあったということで。学校が休みになっているものだから、先生方が各家庭を回って、疎開をするように勧められたわけですね。

うちにも担任の先生がいらっしゃって。疎開の勧めは、「大変だ」ということはひとつもなかったですね。旅行気分で、だいたい長くても一年から一年半だと。向こうで雪も見られるとか、汽車にも乗れるとかいう話が、もっぱらあったんです。みんな行きたくなるわけですよね。戦争で避難していくというような感覚は、ひとつもなかったと思いますね。

父が、「いとこたちも三人行くというし、一人誰か行ったら」と言った。六人兄弟だったから。「僕も行ってみたいな」と話したら「ああ、行ってみたら」というぐらいでね。本当に旅行気分で勧められたというのを覚えてますね。

海が危険だということは、そんなには感じなかったです。先生方との話では、人を乗せるから当然客船だと思っていたけれども、あるいは軍艦で行けるかもしれないよという話もあったんですね。貨物船になるということは一言も聞いたことないわけです。それは疎開の当日乗ってみて初めて、貨物船だということはわかったわけです。

客船だったら、よく那覇港から客船が出ていくのを見ているから、きれいな船だな、乗ってみたいなといつも思っている。軍艦ならなお格好いいだろうな。そういう形で待つということでしたね。一切、危険ということは感じなかったですね。


学童疎開に子どもを行かせるよう、教師たちは親を説得して回った。

それは上からの指示だった。当時沖縄県が学校長宛に配布した「沖縄県学童集団疎開準備要項」には、疎開者を集める際の教師の心構えが記されている。親や子どもの「動揺を極力防止」するために、不安にさせるようなことは言わないよう教師に求めていた。

サイパンが落ちたから、すぐに県から、もう早く一〇万（人）とかを疎開に出さなくちゃダメだという急なことで。

▒新崎美津子さん……当時二四歳、那覇市天妃国民学校の教師

でも、田舎のほうに、（沖縄本島北部の）国頭とかそういう所に行けばいいんだという人は、子どもをあんまり（疎開に）やらなかったんですけど。疎開しなくちゃという通達が学校からも県からも来ますから、だからそういうことになったんだと思うし、普通の人は疎開する気はあんまり起きなかったんじゃないかと思いますよ。学校だけが、県から通達が来て、急いでやんなくちゃというので、それを父兄にも広げて、疎開を促進できたんだと思いますから。

だから、（疎開に）手を挙げる人というのは最初はいなかったんですよ。それで県から、急ぐようにといってまた通達が来ますから。

説明をして何軒か回って歩いたんです。それも四軒か五軒くらいだったかと思います。

疎開はとにかく、私たちは反対するもしないも、学校の命令ですので。ですけど子どもたちは、最初はあんまり喜ばなかったんですよね。親から離れるもんですから。

私たちが家庭訪問をしたときは、なるべく皆さんに賛成してもらうようにこっちも話すわけですけどね。「軍艦だから」って言って。私たちがどうぞ疎開にやってくださいというのは、軍艦というのが頭にあったから。

それで話を聞いていると、「いとこの誰ちゃんとかもいる、お話はだいたい聞いているからいいんじ

ゃないの」とか。あんまり私はしつこくは言わなかったんですけどね。いとこが行くから、親戚が行くから一緒にお願いしますって、そういう所が多かったんですよ。

もう学校に従うしかない。あのころ、父兄も（戦争に）負けるとは思っていないから、もう一生懸命。その疎開の伝達が回りますと、それに反対する人はいないんですよ。みんなお国のためと言って、通達を守るわけで。

▒糸数裕子さん……当時一九歳、那覇国民学校の新任教員

那覇国民学校では、校長が教師たちを緊急に集め、子どもたちの本土への疎開命令が出たと告げた。

「実は、学校にも疎開命令が出た」と。しかも、「学童を連れて行くことだ」と。みんな大きな声で、「ほぉっ」て言ったんですよ。それはやっぱりショックだったと思います。

「軍艦が出るならば行かそうというアレ（交渉）はできませんか」と先生方から出るわけですよね。「それはわからない」と。「もちろん、軍艦で行かすと軍は言っているけど、そのときになってみないとわからん」と、そんなもの。もう何もかも、ちゃんとした答えは出てこないわけですよね。

それでも話はどんどん進んでいって。あとは県庁の人、若い方が来てね。説明していたんですよ。「那覇市はまとめて、こうしてひとつの船に乗って」と。

それがだんだん、今度は「生徒を集めましょう」ということになって。ちょうど七月の末ですね。なかなか集まらないわけですよ。子どもたちは行きたがる。ヤマト（本土）に行くのはね。沖縄はあんまり桜もなかったころでしたから、「桜もきれいってねぇ」とか「富士山もあるってねぇ」とか。雪も降る、雪も見たいと。そういった、自分たちが想像もできないことが向こうにはある。「疎開した

い人、手を挙げて」と手を挙げさせると、みんな挙げるんですよ、ハイハイって。「なんで疎開するの」って言うから、その訳を話すわけです。詳しくは私もわからないわけですよね。まぁ多分、今サイパンがやられているからねぇ、サイパンの次は沖縄に来ると。「台湾がありますよ」って言うから、台湾は大きいからあそこは心配ない、沖縄は小さいからね、やっぱり沖縄に来たら、小さい島にたくさんの人がいると、みんなやられたら困るから、あっちこっちにまばらに散らすのが、疎開という意味だよと。行く人、と言ったらみんな手を挙げる。

「お母さんやお父さんの承諾を貰ってきなさい」と言っても、まだ書きませんよ。それが切実に迫ったのは、二週間ぐらい前、一〇日ぐらい前ですね。「生徒の名前をきちんと書いてください」と。

疎開する子どもの人数を増やすため、家庭訪問を重ねた。

教務主任が、「あなたのクラスは少ないから、家庭訪問したら」とか言うわけですよね。すぐ「行かすよ」という所に的を絞らんと、こっちも時間ないですからね。やっぱり兄弟たくさんいる所じゃないと。あのときには高等科生だったら、下に妹弟が三名ぐらいいますからね。一人ぐらい、ヤマトへ行かせてもいいだろうぐらい感ずるわけですよね。だからそんな所を訪問して。

一人の子のところは三回行ったんですよ。三回がいちばん多くて、もう一人は二回行ったんです。とにかく「国が責任を持って移動させる」と言うだけでね。「国が責任持ちます。那覇国民学校が、向こうに行って分家みたいな学校ができることです。それをみんな国が面倒みますから」と言ったら、「ああ、学校の引っ越しですね」「そうです。先生方ももちろんみんなそこに勤めます」。そういうことだったんです。また、そういうふうに私たちも言われたんです。「多分、軍艦が連れて行くといいますからね」ぐらいに話してね。そしたら、「ああ、軍艦で行くんだったらいいですね」。安心するわけですよね。こっちも知らないんだから、もう知っているだけしか言わないですね。そういうふうに言いなさいって言われているから。

私のクラスは一三名、多分、一三名だったと思う、行ったんです。多かったですねぇ。だいたい、どのクラスからでも七、八名は行っていますからね。大きい学校だったから、三〇〇名超しています。

■堀川澄子さん……当時、那覇市泊国民学校六年生

夏休みは、恩納村にうちの母の里がありましたので、そこに行っていました。行くまでは何でもなかったんですよ。那覇に帰ると、何日かの間にすごく変わっていて、みんな「疎開に行く」っていうふうに騒いでいたんです、友達は全部。

それじゃあ自分も遅れてはいけない。ヤマト（本土）っていうのが、あのときの私たちは、まず雪が見られるということですね。それから船に乗れる。そういった感覚で、来年の三月にはみんな帰って来られるんだっていうことだったんで、旅行に行く感じですね。

大きい船だし絶対大丈夫だって、護衛艦も付くし絶対大丈夫だと言われていたし。それよりも、旅行に行けるんだっていう楽しみがあったんじゃないかしらね。単純だけどね。

それで、自分だけ取り残される感じで、周囲のお友達は全部もう手続きが済んでいるから、一生懸命自分でやりました、手続き。ただもう、友達が行くんで私も行きたいというだけの一心です。

■喜屋武盛守さん……当時、沖縄県立第二中学校三年生

喜屋武さんは父親の勧めで、母と姉、妹の付き添いとして疎開することを決めた。

親父が「おい、行くことに決まったよ」と言ってきた。「ただし女ばっかりだから、ちょっと頼りないから、お前男一人ついて行け」と。「いや、ちょっと待ってよ、この歳の男は疎開できませんよ」。そしたら「いや、女ばかりのときは、男が一人はついて行ってもいいそうだ」と、親父が言ってきたわけ。

私も、それはやっぱり妹もおるし、姉たちも女だから、自分が行けば手助けにはなるだろうと。それで学校と相談したわけ。そしたら、二中でも十四、五人おりました。みんな職員室の前に集められて、「お前ら何、内地に行く。逃げるつもりか」ということで。当時学校には配属将校というのがおりました。「お前ら、逃げるのか」ということになったんだ。

いや、逃げるんじゃないんだ、こうこうこうして女ばかりだからついて行くんだということで。ざっと一時間くらい説教されたかな。「よろしい、沖縄に残るのも国に対する奉公、行くのも奉公だから、行ってこい」ということになった。

それで学籍簿から何から一応全部揃えてくれた。行けば当然、鹿児島の中学校に転校するつもりだった。その当時内地は、学徒動員はあったんだけど、沖縄みたいに学校が兵舎になって勉強できないという状態じゃなかった。軍事教練とかはあったけれども、勉強もできたんです。僕はもう少し勉強したいという気もあったんだね。

昭和一八(一九四三)年の暮れぐらいから、あっちこっち船が沈んでいます。兵隊が沈んだそうだ、何人泳いで上がったそうだという噂が入ってきた。学童疎開で行った子どもたちはおそらく旅行気分

ですよ。しかし私たちはそういう気分じゃありませんでしたね。十五、六（歳）にもなると、そんなに甘くはないと覚悟していました。

親父は、「お前、無事にこの船が鹿児島に着くと思うなよ」と。「どんどん沈んでいるから、そう思うな。もし沈んだら親子は問題ない、自分一人だけ逃げなさい」ということを親父が言ったところを見ると、やっぱりその覚悟だったんじゃないかな。

かと言って沖縄に残すことは、やはり大変でしょう。沖縄に残ったって、どうせ学徒隊で行かなければいかんという感じはあった。残ったら残ったなりに何かにさせられる。だったら今のうちに内地に渡したほうがいいんじゃないか。そんな感じだったんじゃないかね。

2 貨物室に入れられる子どもたち

学童疎開に向かう子どもたちを乗せた対馬丸は、貨物船だった。

■中島高男さん……当時一七歳、対馬丸の船員

――中島さんはいつから対馬丸に乗っていらっしゃったんですか。

一五歳ですから、昭和一七（一九四二）年の一二月です。

その当時は軍事物資を南方方面へ送るために、陸軍の徴用船になっていたんです。主に関東軍、満洲のほうに展開していた陸軍の精鋭部隊ですね、これを釜山(ふざん)とか上海(シャンハイ)とかから南方方面へ移送していたわけです。一回に一〇〇〇人ぐらいずつだと思うんですけれども。人数はちょっとわからなかったんですが、それくらいの兵隊さんを乗せて輸送していたわけです。

この上段の甲板は、南方のほうへ行くと裸足で歩けないほど熱いんですよ。中段の甲板だって、中(甲板の下)は熱が全部入りますから、今でいうサウナじゃないかな、そういう環境の所へ兵隊さんや何かも詰め込まれて、南方へ行ったわけです。窓ひとつない。貨物船ですから、もともと。

帰りはそういう所に人は乗ってませんから、荷物をどんどん詰めて持って帰ってくるわけです。

だから、人間がそこにいられるような状態ではない所だったんです。この対馬丸の構造的には。

対馬丸(日本郵船歴史博物館所蔵)

対馬丸が疎開船になることを中島さんが知ったのは八月一九日、出航の二日前だったという。

上海の帰りに、初めて那覇港へ入港したんです。それが私の記憶では、(昭和)一九(一九四四)年の八月一七日ごろ。

そしたら一九日ですか、この船は疎開船になるという情報が入ってきたんです。どういうことかなと思ったら、沖縄が近いうちに戦場になるだろうと。それには戦争に邪魔になってしまうお年寄りとか女の人とか、子どもたち、これを内地に疎開させるんだと。そういう話が来てびっくりしたんです。

そして八月二一日、出航の日。疎開する人たちと見送りの人たちが、那覇港の広場に詰めかけた。

対馬丸っていうのは、那覇港へ入るにはかなり大型船だったんです。ですから岸壁に接岸できなかったんです。沖泊(おきどまり)っていって、港の真ん中へ碇(いかり)を降ろして、そこへ停泊していたわけです。ですから、一般の人が乗ってくるったって、みんな艀(はしけ)っていう、小さい荷物の運搬船、ああいうものに乗って、朝からいっぱい乗ってきたんです。お年寄りから女の人から、子どもが。

■儀間真勝さん（国民学校六年生）

たぶん一九日ごろだったと思いますけれどもね。二一日に船が出るから那覇港の広場に集まると。午後二時だったと思うんですけれど、集合するようにと言われて、父に連れられて行ったわけです。たくさんの人が、家族とか見送りとか来ているもんだから、暑くて大変で。

港に船一隻(せき)もいないわけです。普通ならば大きな商船が泊まっているのが（那覇港に面した）垣花からもすぐ見えるもんだから、「船、どこにいるんだろう」と聞いたら、「船は大きいから沖のほうに泊まっているんだ」と。「へー、そんなに大きいのか」ということで、大きな船に乗れるということを喜びとしていたわけです。

二時ころからだから、三時間、四時間くらいいたと思うんですよ。親たちも帰っていくし、もう友達とワイワイするだけで、船を待つぐらいで。乗る人でもういっぱいなわけですね。そしてその間に、各学校から舟艇(しゅうてい)（艀）で、沖の船に何回か運んでいたと思うわけですね。もうみんな集まっているからわからないんです。

だいたい四、五時になってから垣花の学校の生徒が乗る順番だったわけです。それで舟に乗って沖に行ったら、もうでっかい船が泊まっているもんだから。

縄梯子(なわばしご)でこう上がるんですよね、揺れながら。

■**堀川澄子さん**（**国民学校六年生**）

すごい、あんな大きい船、見たことないですよ。沖縄の人はみんな見たことない。あの当時、七〇〇〇トンということは聞かされていました。船まで上っていくのにも大変。梯子を上っていったのかな。

いざ別れるというとき、ボート（艀）に乗り込むときには、みんな子どもたちも親も泣いていたんだけれども、私は別れに泣いてはいけない、涙を出してはいけないとずっと言われていたんで。母も辛抱して涙を見せなかったし、私自身もとにかく耐えてました。

ちょうど船が（沖縄本島中部の）読谷(よみたん)あたりの沖の所に来たのが、日が沈むちょっと前だったかな、まだ島影が見えて。そのときがいちばん寂しかったですね。いよいよ島を離れるというときが、夕日のあるころだったから、あれは何時でしょうね。そのときは本当に寂しくなって涙が出ました。

子どもたちは対馬丸に乗り込むと、甲板の下にある貨物室に入れられた。窓はなく、暗い部屋。甲板に上がるには、階段がひとつと、縄梯子しかなかった。貨物室には大きな二段の棚が作られていて、子どもたちはそこに詰め込まれた。

■儀間真勝さん（国民学校六年生）

乗るまでは、大きな船だなと喜んでいたわけですけれども、乗ってみてこの中に入ったら、真っ暗。外は明るいわけだが、中に入ったら本当に真っ暗という感じで。

入って初めてゆっくり眺めて「ああ、こんなもんかな」ということがわかったわけです。本当にもう、大きな箱形の二階三階建てくらいの倉庫みたいなのに押し込められているようになったもんだから。みんな「おかしいね、これは」というような話し合いをして。

「なんだ、この船は貨物船じゃないか」と。よく那覇港では、船の上の大きな蓋、ハッチというんですかね、あれを重機で引き上げてそれで荷物を乗せたり降ろしたりする。全く同じだと。もう倉庫みたいなのに入っていくもんだから、「なんだ、この船おかしいんじゃないの」ということをみんな話し合って、ワイワイ騒いだわけですね。

もう息苦しいし、窓はないでしょう。みんな「大変だ、暑いな」ということで、先生にも「おかしいですね。どうしてこんな船に乗せられたのかな」と言っても、もう後の祭みたいで。「いや、これがちょうど（沖縄に）来て兵隊を降ろして、それが九州に戻ると。長崎に戻るからこれに乗せられたんだ」というようなことを聞かされたわけですけどね。先生に聞いても、「いや、もうこの船しかなかったんだ」というふうな言い方だったと思います。具体的な説明なんかないわけ。

■喜屋武盛守さん（中学校三年生）

まず上陸用舟艇みたいの（艀）に乗って、着いて初めて対馬丸だったと、こういうことなんだ。貨物船なんだ。

タラップ（縄梯子）を上がっていった。そのときに、これ大丈夫かと。生活できるのかと。それから底に下りていく。これ大変なことだったんだ。トイレもない。トイレ全部上にあるんですから。水もない。冷房も何も、貨物船だからそんなものないわけだ。

これはえらいことになったなと思ったけれども、今さら帰りようがない。一晩か二晩かしたら着くはずだからということで、そのときはあきらめるよりはしようがない。

八月二一日夕方六時半ごろ。乗客およそ一七〇〇人、うち集団疎開の子どもたちおよそ八〇〇人を乗せた対馬丸は、他の貨物船とともに二隻の護衛艦に付き添われ、長崎に向け出航した。対馬丸は陸軍の徴用船。直前まで兵士の輸送をしていた。アメリカ軍は対馬丸の動きを監視していた。

■中島高男さん（船員）

二一日の夕方六時半ごろ、出航したんです。

出航するとすぐ警戒警報なんですよ。もうその当時の船団というのは、いつどこからやられるかわからない。いつ潜水艦が現れて攻撃されるかわからないと、ピリピリはしていましたよ。

出航してみると、港外に二隻の貨物船が、対馬丸よりはちょっと小さい船だったんですが、和浦丸（かずうら）と僥空丸（ぎょうくう）っていう五〇〇〇トンクラスの船が二隻待っていまして、最初三隻の船団で、対馬丸が真ん中へ入って、こう三隻縦隊になって出たんです。

船員だけでなく、中学生たちも甲板に呼び集められ、周囲の監視を命じられた。

喜屋武盛守さん（中学校三年生）

船に乗ったときに、「中学生全部集まれ」と集められたわけだ。僕は二中ですが、一中もあれば水産、工業、商業がおった。二十四、五人おったかな。

「二時間交替で監視しろ」と。ぐるぐるぐるぐる二時間回っている。監視するというのは、潜水艦がそこに来たら「おーい、潜望鏡見えたぞ」ということだ。それは、昼はいいけど、夜は見えるもんじゃないんだ。

船長のほかに船舶兵の親分がおったんだ。軍曹だったかなんかわからないけどね。これが輸送司令官。船長はこれの言うとおり（言いなり）なんだから。中学生集まれと言ったのはこの連中なんだ。この船の船団の指揮は彼が全部とっているわけ。集められて三つの班に分けたのも、彼が分けたわけだ。それで夜中は三時間、昼間は二時間交替くらいで。我々は双眼鏡も持っているわけじゃない。ただ見ているだけの話なんだ。

乗ったのが貨物船であることに驚いた子どもたち。しかし、友達との船旅に、はしゃぐ声が響き始める。

■**新崎美津子さん**（教員）

子どもたちは、乗ったらもうみんな喜んで。船の旅というのは初めてですから、みんな嬉しくてね。船が沈むなんて夢にも思わないですから、修学旅行みたいに枕投げやって。

あんまりにも騒ぐので、下のほうで「今夜は危ないから子どもたちを静めてください」と、通達がしょっちゅう来たらしいんです。潜水艦のそれを意識してのことだったと思います。だからみんなを静めて静めて。もう声も枯れて。それほどに静めて、「危ないから」と。

夜が明けて八月二二日。子どもたちには救命具が配られ、非常時の退避訓練が行われた。しかし、なぜ〝危ない〟のか、説明はなかった。

■**儀間真勝さん**（国民学校六年生）

お昼ごろ、真ん中のほうに、広場にみんな集められて、係の先生から説明があったわけです。「明日は長崎に着くんだ」と言ったら、みんな「わーい」と喜んだ。本当に大きな声で喜んで、騒いだりしたわけです。

ちゃんと軍艦が、護衛艦が護衛しているから安心だということは、昼の説明でもありましたからね。だから心配いらないと。

それが終わったら先生が、「でも今晩は危ないんだ」と。そういう意味で救命具という、枕みたいに四角いのを前と後ろにしてひもで吊るされて、中に綿が入っているわけね。緊急用ということで二四時間ぐらいしか浮かないようで、水を吸う。二四時間には救助に来るんだという考え方でこの救命具は作られている。これをみんなに配られたわけです。

それから先生が説明するには、「緊急の場合にはあの梯子ひとつでは大変だから、縄梯子からも上がれるんだ」と。それでみんなこれを上ってみたり、ちょっとやったわけです。万一の場合に船が危険だというときには、ベルが「ピピピピ」という合図があるんだと説明があった。

▒中島高男さん（船員）

先生方がみんな子どもを上甲板に集めまして、救命胴着の着け方っていうのを一生懸命教えてました。二二日の一日中やってましたけれども。

ところが昔の救命胴着っていうのは、枕を二つこう前と後ろに背負うような形で、ひももこう二本ついているっていうもんです。子どもにとっちゃ、それは非常に難しいんです、着けるのが。

対策っていったら、いかだがたくさん積んであったんです。木のいかだと竹のいかだ。船の甲板の所にいっぱい積んであった。それぐらいです。

ボートは四隻積んであった。（通常は）この貨物船はそんなに大勢乗っているわけじゃないですから、四隻で間に合ったわけです。それしかなかった。

3
魚雷に沈められた対馬丸

那覇港を出たときから、アメリカ軍の潜水艦が、対馬丸の追跡を続けていた。
対馬丸が那覇港を出てから二日目、八月二二日の夜一〇時過ぎ。潜水艦から四発の魚雷が発射された。

■中島高男さん（船員）

一〇時に（見張りを終えて）交替するとき、この甲板の上を通って来たわけです。この上に大勢、大人も子どもも、中は暑いから涼んでいたのは確認したんです。ずいぶんいるなと思って。で、船室に入った。

自分のベッドっていうのは左側の二段目の上の段にあったんです。ぼんやりしていたんですが、ちょうど一〇時一〇分過ぎくらい、いきなり汽笛が三発も鳴ったんです。

三発鳴るってことは、潜水艦が出たということなんです。だから私そのとき、瞬間的に立ち上がったんです。ボーンと立ち上がった。そしたらいきなり左後方ですね、ものすごい爆発が起きたんです。光は何も見えなかったんですよ。すごい爆発が起きて、その衝撃でこっち側のベッドまでドーンと飛ばされたんです。

その後ですよ、二、三秒後にもう一発、それからまた二、三秒後にもう一発って、三発魚雷が当たったのは確認したんです、倒れているとき。だからもうこれは轟沈（ごうちん）しちゃうと思ったの、間違いなく。扉を開けようと思ったら、これが爆発のショックで開かなくなっちゃったんです。体当たりなんかして、やっとドーンと開いた。それで表へどっと飛び出した。

入り口の船倉の所、さっき見て通ったときは、そこにいっぱい人が乗っていたわけですよ。それが全部、船底まで落っこっちゃっている。真っ暗な穴が開いちゃっているんですよ。

思わず中を覗いたんです。そしたらその中が、左側からものすごい勢いで水がドーッと、もう滝ですよ。その中に、蓋だとか何かいろんなものがごちゃ混ぜになっているところで人間が、ものすごい人間がうごめいているわけです。ワー、ギャー、何て言っているんだかわからないけど、ものすごいガーンと鳴って。もうそんな光景、私、初めてなんで、これが地獄っていうものかなって。

大人やら子どもやら、子どもが多かったんですがね、ものすごかったです。薄暗い所で、ガーンという声が耳の中に入っててね。その光景っていうのは、私は何十年も頭にこびりついていた。助けようったって何も助ける手段がないんですよ。梯子も何もないし、はるか下のほうです。どうしようもないんですよ。

甲板の上には大勢の人がいる。子どもも大勢いまして、私、「救命胴着つけろ、救命胴着つけろ」って、怒鳴りながらかき分けていったんです。もう沈没するのはわかってますからね。そのときに、この甲板にいた子どもたちって、泣いているだけなんですよ。いざとなったら救命胴着なんか着けられないですね、子どもには。あれは無理です。

中島さんはボートデッキに上がり、ボートを吊るしたロープを鉈で切ろうとしていた。日中の雨で、麻のロープは固まっていた。

そしたらそのうち船が左へザザザザーと傾いでいる。もう、いかだとかいろんなものがみんな、海へガラガラ落っこっているんです。それと一緒に人間も、ばらばらばらばら落っこっているんです。これはもう駄目だと。もうブリッジじゃ、ずっと前から「退船、退船」って盛んにマイクでやっているんですよ。しょうがない、もう、海に飛び込んじゃおうと思って、まっすぐ飛び込んだ。

魚雷が当たってから一一分後、対馬丸は沈んだ。

服は着てましたけれども、このまま泳いで三、四十メートル離れたかなと思ったら、後ろですごい音がしたんです。ダダダダダーって。

対馬丸が、バーッと前のほうが全部沈んで、逆立ちになったんです。この一瞬ですよ、一瞬のうちにドーッと沈んじゃったんです。その早さってなかったです。

それでこの、沈んだと思った瞬間、一、二秒経ったら、沈んだ所からすごい泡、ものすごい泡がワーッと何回も吹き上がるわけ。その中に混じって、救命胴着つけた子どもたちがもう後から後から、ゴボゴボ浮き上がってくるんです。それはもうびっくりしましたよ。どれくらい浮き上がったか、何百人浮き上がったかわからないですよ。広い海に散らばっているんですよ。

今度はまた沈んだほうへ泳いで行って。その子どもたちはみんな海の中に顔つっこんでいるんです。顔をあげてみると全部死んでいるんですよ。どの子もどの子もみんな死んでいるんです。あれは何て言ったらいいんだかね、本当に地獄だったですね。

かわいそうにね。もういくつにもならない、五、六年生の子どもでしょう。本当にかわいそうだったです。

■新崎美津子さん（教員）

たまたま甲板に上がっていた新崎さんは、魚雷の白い航跡を目撃した。

魚雷なんですか、わからないんですけれども、白いロウソクみたいなのが、なんだか角張っているような感じだけど、四本ヒューッと来るんですよ。「アッ！」と思ったらもう当たって。

バリバリバリっていう音は聞こえるんですけどね。何か後ろのほうでは火があがっていたということも聞きますけど、私は後ろを見る間もないですから。

もうとにかく、上がっているほうまで走っていきました、舳先（へさき）のほうへ。もうここは沈んできますから、舳先のほうへ逃げて行くんですけど、何だかそのときには四、五人ぐらいの男の人が亡くなって、伏せていましてね。それをよけながら、妹を連れて走って行ったんです。

そこへ行ったら、男の兵隊さんか誰かわからないんですけど、荒い声で、男の人たちが「海に突っ込め、突っ込め」とみんな叫んでいるんですよ。

その船の上から見た下というのはすごく底ですから、波がとぐろみたいというんですか、それを見るととても飛び込もうとは思わない。妹の手を引いていますから、どうしようと思っていたんですけど、妹が足をケガしたって言うんです。普段なら「どれ？」なんて言って親切にやるべきですけど、「ちょっと黙っていて」って言ったのが最後になって。あんな厳しいことを言って悪かったねと思うんですけど。

横から波が来て、飛び込むどころじゃないんですよ。波に流されて沈みましたからね。そのときに妹と手を離したから、いま考えてみると、私一人助かったかな。ああ、あのときによくつかまえておけば、私も助からなかったかなと。なんかそんなことを考えたりしますけどね。

■儀間真勝さん（国民学校六年生）

儀間さんは友人たちとともに、甲板に座って寝ていた。

昼に、「今晩は危ないんだ」という意味で、「上の甲板のほうに寝るように」と。僕はよく覚えているんですけどね。

だから友達と一緒に甲板に行って、座っておしゃべりしながら夜空を眺めているようなことでした。船は真っ暗です。外に行くともう、明かりはひとつも見えないわけです。普通、船ならば全部明かりがついているはずだが。

そして船のエンジンの音だけ、ガタンガタンガタンという音だけ聞こえているような格好であったんですけども。

寝るといっても、みんな座ってびっしりなんですよ。救命具着たまま。横になることもできないくらいで、びっしり座っている。

真ん中にブリッジがあって、前のほうは（自分たち）学童で、後ろのほうは一般疎開が乗っているわけですね。

大きな衝撃音で目が覚めた。

ぐっすり寝ていたそのときに、「ドカン」という音で目を覚まして起きたわけです。そしたらもうみんな、ワーワーワー泣いているし、洋服がびしょ濡れなんですよ。

「おかしいな、どうしたのかな」ということで立ち上がったら、びっしりみんな立っているわけですね。そしてみんなブリッジのほうに向かってワイワイ泣きながら立っているのを覚えています。

「先生助けて!」「お母さん助けて!」「お父さん助けて!」。そして友達の名前を悲鳴で呼び合っているわけです。動きもできないんです。びっしり立っている。

貨物船なもんだから、船の両壁は届かないわけ。ブリッジのほうに行ったらすぐ外に飛び込むこともできるけれども、甲板は高いもんだから、ただこうしてワイワイワイ泣いて、悲鳴していましたね。そのときにこういうワイワイの中から、昼に説明のあった「ピピピピ」というベルが聞こえました。「ああ、これ大変だな」ということは知った。でもみんなびっしり立っているもんだから、どうしようもないわけです。ただもう立ってワイワイワイしているだけで。魚雷攻撃を受けたという情報は何もない。ただ「ドカン」といった。そしてワイワイワイ騒いでいる。

だんだん立っておれないぐらい、船は船尾のほうに傾いて、前のほうは上がって。学童疎開は前のほうに乗っている。真ん中のブリッジのほうにボートがある、そこに行こうとして向いている。でも動けない。だんだん前のめりになっていくから、後ろのほうに船は傾いているんだなということはわかりました。

だんだんもう立てなくなっているころに、みんな押し合い押しつぶされそうなときに、「船が沈むから、海に飛び込め」という大きな声が聞こえてきたんです。それでもみんなびっしり立っているだけで、動けない。そして船は船尾のほうに、大きな音をたてて、ガラガラガラーと沈んでいくんです。

自分たちもそのまま船もろとも沈んでいったという形になります。

だからそのときに本当に海に沈んで、引き込まれていくのを覚えている。引き込まれていくと渦巻きというのはある程度わかるわけですので、いろいろみんなぶつかるということで、体が痛いような感じがありました。

もう沈む瞬間っていうのは、ただもう怖さいっぱいで、ほかに余裕なんかなかったですね。もう怖くて、どうなるのかなということ。船はどうなるのかなということで。

そして真っ暗でしょう。明かりはひとつも見えない真っ暗な海の中に、こういう状態で引き込まれていくのかなということでいっぱいで。だから多くのみんなはただ、ワイワイワイワイ泣いて、パニック状態におちいっていたと思いますね。

■喜屋武盛守さん（中学校三年生）

喜屋武さんは監視の交替中で、ぐっすり眠っていた。

二発三発目は連続でした。時間にしたらおそらく一〇秒前後、間隔あったかな。マストが、煙突が倒れてきた。これえらいことになると。そのときすでにここにおった人たちは、ダーッと立ってしまってね。船はまだ傾いてはいないけど、速度も落ちてきた。それからはもう親とか兄弟言っている暇はない。飛び込むまでに時間にして五、六分、もうちょっとあったな。船がいよいよ傾いて沈みかけてくる。

私はいちばんケツ（船尾）から飛び込んだんで。そのとき、海面まで一メートルから一メートル五〇ありました。

三日月が出ていたんじゃないかという感じなんだ。三日月くらいで薄明かり。はっきり見えません。あれは男だ、あれは女だと確認できる状態じゃない。人が飛び込むのも落ちていくのもおるし、いろいろおると。

まず飛び込んで、救命具つけていると浮きます。胸ぐらいまで浮きます。そうするとこの船に積んである、木製品とか瓶とかそういうのがどんどん上がってきます。一斗樽（だる）だとかいろんなものが浮いてくるわけ。それにどうしたら早くすがれるかと。いつまでも、救命具といってもそう泳いでおるわけにはいかんから。

いかだもどんどん浮いてきます。山積みに積んであったんです。それが船が沈んだら全部浮いてきたから。だから、早くつかみ勝負だね。

▓糸数裕子さん（教員）

——やっぱり、生徒を確認しなきゃとか、助けなきゃとか。

もうそんなの全然、もう船が沈むの、パーッと水が入ったらもう終わりですから。誰の顔も見えないです。そしてまた暗くもあるしね。

スーッと船、沈んで。もう沈んだら、海の中は明るいわけです。外は暗いけど、海の中は水あかりというのがあって明るいですよ、黄色くなって。砂とか何とかに反射してね。まあ、それはよく見えよったです。見えるのは、船の綱とか何とかが、いっぱいこうして下がってくるから、ただそれだけで。

その間にもう浮き上がって、誰かが手を引っ張ってくれて。で、（いかだに）上（のぼ）してくれて。もう座ったきり。

ふっと気がついたときには、もう周囲にいっぱい、船みたように、長い材木に人がいっぱい乗って。それもみんな呼び合っているわけですね。だから、私なんかも、「助け船が来るまでがんばれよー」と、大きな声を出して。そしてみんな「お父さん」「お母さん」「せんせーい」と言う子もいて。「みんな、がんばろうねー、がんばれよー」と大きな声だけ出して。

一人が、「ここにも生徒がいますよー」という声、これは確かに嘉手川（てがわ）先生。声がきれいですから、あの先生。そしたら私が、「とにかくみんな、がんばれよー」って、大きな声で返しただけであって、後はもうそれっきり、また、ちょっと気を失った感じで、わからないですね。気がついたときにはもう夜が明けて。

貨物室にいた子どもたちは、甲板に上がろうと、縄梯子につめかけた。しかし、多くは船内に残されたまま海に沈んだ。
沈む船からかろうじて逃れた人たちは、いかだや漂流物にしがみついた。台風が近づき、波が高くなっていた。

4 あてもなく海を漂う人たち

対馬丸の護衛艦は、対馬丸が攻撃を受けた後、他の疎開船二隻とともに現場海域を離れ、救助に来ることはなかった。潜水艦のさらなる攻撃を恐れたためと言われている。

■堀川澄子さん（国民学校六年生）

堀川さんは、いかだにしがみつき、二〇時間、海の上で救助を待ち続けた。

――船が沈んだときは、護衛艦が助けに来てくれるかなと。

思っていました、翌朝までずっと。

必ず来るって信じていた。だから、なんか夢うつつ、船がこう来ているような錯覚を起こしたりしていましたからね。船が近づいた音が聞こえたような感じがしたり。

今に来るんだ、来るんだと思っているけど、それは一向に見えないわけですよ。

隣の大人たちも、今にあれが迎えに来るからねっていう慰めの言葉はしていましたけどね。だけど、とうとう来なかった。

ちょうど翌日の日が出て何時ごろか、私の同級生の男の子が、結局力尽きて流されていくのを見たときには、本当にたまらなかったですね。この同じボートにぶら下がっているけど、どこかケガしていたんじゃないかな、かなり唸（うな）っていたんで。そうしてふっと見たら流されていく。

流されていくのを見ても、とてもとても、手を伸ばしきれないですよ。ああ、大変だ、行くんだなと、それを見ていただけのことで。今でも目の中に浮かんできますけどね。

ショックですよ。もうとっくに昼間でしょう、よくわかりますよ。救命具も着けたまま、力尽きて、あれっと思ったら流されていた。これはどうしようもできないしね。

■儀間真勝さん（国民学校六年生）

沈んでしばらくしたら、救命具のおかげだと思いますけれども、その勢いで海面にポッと浮き上がったわけです。そしたら、真っ暗な海面であるが、波のまにまにいくらか人影みたいな、頭みたいなものが丸く見えるわけです。

そしたら今度は暗い海の上を、中を、これまでの声と変わった声で、「お父さん、お母さん助けて！」「先生助けて！」と友達呼び合いする悲鳴がいっそう大きく聞こえるわけです。

浮き上がったら何か、板切れとか何かつかんでいるくらいだった。真っ暗であるが、横のほう見たら人の影が四、五名くらい、影が一緒にひっついて見えるんです。座っているような状態。「あれ？」と思って。そして話し声が聞こえるわけです。周囲から悲鳴と同時に、すぐ近くに人が座っている格好があって。板づたいにちょっと寄っていったら、いかだですね。畳二枚くらいの大きさの、竹と木で作られているいかだに乗っていたようで。

それをつかんだら、乗っている大人の人が手をつかんで、このいかだに引き上げてくれた。真っ暗でわかりはしないけれども。引き上げられたら、「このロープをつかんでおけよ」と言われて、ひもを触らせてもらったわけです。真っ暗だからわからない。

このいかだに引き上げられた後、もう七、八時間あるわけですね、夜っていうのは。その夜間、周辺ずっと悲鳴が聞こえたから、ああ、お友達はどうなったのかな、いとこたちどうなったのかなというのが本当に頭にくる（浮かぶ）わけですよ。女の子の声とか男の声とかがもうずっと入ってくるもんだから、同じ六年生の組の皆さんどうなったのかなというのがずっと気になりましたですね。

ところがもう真っ暗だから、このいかだに乗っている人たちの顔すら見えないわけです。ただ影で、頭があるな、体が座っているなという影しか見えんもんだから。もうたくさんの人が悲鳴からきて、ああ、お友達もその中にいるのかなというような。ずっといかだに座っていながら、夜通しその声を聞くのがもう怖くて怖くて、大変だったですね。

本当に溺れていくというような悲鳴だと思うんですけれども、「お父さん助けてー」「お母さん助けてー」、だんだん声が聞こえなくなっていくわけです。夜通しそういう悲鳴が聞こえたのは、今でも体にしっかり染みついているような感じがします。この声は本当にもう、忘れることできないと思います。

夜が明けたとき、儀間さんのいかだ（三つのいかだを連結したもの）には一五人ほどの人が乗っていた。

いかだの周辺見たら、いっぱい死体が。救命具着たまま仰向けになったり、うつむいたり、横になったりしていっぱい死体が流れている。いかだにひっついているわけ。

なかにはまだ元気で板切れつかんだり、棒切れつかんだりして流れている子も見えるんです。大人の人が手を差し出せば引き上げられそうだが、一五名乗っているから、みんなの重さでいかだは腰まで沈んでいるわけです。

大人の皆さんが「しっかりつかんでおけよ。離したら流されるんだ」ということで励ましてくれたんです。そういう形で午前中は、本当にもうたくさんの死体を、いかだの周辺に流れてくるのを見て、怖くてブルブル震えていた。夜中は悲鳴で怖かったけれども、明けたら今度死体を見て。自分もああならないのかなという状態でした。

太陽がだんだん上がってくると、今度は疲れがくるわけです。そして口が渇くわけです。水が飲みたい。ときたま波をかぶったりするもんだから、ベロでなめたりしたらしょっぱいわけです。これの繰り返しでお昼ごろになると、今度は眠たくなるわけです。夕べもずっと起きているわけだから。

居眠りすると海水に顔がつくから、また目が覚めるという、これの繰り返しです。あぐらかいて座って、腰までは海水が浸かっているもんだから、つかんでおる手を離したらそのまますぐ流されるわけです。

やがて太陽が沈もうとするときにも救助船は来なかったわけです。夜になったら今度は海水に浸かっているから、腰が寒いわけですよ。座っていたらブルブル震えるくらい。そしたら大人の人たちが体を、腰をひっつけておくといくらかいいだろうと、体をひっつけあって励ましてくれたんです。

空は星晴れなんです。海も、海の中は空と同じかなと思うくらい光っているんです。後で夜光虫だということを聞いたんだが、星が海に映っているのかなと思うくらい、海と空が同じような状態になっている。「ああ、きれいだな」と引き込まれていきそうなくらい、海がきれいなんです。どうして海にこんな星があるんだろうというぐらい錯覚して。

居眠りしたら海水に顔がつくもんだから、目が覚める。これの繰り返しで、夜中ブルブル震えながら明け方を待ったという状態です。

儀間さんは喉の渇きに苦しみながら漂流を続け、三日目に海軍の哨戒艇（しょうかいてい）に発見・救助された。いかだに乗っているのは六人だけになっていた。

■新崎美津子さん（教員）

新崎さんは四日間、海を漂流した。日ごとに周りの生存者は減っていき、新崎さんともう一人しか残っていなかった。

夜はいっぱいいたのに、夜が明けてみたら、みんなもう散り散りになって、どこへ行ったかわからないんですよ。それからもう流れて、流れるままに動くしかないんです。

その間にだんだんに散った子どもたちは、「先生、先生」って言うのは聞こえるんですけども、わからないんですよ。「よくつかまって」とは言っても、聞こえるか何だかわからない。それで、もうとうとうその子は……女の子でしたけどね。四年生ぐらいの子どもで。あれだけは耳から消えないです。どこへ行ったかなと思って、その後は海に沈んだと思います。

（鹿児島県トカラ列島の）悪石島（あくせきじま）が見える。高等科の生徒だったと思うんですけど、二人で水泳を、それくらいは自信があるなんて言って。「駄目よ、駄目よ」と言うけれど、大丈夫だと言って二人で行ったんですけど、駄目でしたね。戻ってこないから。

四日目くらいになったら、子どもはそんなに流れてこないで、自分だけです。いかだに残っただけ。

四日目くらいからはもう自分の体、船が沈むときにバーンと打ったんで、これが化膿して。いよいよ私も終わりだと。

漂流のときは、まずは妹のこと考えていたんです。どっかで助かっているでしょうと思って。私は死んでもいいから、妹は助かるといいなと願っていて。

■平良啓子さん……当時九歳、国頭村安波国民学校四年生

沈みゆく対馬丸から飛び込むまでもなく、目覚めたときには水の中にいた平良さん。

五〇メートル先で人が騒いでいるから、あっ、向こうに大人がいる、すがれる物があるからみんな向こうにいるんだと。

向こうへ行けば私も生きるかもしれない。あっちへ行きたい。物とか死体とかをかき分けて、かき分けて。死体を触るのも怖くないですよ、あのときは。もう必死ですよ。

五〇メートル先のワイワイした所にたどり着いたんです。やれやれ着いたと思って、片手をついた。途端に、こっちから流れていく男の人が、私の両足をつかんで引きずったんです。

私を引っ張れば自分もそこに寄れると思ったのかもしれないね。そのいかだに私が手をついているから。

手が離れて、水の中に引きずられて、もう私はおしまい、いかだはどんどん前へ進むし、波は多いし、もう死ぬのかと思ったんだけど、なんとしても生きたいと思っているから、両足でこの男の人の手を蹴って、蹴って、蹴っ飛ばして。

慌てて泳いで、いかだのほうに手をついて、ふーっと息をして、水も吐き出しながら。そうやったら先に乗った人が私を押し倒して、ひっくり返したんですよ。それでも私、これにどうしてもすがりたいと思って。

顔も見えませんから、子どもであろうが大人であろうが、身内であろうがそれはもうわからないか

ら、みんなもう蹴散らすことしかしないです。奪い合いですよ。「いかだでの死闘」と私は言っていましたよ。もう自分さえ生きればいいと。このいかだにすがらなければ死ぬから。
やっとケンカがなくなって、争いがなくなって、静かになってから、夜が明けたんですね。

一〇人が乗ったいかだは漂流を続けた。水も飲めず、食べる物もなく、失望した人々は気力を失っていった。

だんだん、幻覚症状というのを起こし始めているような感じで、雲を見たら、「あれ島、あれ島どー、島どー」、島だからあっちへ向けて漕げ、漕げって言うんですよ。大人のおばちゃんたち。目の前のおばあちゃんが、目を開いたままズルズルッと落ちるんですよ、いかだから。「おばあちゃん、どうして落ちるの」って引っ張るでしょう。またズルズル落ちる。こんなことを繰り返して。それを見た大人が、「エー、ワラベー、あのおばあはもう死んでいるんだから、手放しなさい」って言うんですよ。「死んでいませんよ、目、開いていますよ」って私はがんばっていた。死人は目を閉じて死ぬとしか思っていませんから。死人を見るの、生まれて初めてで。そうしたら、いや、死んでるんだよって。そういえば目玉も、水がかかっても目玉が閉じない。ものも言わないし。ああ、こうやって死ぬ人もいるんだなと。
私の体力ではどうにもならないです、重たくて。もう襟首つかんでいるのを手放したら、おばあちゃんはきれいな水の下に、目を開いたままプルプルって吹きながら沈んでいって、私は手を合わせました。おばあちゃんごめんなさい、私が悪いんじゃありませんって。どうか神様になってくださいって言ってから、私は手を合わせて、おばあちゃんを放したんだけど、おばあちゃんはもうあれから、一人ゆうゆうと五〇メートル、一〇〇メートルって私たちより先にずっと流れていく姿が、今も頭に覚えてますけど。あのおばあちゃん、私が殺したのかねって、こういう罪意識、心に引っかかりがあります、今でも。

あのおばあちゃんどこへ行ったか、もうわからないでしょう。海の藻くずとなったんでしょう。

それからまた翌日は、何かが浮いているから、あれ食べ物かもしれないから、取ってきてって言うんですよ、私に。

そうしたら竹筒が二節、先のほうが切られていて、重そうに浮いているんです。それを脇に抱えてきて、片手で泳いで持ってきたんです。

そうしたら中のほうにコルクみたいな栓がされているから、これを引き抜いて中をのぞくと、あずきご飯が詰まっているんです。もう喜んで、嬉しくて、みんな「ご飯だ」って言って。おばさんたちは、これは神様の恵みだと言って。

配給して、三番目のおばあちゃんが、私に沖縄の方言で言ったんですよ。「エー、子どもさん、私の分はいいよ、あなたが食べなさい」。私はびっくりして、「おばあちゃん、本当にいいんですか」って。「うん、ヤーガカメー（あなたが食べなさい）」って言うもんですから、ありがとうね、おばあちゃんって口にほおばって。それからまた配給して、最後には多めに残して私は二人前食べたわけ。

翌日、このおばあちゃん、いない。もう島も見えないから失望したんじゃないかね。それで私が元気そうに動くもんだから、自分の分を私にあげたのかね。そう思うと、あのおばあちゃんのことがとっても気にかかって。睡魔に襲われて倒れて流れたのかな、それとも息を引きとって流れたのか、わからないけど、いなくなっていました。

さっきのすえたご飯を食べているもんだから、お腹がグルグルしてウンチがしたくなって、モンペの紐を解いてお尻をからげてウンチしたら、魚がいっぱいウンチに向かってよってたかって来て。私は魚を釣るとかつかむとか、そんなことはよくやっていましたから、魚をわしづかみするぐらいはできると、あの小さなボラなんか。

で、取れない。あきらめているうちに、トビウオが頭の上から飛んできて目の前にバタバタバタッと泳ぎ始めたんですよ。水があるから。これ早くつかまないと逃げてしまう。尻をからげたまま慌てて追いかけて、つかみました。

そこにいる親子に預けて、済んだら一緒に食べるから預かってって言って預けて、それから後ろに下がってお尻を始末して、やっとモンペも結べて、さあ魚を食べようというときには、一切れもない。全部食べられてしまった。

人間ってこうなるんですね。もう他人はどうでもいいんですよ。私はあのときに悔しくて、今までは歯を食いしばって泣かなかった自分が、魚を取られた悔しさで、空を眺めてから、「お母さん、私の魚がない」って言って、初めてポロポロ涙を流して泣いて。

弟、妹のことも、「あんた方はおいしいご飯食べて、今ごろ温かい布団に寝ているんでしょう」って言って、勝手に怒りだして、「お母さん、私が今どこをどんな思いで流れているか、お母さん知っているの」とか言って。


漂流六日目、平良さんたちのいかだは無人島に漂着。近くを通った船に大声で助けを求め、発見・救

助された。

船頭さんが、トコトコと私の所へ寄ってきて、「お嬢ちゃん、よくがんばったな。あんた偉いな」と言って慰めてくれた。黙ってうつむいていたら、「さあ、お食べ」って言って差し出された飯盒に、やわらかいご飯とやわらかい黒砂糖があるわけ。それに手を突っ込んで、私は食べて、もうおいしくておいしくて、本当に生きたという気持ちですかね。

たぶん、消防団から指示、命令があったって。なんか船がやられて遭難者があちこちに、岸壁とか浜辺に上がっているらしいから、回って探して来いって。そのときに、海で何日も食べてない人たちの胃だからと、やわらかいご飯とやわらかい砂糖を準備したんですよって、奄美大島へ行って初めてわかったわけ。

奄美大島の宇検村とか古仁屋あたりの人たちは、あまり生活は楽じゃないんですよ。茶碗の一杯ずつ各家庭から供出、徴集して、やわらかいご飯を炊いて詰めたんだっていう話を、後で聞きました。これを食べて元気になって、そしてみんな船へ乗せて、（無人島に着いた後に息絶えた）女の子の死体も乗せて、私はあの船頭さんがひょいと抱いて自分の膝に座らせて、自分がかぶっている古い麦わら帽子を私にかぶせて、船を漕いで奄美大島の宇検村の久志村という所の診療所に運ばれました。もう助かったんですよ。嬉しかったですよ、あのときは本当にもう。

■中島高男さん（船員）

奄美大島の人たちの親切には、何とも言えないです。何回お礼を言っても足りないですよ。

船が沈む直前、海に飛び込んだ中島さんには、船員としての義務感があった。

いかだがあっちこっちに浮いているんです。それでとにかく一枚、木のいかだを拾った。いかだの後ろを見たら、ロープが一応ついていたんです。これは良かったなと思って、そのロープをほどいて。また泳いでいって、一枚引っ張ってきて、つないで縛りつけて。最後に竹のいかだをつないで、六枚つなげたわけです。そんなことして約一時間もかかっちゃったんです。これで何とか、生きている人を助けられるなと思って。

そしたらいちばん最初、竹のいかだに乗っかってきた人が、五〇歳くらいの男の人だったんです。救命胴着で泳いできて、「おーい」と呼ぶんですよ。だから「こっち来いよ」と引っ張り上げて。今度は女の人が救命胴着で泳いでいるんです。それをまた引っ張り上げて。この人は十七、八(歳)くらいの人だったです。その次に男の子、その次にまた男の子と。

その次に、救命胴着と赤ちゃんを抱えたお母さんがいた。もう流れているのよ。それで泳いで行って引っ張り上げて。乳飲み子みたいな赤ちゃんなんだ。引っ張り上げてみたら、二人元気だから、とにかく良かったと思って。一時間以上経っているんですよ、もうそのときは。

漂流四日目の八月二五日夕方、船が見えた。

はるか北のほうでマストが見えたのよ。小さいマストが二本見えた。「船が見えた!」って言ったの。そしたら、みんなワーッて言ったけど、見たら、向こうの船は、前のマストが西南のほうへ進んでいるわけ。こっちは北東のほうへ流れているから、逆なんです。

これで発見されなかったら、もう絶対駄目だと思った。それで一枚のいかだの、非常に安定が悪い、すごく揺れちゃって、その上へ立って、（上着を旗布としてつけた）棒を持って、立ち上がって一生懸命振った。どれくらい振ったかわからない。もう体じゅう痛くなるほど。

そしたらそのマストがこっち向いて来たのよ。「あー、発見された」と。そのときは本当にみんな、子どもたちも泣きだしたよ、嬉しくって。

向こうも全速力でこっちに来て、太陽が水平線に沈む直前、船が寄ってきて。海軍の巡視艇で、昔の捕鯨船のキャッチャーボートってやつを改造したやつなんです。それが寄ってきて、縄梯子を降ろしてくれた。最初に赤ちゃん、子ども、私がいちばん最後に上っていったの。それで兵隊さんに聞いたよ。「俺はこの白い上着の旗を持っていたけど、あれ見えましたか」って言ったら、「あれがあったから発見できたんだよ」って、すごい誉めてくれた。私も嬉しかったです。あー良かったなって思ってね。

みんな一から十まで、教わっていたことをやっただけなのよ。でもそれはやっぱり結果となって全員助かったんです。こんな嬉しいことはなかったです。船員としての、そういうときの責任というか、義務がありますから。

沈没とその後の漂流で、子どもたちのほとんどが命を落とした。その数は、名前がわかっているだけでも一〇二五人にのぼった（対馬丸記念館調べ）。

5 救助された人たちに強いられる沈黙

救助され鹿児島にやってきた人たちは、対馬丸が沈められたことについて、話すことを禁じられた。

■中島高男さん（船員）

鹿児島に上陸してすぐ、向こうに並んで待っていたのは憲兵隊なの。ダーッと一列に並んでいて、それで「船員はこっちへ」「疎開者はこっちへ」って。そこで全部分けているのよ。名前も聞かないうちに、そこでパッと分けられちゃったのよ。それで私たち船員は、何だか変な格好の宿舎みたいな所へ連れられて行って。

四、五日滞在したかな。今度は「大阪へ行け」と言われた。船員と砲兵の人たち。兵隊さんが何人かいたわけ、五、六人いたかな。船員も何人かいて、七人くらいいたかな。鹿児島から客車一台、それだけの人間で乗って、「窓を全部閉めろ」って、全部閉めて、入り口の両方には憲兵が三人ぐらいずついて、大阪まで護衛して送ってくれた。そういう状態で大阪に行ったの。

まずいちばん最初に言われたことは、「この事件は箝口令（かんこう）が敷かれているから、お前たちは絶対にこの対馬丸が撃沈されたということなんかは口外してはならぬ」と。「もし口外した場合は死刑になることもあるから」って脅かされちゃったわけ。

とにかく重大な事件だってことはわかりますよね。怖いなとは思いましたね。だからとにかく黙っていればいいんだなと。そのころは秘密が非常に厳しいですから、負け戦のことは絶対に言わない時代でしたからね。

■喜屋武盛守さん（中学校三年生）

鹿児島に上陸したときに、真っ先に見たのは、叔父が立っている。「あっ、叔父が立っている」と。そしたら憲兵がデーンとすぐ集まってきた。憲兵、兵隊が。そして絶対に会わさない。迎えに来ているのに。「叔父がおる」と言っても会わせない。

そっくりそのまま軍用トラックに乗せられた。パッと包囲してね、軍用トラックに乗せる。まず旅館に連れて行かれました。

これが箝口令なんですよ。「船が沈んだらしい」ということが出ていくと困るわけ。「あなたたちは絶対に言うたらいかんよ」、それはもうしょっちゅう言われていますよ。旅館に入れられてもね。絶対に言うたらいかんと。

県の職員が、「実はさっきあそこのナントカ旅館へ行ってきたんです」と。「喜屋武ツルさん、年はいくつ」って言うたわけだ。あっ、おふくろ助かったなと。姉の名前も言うわけ。妹の名前は言わない。「これだけですか」「はい」。駄目だったなと。

それがつまり、職員から言うまでは全然わからない。情報の収集のしようがない。

■堀川澄子さん（国民学校六年生）

私たちは厳重に、絶対に連絡を取ってはいけないと言われていたんで。手紙も出してはいけないとか、いろいろとあったんですよ。

これは上からの誰か、指示だったんでしょうね。とにかく、手紙も出すな、やられたっていうことも口外するなとか、そういうことは言われていましたよ。

それで沖縄のほうでは、想像していたみたい。その話は後で聞いたんですけど、（対馬丸が魚雷に）やられたという噂話はかなりあったみたいですね。なんか漂流物が沖縄にも流れ着いたという話もあったみたいだし。

私の場合は助けられて鹿児島に行って、確か春本旅館とかいったと思うんですけど、そこに収容されていました。そこに行ってから私は、ちょっと外出した先の郵便局で、ハガキを書いて出したんですよ。

運良くおうちに届いたみたいです。絶対触れないこと、それだけは守って出したんですよ。そうしたらおうちに届いたら、みんな、ああいった噂だから見せてくれということで、そのハガキがあちこち回ったみたいですね。

――どんな文面で書かれたんですか。

ただ、「元気で鹿児島のほうに着いたから」ということしか書けなかった。おうちのほうはどうなっているかとか、無事でいま着いているから、元気でいるから、というだけの文面だったと思う。

■儀間真勝さん（国民学校六年生）

一二月になってから、二回目の疎開の皆さんが来て、いろいろ話を聞いたりしてから、沖縄の様子もわかったわけです。

沈んだということは、一切に秘密裏だったんだと。沈んだということは、はっきり誰も言ってないんだと。「沈んだらしい」ということがあるだけであって、沈んだということは、そんなことは言えなかったと。そんなことを言っているわけです。

親たちは、「着いたらハガキをくれよ、電報くれよ」ぐらいなことを言っていたわけですから、どうもおかしいと。でも学校へ行ったら先生もいない、みんな兵隊だけになっている。先生方も学校に行けなかったようですね。

それで「沈んだらしい」「沈んだらしい」が一週間たち一〇日たち二〇日たち、一カ月もしたらもう「沈んだ」ということに置き換えて、親たちは大変な大騒動をしたようですけどね。それで二次の募集も二〇〇名もいたのが、もう対馬丸が沈んだから「行かない、行かない」となって、最終的には一二月に一一名、一人の先生が連れてきていたんですけどね。

助けられた子どもは五九人と言われている。しかし、確かな人数はわかっていない。生存者は九州各地の疎開先に移され、翌年、それぞれの終戦を迎えることになる。

6　生き残った人たちが今も抱える苦しみ

■糸数裕子さん（教員）

糸数さんは、自分のクラスから引率した一三人の子ども全員を亡くした。

糸数さんが九州に疎開しているころ、糸数さんの父親の家には毎日、児童の親たちがつめかけていた。

どうしても死んだことがあきらめきれないと、うちの父まで責めよった人もいますしね。親はやっぱりそう思いますよ。「なんで先生が連れて行ったのに、そんなことになるの」といった調子ですよね。

毎日父兄に押しかけられて。ずっと座り込んで待っている人もいたって。(那覇市の)泉崎に叔母がいたもんだから、あとはそこに泊まって。そこにもまた父兄が来て、子どもを返してくれと言って。

それで(一〇月一〇日に那覇市が爆撃された)十・十空襲になったときには、焼けるのを(那覇市外の)稲嶺駅から見てホッとしたって。これで訪ねて来ないだろうと思ったって。結局、那覇は全部やられたわけだから。「そんなことを言ったら悪いけど、僕はあの十・十空襲で生き残ったよ」と。そうでなかったら、自分も狂い死にしよったかもしらんと。みんなから責め立てられてね。

糸数さんは終戦後の一九四六年、沖縄に帰った。

もうあれから、そういう話はあんまりしたくなかったわけ。「自分の生徒が助かってないのに」という気持ちがあってね。何とも言えない気持ちだね。なんかやっぱり、自分だけ生き残ったっていう感じがたいへん強くて、そんな話はしたくなかったです、全然、誰にも。

戦後帰ってきて、今の(那覇市の)平和通りのこっち側ににわか市みたいのが出来て、それから市場の形をするようになってから。女の人が飛び出してきて、「あい、石川先生」と言われたから、もう身の毛がよだつような感じがして。私を（旧姓の）石川先生と呼ぶのは、もうそういう子しかいないから。あれからもう平和通りは通らないことに決めて、市場にもめったに行かなかったですね。とっても怖かった、那覇に来るのは。同じクラスだったという子がいたら、それを言われはしないかという気持ちもあってね。あれからもう対馬丸の話はしないと、誰にも話さなかった。

なんか、私はその胸苦しさっていうのがいつも治らなかったんじゃないかと思う。と言うのは、いつもそれを思って、なんか水の中でフラッとするときがあるのよ。なんかそこに人が浮いている感じが見えて。

だから亡くなった子のことは、やっぱり忘れようと思うけれども、その状況というのはいつも浮かぶから。もう顔自体は忘れているけれども、その亡くなった状況というのは覚えているからね。とっても恨めしく思います。恨めしくても覚えないといかんし、忘れてはいかんと思う。忘れてはいかんことと思って、生きている間、それは覚えているはず、ずっと。

もう最初はね、（学童疎開に）誘わなければよかったねと、しょっちゅう思いよったけど。だけど今はもう思わない。自分一人ではどうにもできなかったと。どうしても私も人数を満たさないといけないから。もうこれはそういう時代の流れだったと思う。悪い時代だったたっていうこと。

やっぱり沖縄の人はものすごく冷遇された。アチカータンって言うんですね、沖縄の言葉では。勝手にあっち（本土）がいいようにみんな使いこなして。だから生き残った人の名簿もないし。いわゆる抹殺されているわけですよ。

疎開者名簿っていうのがあるわけですけど、全然載ってないわけです。それは私は、とっても国は勝手すぎたと。なんで生きている人は生きていると、あのときに遭難したがこれだけは助かっていると、ちゃんと言わないかという気持ちは、ずっと持っています。

■新崎美津子さん（教員）

宮崎に疎開していた新崎さんは、終戦後も沖縄へ帰らなかった。対馬丸が沈められてから六二年後、やっと公の場で対馬丸のことを話した。

大変な思いをして助かったわけなんですけど、帰ればもう大変だと思いました。帰った先生方はたいへん苦労したと思いますよ。私と一緒の引率の先生は、三〇年くらいで亡くなったみたいです。健康に生きている人はあんまりいないですよ。いちばん校長先生が大変だった。子どもを預けたのに、どうして返さないんだという感じで。もう、だって自分の子どもがいなくなって、先生方は生きているというのは。

私はそれが苦しかったもんですから。とにかくこっちにいるしかない、ということでずっといるんですけどね。

（悪石島沖を訪ねる）現地慰問の船が出ましたんですよね。私は知らないことではなかったんですけど、とにかくそういうのにはもう出ないんだっていうのがあって。本当は海上慰霊祭って、いちばんに駆けつけなくちゃならない立場にあるのに、それは断った。私がただ想像していたんですけど、船には父兄がいっぱい乗っていて、その父兄というのは、私はスーツを着てなんかあんな人かなと想像ばかりしていたんですけど、そういう人に合わせる顔がないんですよね。そのとき（学童疎開を勧めたとき）に「わかりました」と言って、子どもはまだこんな子どもですから、受け取ってというか、連れてきて一緒にして、それなのに……。父兄がいちばん怖かったです。

慰霊碑「小桜の塔」の前で

水平線の下で生きられる所はないかと思ったんですよ。誰にも見えない所で生きることができないかなと。ただそればかり思っていたんです。そんな所なんかあるもんかと思うんですけど、本当にそう思いました。

何だか知らないけど、人前に出るのがね。私は今でも少しはそうですけど、なんか自分の周りビニールで覆ったようであれば安心するような気がするんです。だから、私の同級生が沖縄にたくさんいますけど、誰も知らなかったんですよ、私が何も言わないから。

うちの子どもはもう、長女は六〇（歳）になっていますけど、知らなかったという。三〇年くらいは私は黙っていましたから。だんだん講演とか少ししましたので、気が少し、ほっときれいになって癒されました。

桜の花を見るたびに、新崎さんは、海に沈んだ子どもたちを思う。

（当時の）子どもたちは、私の妹なんかも同じですけど、敗戦を経験していないですから、もう自分たちは勝つんだ、勝つんだと言ったまんまで亡くなっていますから。それを考えるべきだと思います。子どもたちはもう張り切って、国のためだと思っているけれど、いざ戦争ということになれば、犠牲にならなくちゃなんない。子どもとか孫とか。まずはそこに考えを持っていくべきじゃないですかね、みんな。

どの子もそうなんですけど、つぼみのままで世の中に出たのに、あんなことになった。つぼみはつぼんだまま海に沈んだ。

それで私はここで花見して、桜が満開に……そのときに思うんです。子どもたちはつぼみのまま死んじゃったんだけど、もしそうでなかったら、こういう花になって、世の中にいたかなという気がして。花見のときはそんなことを考えます。

どんな子どもが出るか、子どもの未知数というのはわからないですからね。どんな子になったか知らないけれどねと思いながら、桜を見ると、ああ子どもたちはこんなつぼみのままで沈んじゃったと思います。

本当に短い人生ですからね。私はその子どもたちのことを忘れてもらっては困るという気がして。なるべくそういうふうな、考えますけどね。

▒儀間真勝さん（疎開時国民学校六年生）

儀間さんは終戦後の一九四六年に沖縄に帰った。焼け野原になった故郷。三カ月に及ぶ激しい地上戦で、九万人以上の一般住民の命が失われていた。

終戦になって一年目くらいして、長崎から帰ってきたわけですけれども。それまで一切、家族が生きているとか何とかいう情報はないわけです。沖縄に帰っても、親に会えるのか、家族に会えるのかという心配が今度あるわけです。

帰ってきたら、二日くらいしてから父が迎えに来てくれたんです。そして、叔父さんが（沖縄本島中部の金武町）屋嘉で生活していたから、そこにいたと。

母と兄と妹がいないわけです。いなくなっているわけです。兄は一九歳だったから防衛隊ということで、兵隊に一緒に行っていた（亡くなった）。母と妹は家族で（沖縄本島北部の）山原に疎開避難して行って、終戦になるときに食べる物がなくてひもじくて、マラリアとか病気して亡くなったという。父から「母と兄と妹はいないよ」ということを聞かされたわけです。

僕は帰ってきて思ったのは、疎開して対馬丸が沈んだということも本当に大変だったけれども、沖縄に残っている家族も大変だったと。疎開しても大変だったし、沖縄に残っておってもああいう大変な目にあったんだということを思ったわけです。だからもう、戦争というものは本当に大変なもんだと。

戦争というのは、あのころは、兵隊が戦争するというぐらいにしか思ってないわけです。ところが実際、沖縄で地上戦が起こったということは、残った民がよけい大変だったと。いろいろなものを聞いてみたら、一二万人以上の県民が亡くなっているわけですね〔民間人に軍人・軍属を合わせた数字〕。疎開した人も大変だったけれども、残った人たちも大変だった。

だからもう、戦争というものほど憎いものはないなということを、そのころからだんだん思うようになったわけです。

救助されたということで今までは思っていたが、帰ってきたら今度は逆に、戦争というものの恐ろしさをよけい身にしみて感じるわけです。アメリカの潜水艦が本当に憎いなということはずっと疎開中に思っていたわけだけれども、帰ってきたらそれ以上に今度は、地上戦であんなたくさんの人が亡くなっていると。

僕は今、(那覇市にある)対馬丸記念館で語り部として、ボランティアとしていろんなことをやっておりますけれども、今も話したように、結局疎開しても大変だったし、残っておっても大変だったと。だから今、旅行者が来たときに語り部をする場合に、僕は命がいちばん大事だということをみんなに訴えるわけです。僕も皆さんも命はひとつだよと。だからそのある命をぜひ大事にしてほしいと訴えるわけです。

命だけは絶対に粗末にしてほしくない。沖縄でも「命は宝(ヌチドウタカラ)」という言葉があるわけですけれども、ぜひとも命を大事にして、今いる友達とかみんなにそういうものを広めていって、だんだん家庭がそういうことを話し合えば、その周囲にだんだん広がっていくと思うわけです。それが学校なり集団、集落なりって世界につながっていくと僕は思う。

平和の礎(いしじ)(沖縄戦などの犠牲者の名を刻銘した祈念碑)に二四万人以上が刻銘されている。その半分以上は県民なんですよ。それが戦争していない一般民衆なんです。沖縄の地上戦のために、日本の国を守るためにまずは沖縄からということのために、こういう犠牲になったのか、と思うわけです。そういう意味で戦争というものは、すべてが戦争につながるわけだから、誰が憎いというようなものではなく、まず戦争を起こさないということから考えなければいけないんじゃないかなと思います。

▒中島高男さん(船員)

中島さんは、対馬丸が沈められてから三三年後、初めて沖縄に行き、遺族の前で話をした。

戦後、私が初めてこの遭難の話をしたのは、三三年忌で、初めて沖縄に行ったときなんですよ。

そのときは、お母さんだと思われる人が、五〇歳代の人がいっぱいいたんですよ、溢れるほど。私は、こういうあれで小さい子どもたちがこういうふうに死んでいったと話し始めたら、みんなハンカチ出して顔を伏せちゃったんですよ。

私もかわいそうになっちゃってね、しばらく声が出なかったです。あの、船の中で死んでいった小さい子どもたちの姿が、どうしても目に浮かんじゃうんですよ。

もうみんな、お母さん方だと思うんですけどね、本当にかわいそうだったですね。やっぱし自分の子どもがそういう無惨な死に方をしたら、誰だって涙が出ますよね。

――そのときまでは、なぜお話をされなかったんですか。

思い出すのがいやだったんですよ。かわいそうで。年中うなされて苦しそうだったって、うちの女房も若いころ言っていましたけどね。「お父さん、夕べもうなされたよ」って。

うちのかみさんと寝ていると、夜中に起こされるんですよ。何かにうなされているんですね。夢に出るわけです。すごい声をあげているって。「どうしたの」って起こされるんです。

あんな怖い情景っていうのは見たくないですね。あれを見たのは私だけだったのかなと思うんです。本当にすごい情景だったですよ、下は。

何百回話してても、涙が出るんですよ。かわいそうでね。まだ船の中に大勢残されて死んでいる人がいると思うんですけれどね。ああいうのを思うと、かわいそうでならないですよ。まして家族の人なんかも本当にかわいそうだと思います。

こんな事件を二度と起こさないような、そういう世界になってもらいたいですね。かわいそうすぎます。小さい命がいっぺんに死んじゃうなんて、考えただけでもね。戦争って悲惨ですよ。ですから私はあちこち話をして歩いているんですけどね。

私は四〇周年のとき、たった一人生き残った赤ちゃん、その赤ちゃんだった人と偶然めぐり会えたんですよ。命さえあれば、こんな小さい子どもでも大きくなって立派になって、立派なお母さんになって、立派なおばあさんになっていられるって、つくづく思います。だから話の中には、私はいつも、命を大切にして、自分の命も大切かもしれないけど、人の命も大切なんだと、絶対に人の命なんかなくすようなことをしちゃならないと、学校へ行っても言うんです。大きくなればみんな立派な人になるんだからって。

■堀川澄子さん（疎開時国民学校六年生）

あそこに閉じ込められている人はどんなだろうかね。どのぐらい閉じ込められているんだろうね。

遺族が今、引き上げてほしいと言っていますよね。だけどあれちょっと無理だって言っていますね〔深さおよそ八七〇メートルの海底に沈んでいて、引き上げは技術的に困難とされている〕。だから、どれくらいの人があそこの中に一緒にいるんだろうというのは思ったね。顔が目に浮かんでくるから。

誰が、どれだけの人がそのまま船の中にいたんだろうと思っちゃうから。どんな気持ちだったんだろう。私が渦に巻かれたときは意識はあったから、みんなあんな気持ちのままで意識がなくなっていったのかねと思う。

水の中でこう巻かれていたときには、まだ、あっ、人がいるなとか、周囲の感覚があって、その後、息があるうちに頭だけ浮かんできたから。だけど、下で上れなかった子どもたちはどうしたんだろうなと思って。そのまま、苦しいまま、そのままなったんでしょうねと思うし。

本当は話したくなかったけれども、でも私がまだぼけないうちに話はしておかなくちゃいけないかなと思ってしました。

つらさはある程度乗り越えているんですけどね、やっぱり自分一人だけでこんな話をしてはっていう感じもあるし、でも語り継ぐ人もだんだん少なくなっていくから、体験した分は伝えていたほうがいいかなと思うし。だんだん風化されちゃって、生存者もほとんどいなくなると思うから。まだちゃんと話せるうちに、ぼけないうちに、体験した部分だけはね。

――戦後戻ってきてから、同級生とか友達の遺族に会うこともあるわけですよね。

あるんですけど、避けていました、努めて。親しい友達の親たちもよく知っているから、もうこちらが避けて。慰霊祭にも参加しないし、親たちがまだ元気な間はほとんど、話し合いもしてないです。だって、向こうは私を見たら泣き出すんだからしょうがないでしょう。それはつらいですよ。見ただけで、自分の子は、いたらこうなっているかね、ああなっているかねと想像するんじゃないかしら。

▩平良啓子さん（疎開時国民学校四年生）

慰霊祭へ行くでしょう。どこから聞いたかわからんが、「この子は生きた人らしいよ」って、私、指さされて、寄ってたかって来られて、おばさんたちに。

「あんたいくつですか」「一九歳」って言ったら、あちこち触ってから、「うちの子も昭和九年生だったから、元気であればこんな形になって、こんな大きくなっていたはずだがね」って泣くでしょう。触るさ、すがってくるでしょう。こんなきついことないですよ。

もう慰霊祭に行くもんじゃないと思って、私はしばらく行かなかったけども。でもやっぱり自分の身内が、また友達がいっぱい行っているからと思って。前に行かないで後ろのほうから、知らんふりしてそーっと行って、そーっと手を合わせて、そーっと帰る。こんなことをしていたんですが、このごろは慰霊祭に行ったら指定席があるわけ。平良啓子という名前が下がっている、腰掛けに。私は指定席に座りたくはないわけよ、本当は。ああ、あれが平良啓子かと思われたくないの。

――なぜですか。

また生存者とわかると、失った人たちが寄って来たらかわいそうでしょう。生きている、うらやましく思われたくないわけよ。生きてきてすまなかったねと本当は思うときもあるわけ。

苦しんで死んでいった人たち、サメに食べられた子どもたちのことを考えると、親たちがどんな思いをすると思います、生きた人を見ると。

うちの子も生きていたらああいう形になって、あんなして背が伸びていたのかなって、触れたから怖かったわけ。

――いま対馬丸を、日常の生活の中で思い出すことはありますか。

ありますよ。毎日あります。海のそばにいるもんだから、よけい。海を見るといつも思い出すし、「対」という字を見るだけですぐ思い出す。

私、海で流れている自分の姿がいつも見えます。流れていったあのおばあちゃんはどうなったかなとか、（一緒に乗ったいとこの）時子は来ないね、兄も来ないねと。

（戦争に）勝つために私たちを県外へ出したと思うんですよ。それがこんな危険な情勢になってから動かすというのは、もう手遅れだったと思いますし、もう少し早くだったら、みんなを海に沈めないで行けたかもしれないけど、これも日本の情報の取り方が遅くなってあったんじゃないかなと。

大本営発表でもみんな作り事だから、正式なことを言わないから、国民がうっかりしているんですよ。勝つと思っているんですよね。

シンガポールを陥落したといって喜んで、日本は強いんだと思っているわけよ。だから安心している間にどんどん負けてきたということは知らされず、また大本営発表でも、たくさん撃沈したとか轟沈したとか、撃破したとかいう放送を流して、「我がほうは無事に帰還せし」というから、我がほうはいつも無事と、そう思い込ませていた日本の体制というのが、私は誤っていたんじゃないかと思う。正直に国民に知らせなかった。だから多くの人が死んでしまったと思うんです。今、大人になって考えればですよ。

子どものあのときには、私たちはもうヤマトへ行くとしか、喜んでしかいないから。戦争が危ないから行くというよりも、旅行しに行く気分だからね。国民学校の四年生の子どもに、国の体制がどうのこうのということは考えることはできませんよ。

教育もそういう教育されているわけだから。その教育は間違っていますって誰も言えなかったということが、過ちが起こったっていうことでしょう。だから今になって初めて目が覚めて、やっぱり日本の国は間違った教育をしていたと。

自由民主主義という世の中になったから目が覚めたんでしょう。何十年、何百年も、日本の国民のものの考え方は遅れていると思うんですよ。これからでも考え直して、間違いは間違い、正しいは正しい、人間には尊厳があるから、それをもっと敬い尊重すべきだと思うんですよ。権力に任せると、権力に弱い人間になるともうおしまい。みんな共倒れする。

だから私たちは目を見張って努力して、人間平等というのを、国民主権というのを、人権とか平和主義とか、そういったものをよっぽど気をつけて見守らなければ危ないですよ。二度とあんなことは起こしてはいけない。

戦争は絶対反対です。それを見る目というのが大事だと思います。そういう動きがあるなら、早く見つけて早く摘み取らんと、動き出したら危ないから。

だから、もう語りたくもないが、またあんなことを起こさないためには語らないといけないから。

あと何年生きるかわかりませんが、私はしゃべられるまでは、戦争は駄目ですよと語り続けなければならないという気持ちを持っています。もうやがてぼけそうになっていますけどね。

■喜屋武盛守さん（疎開時中学校三年生）

戦争というのは大変だよと。どんな戦争でも、女と子どもが真っ先に犠牲になります。つまり弱い者。これだけは忘れんといてねと。ここは必ず僕は言ってます。

とにかく戦争というのは、いいことはひとつもない。特に女、子どもは真っ先に犠牲になるんだと。

それは今、私が知っている分を話さなきゃ、誰が話すんだと。こういうことがあったんだよということは、誰かが言わなきゃ、わからなくなっちゃうんだね。これは生き残った人間の義務でしょう。

だからこの話は、我々が生きているころでもう終わりだね。我々が死んでしまったら、もうなくなります。またこういう古い話は、いつまであっても困るでしょう。世の中ぐるぐる変わるんです。これは悪いことじゃないです。もっとほかにやるべき話もたくさん出てくると思います。

あとは、後の人たちがどう受け取るかが問題なんですがね。でもやっぱり生き残りは生き残りとして、やることはやらなきゃいかんでしょう。そう、いつもそういう気持ちです。

II

封印された大震災
【愛知・半田】

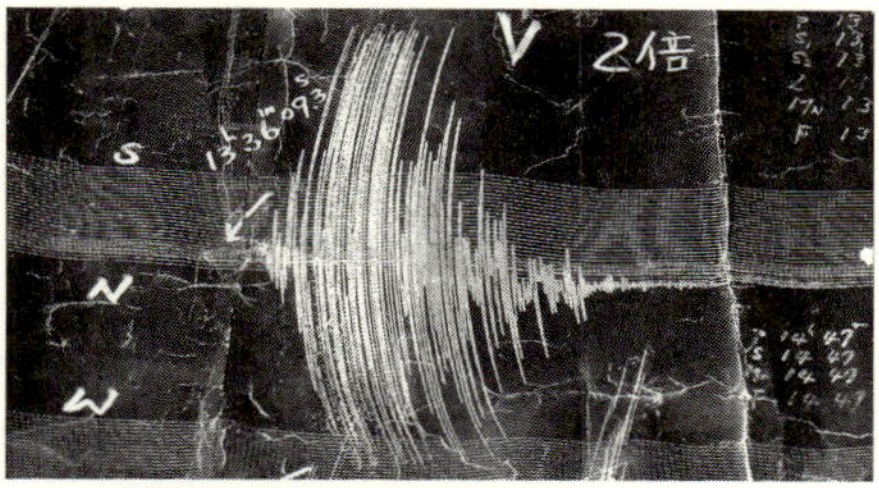

1944年東南海地震を記録した地震計
（名古屋地方気象台提供）

一九四四年一二月七日、午後一時三六分。マグニチュード七・九の巨大地震（東南海地震）が発生した。全半壊した家屋およそ五万四〇〇〇戸。死者・行方不明者数一二二三人。

この震災で多くの犠牲者を出したのが、愛知県半田市にあった中島飛行機半田製作所である。全国の中学校や女学校から集められた一〇代の「学徒」たちが働くこの工場で、巨大な建物が崩れ落ち、九六人の学徒が死亡した。

しかしその事実は当時、国の徹底した情報操作によって封印された。

なぜ学徒たちが犠牲になったのか。なぜ国は被害を隠したのか。

体験者の証言から、この知られざる震災の実相を見る。

長坂宗子さん

(ながさか・むねこ)1929年、愛知県豊橋市生まれ。1944年、豊橋市立高等女学校から、学徒動員で中島飛行機半田製作所へ。12月7日、東南海地震に遭う。戦後は豊橋高等女学校を卒業。戦争と平和の資料館「ピースあいち」語り部。

三宅仁さん

(みやけ・ひとし)1929年、京都市生まれ。1944年7月、京都府立第三中学校から学徒勤労動員で、愛知県の中島飛行機半田製作所へ。12月7日、東南海地震に遭う。戦後、教師になる。

細山喬司さん

(ほそやま・きょうし)1932年、愛知県半田市生まれ。1944年10月、学徒動員で中島飛行機の半田製作所へ。12月7日、東南海地震に遭う。1945年1月13日の三河地震、7月15日の半田への初空襲、24日の半田空襲を体験。戦後、富士産業(旧・中島飛行機)へ就職。

鶴田寿美枝さん

(つるた・すみえ)1929年、静岡県湖西市生まれ。1944年、豊橋松操高等女学校3年生の時、学徒動員で中島飛行機半田製作所・葭野工場へ。12月7日、東南海地震に遭う。戦後は教師になる。

片山美奈さん

(かたやま・みな)1928年、愛知県半田市生まれ。1944年、半田高等女学校から、学徒動員で中島飛行機半田製作所へ。12月7日、東南海地震に遭う。戦後は人形店を営む。

土屋嘉男さん

(つちや・よしお)1927年、山梨県甲州市生まれ。1944年7月、学徒動員で愛知県の中島飛行機半田製作所へ。12月7日、東南海地震に遭う。1945年、医学専門学校(現・山梨大学医学部)に進学、山梨で終戦。戦後、『七人の侍』を始め黒澤明監督作品に数多く出演するなど、俳優として活躍。

1 軍都半田に集められた学徒たち

愛知県、知多半島にある半田市。この町には、戦時中、日本最大の軍用機メーカーだった中島飛行機の工場があった。

総面積二七〇万平方メートル。従業員二万九〇〇〇人。部品工場から滑走路まで完備した施設では、一貫生産によって、一四〇〇機が製造されていた。

工場の主力は、海軍の偵察機「彩雲」と攻撃機「天山」。ともに世界最高水準の性能を誇る機体だった。開戦当初、優れた航空戦力によって快進撃を続けた日本軍。しかし一九四四年になると、アメリカ軍の圧倒的な物量を前に敗退を続け、戦力を消耗。航空機の増産が緊急の課題となった。こうした事態を受け、軍は、航空機の生産数を一気に二・五倍に引き上げる増産計画を立案する。

熟練工が戦地に次々と送られるなか、目標達成のため、国が定めたのが「学徒勤労令」だった。増産の使命が、一〇代の少年少女たちに課されることになったのである。

半田の軍用機工場にも、全国から学徒が集められた。

■三宅仁さん……当時一五歳、京都府立第三中学校四年生

一九四四年七月、三宅さんは京都府立三中から、愛知県半田の軍用機工場に動員された。

いま思いますとね、当然行くべきだと思って反対はしていませんでした。いずれ来るものが来たという感じと、戦争に勝つためにはぜひ行かねばならないという心があった。

ただ、私の母親なんかは心配性でしたから、ものすごく心配していました。父は無口なほうだったから、何も言わず反応なかったです。母親が「どうしよう、どうしよう」って、ウロウロしていたのは覚えています。それでまあ、半田へ行くための服の準備とか、靴の準備とか、そういうのをやってくれましたね。

我々は何も心配しない。それこそ勝つためということで、反対した者はなかったようです。心の中はわかりませんよ。これはえらいことになったなと思って、心配していた人もあったでしょう。私は全然なかった。

京都駅を、一二月七日一〇時過ぎに出たんです。今だったら一時間ちょっとで行けるんですけど、友達の日記とか私の記憶なんかでは、四時過ぎに着いた。半田駅の手前の乙川(おっかわ)という所、そこへ着いたのが四時過ぎですから、六時間ほどかかっているんです。乙川へ着いて約二〇分ね、小さい丘があったんですね。その上に、我々を迎えていたのが、新池寮(しんいけ)といいましたけど、まっさら。まだ建ったばかりの新しい寮でした。喜びましたね。

見晴らしが非常に良くてね、海も見えたのかな。こんな素晴ら

京都府立第三中学校の学徒(半田の工場に動員される2年前に撮影。三宅仁さん提供)

しい所に住めるのか、と思って。

■鶴田寿美枝さん……当時一四歳、豊橋松操高等女学校三年生

一四歳で動員された鶴田さんは、母親に見送られ、静岡の実家から半田へ旅立った。

鷲津（わしづ）（現・静岡県湖西市）っていう駅があるんですけどね。そこから列車に乗るんですけど、もうずっと豊橋に着くまで泣いていました。甘えん坊ですもの。本当にね、恥ずかしいぐらい甘えていましたから。

それで豊橋駅に着きまして、けれどもまだ涙が止まらなくて、という状態で出ていきました。

悲しいんですね、親と離れるのが。離れたことがなかったから。ずっと親たちと一緒にね、とても平和に暮らしていましたのでね。一人でやっていけるかっていう気持ちがあったんじゃないでしょうかね。

半田の工場に動員された半田高等女学校4年生の学徒
（半田空襲と戦争を記録する会提供）

お母さんは、「体に気をつけて、お前は国のために捧げた子どもだから、どんなことがあってもしっかりしているからいいよ」って言いました。

だからよけいに泣けるんですよね、そういうのが。涙が出てね。まあ私たちの時代は、「お国のために」っていうことが、とても頭にありましたから。当然だと思っていましたからね。

2　動員生活の現実

工場で学徒を待っていたのは、劣悪な労働環境だった。航空機の製作という、全く経験したことのない作業。しかも、労働は長時間にわたった。夜遅くまで、毎日一二時間以上にわたって働くことも少なくなかった。

■三宅仁さん（中学校四年生）

朝は五時半か六時に起きて、体操して。それからご飯を食べて、出発したのが七時半ごろでしょうね。四キロ先の山方工場という分工場へ、四〇分か四五分で行きましてね。

分工場の中は、二つに分かれていましたね。私たちが行ったのは、艦上偵察機「彩雲」の工場。もうひとつは、艦上攻撃機「天山」の工場があった。

私のいた所は、彩雲の部品を作るところで、そこだけがレンガ造りでした。明治に建てられた紡績工場の跡を少し改造した所で。ほかは全部、レンガ造りじゃなかったんです。

どれぐらいの大きさということは、面積はわかりませんけれども、三中の体育館よりも大きかったようです。百数十人か二〇〇人ぐらい入っていたと思います。

そこには京都から来た徴用工のおじさんとか、われわれ三中生、それから現地の半田工場の生徒。少し遠いですけど豊橋工場の生徒。それから海軍の工兵隊。それから監督官がだいぶいましたね。

戦局が傾くなか、中島飛行機半田製作所では大増産計画が立てられた。三宅さんたちは空腹に耐えながら長時間働いた。

工場へ着いてすぐ自分の仕事場に着く。一二時に昼食。一時に午後の仕事開始。普通の日だったら、五時か五時半ごろに仕事を終了して、寮へ六時ごろまでに帰ります。夕食はもちろん寮で食べた。行くとき、帰るときは隊列を組んで、二列縦隊か四列縦隊でしたね。

秋に、台湾沖で戦果を挙げたのに応えて残業をせよ、という命令があって。五時に食べて、また五時半か六時ごろから一〇時ごろまで残業をしました。腹が減って大変だった。

これは昭和一九（一九四四）年の「一〇月中、頭書ノ時間就業セリ」というので、表彰状。三一九・五時間働いたんですね、ひと月に。

日曜日休むわけじゃなくて、公休日というのが月に二回ありました。

割り算していただいたらわかりますわね。三〇日あったとして、二日休みですから。

――じゃあ一日、一一時間以上。

そうそう。私は体は細くて小さくて、虚弱なように見えたけれども、家で百姓仕事をしていたからね、体は丈夫やったんです。病気しなかったから、これだけ働いたので表彰されたんでね。

長時間労働にもかかわらず、工場で支給される食事は限られたものだった。

いちばんつらかったのは、腹が減って眠れなかったことね。腹が減って眠れないと、じっとしているんじゃなくて、苛立つんですね。何が起こるかっていうと、ケンカですわ。ケンカとリンチね。もう腹が立ってしょうがない。

一〇時半、一一時に寮に着いても、間食がない、食事がない。あめ玉ひとつない、おかきひとつない。それから（故郷の）京都から送ってくるものは、全部教師の部屋で検閲されてから渡される。手紙も全部そうでしたから。たまに芋とか、おかきなんか送ってくると、取り合いになって。私がいないうちに全部なくなっていました。私も利口で隠してあったんですけども、工場から帰ったら何もない。工場を休んでサボってね、食べた人があったかもわからない。それでケンカになることはなかったですわ。初めは犯人を見つけようと思ったけど、そんな意志もなくなって。

工場から寮まで帰るのが大変でした。五時に食べて、一〇時になると腹が減ってくる。ところがまだ四キロメートル歩かなければならない。それも丘陵地帯で坂道でしょ。田んぼ道のあぜ道を通っていかなければならない。

そこで軍歌を歌ったりね。「加藤隼（はやぶさ）戦闘隊」とか、「ラバウル航空隊」とか、そんなので士気を上げていたんです。

ところがそれも嫌になって、最後に歌ったのは、「誰か故郷を想わざる」とかね、それから「湖畔の宿」とかね。昭和一五、一六（一九四〇、四一）年ごろからずっと流行っていた歌です。

残業して帰りますと、空を見上げると、天気のいい日は星空でしょ。星の彼方に京都、故郷があると思って、その歌を歌うとね、涙が出てきてね。元気が出るどころか、「はよ家に帰りたい、はよ家に帰りたい」ってね、「もう嫌になった」言うて。

初めは「国のため、国のため」、いわゆる「生産戦士」言うてね、その勢いで行ったんですけど、一カ月経ったら嫌になってね。はよ帰りたいばっかりですわ。腹が減ることと、疲れるということ。

■鶴田寿美枝さん（高等女学校三年生）

高等女学校の生徒だった鶴田さんは、学徒動員の四一八日間、日記を書き続けた。そこには毎日の食事も記されている。

――たとえば、何月何日はどういう食事だったかって、教えてもらってもいいですか？

ええっと、じゃあ七月四日のがちょうど出ましたから。

朝、味噌汁ですね。それからお昼が里芋。それから夕食が馬鈴薯（ばれいしょ）。それだけです。

それでご飯が、お茶碗に一杯ね、軽く入ってます。

――今言ったのって、おかずの全部ですか？

ええ、朝が味噌汁だけ。お昼が里芋の煮っ転がしとか。それから夜がじゃが芋だけ。

――それでお腹いっぱいになりますか？

ならないけど、しょうがないんです。それしかないんだから。

でもね、お腹が空いているときは何でもおいしいんですよ。本当においしく食べました。

いつもお腹空いてたからね。あまりみんな言いませんでしたけどね。お腹が悪くて残した人なんかの、もらったりしてましたね。

でも、そんなに悲惨だと思っていませんでしたね。お友達みんなおりますから。寂しいことは寂しいけど、何とかやっていけたっていうことね。

■土屋嘉男さん……当時一七歳、山梨県立日川中学校五年生

とにかく腹が減って、栄養失調でフラフラしていたね。
最初、「お赤飯が出た」って、家に手紙を書いたのがいましたね。そうじゃないの。コーリャン（モロコシ）ね、あれはお赤飯みたいな色なんですよ、それがパラパラ。それに味噌汁とたくあん二切れ。それだけ。

――コーリャンを食べた感じというのは。

まずい。僕はそのときにね、田舎の家の近所の飼っていた犬を連想して、「犬のほうが俺よりうまいものを食っていたな」って思ったね。
もうお腹が空いてね。それで食い物の話を、夜寝るときみんなでして。
「おい、白い飯の上に醬油かけて食ったらどうだ?」と言うと、みんなが「やああああ」って言うんですよ。すると次のやつが、「トマトを井戸で冷やしてな、畑からとりたてを井戸で洗ってガブッていうのどうだ?」そうするとまたみんなが「やああああ」って言うんだよね。それが唯一の娯楽だった。「お汁粉にな、うどんをドンと入れて食ったらどうだ?」って言ったら、みんなもう「きゃああああ」ですよ。夜中にそんなこと言ってね。

――実際は食べられないから、せめて空想の世界で。

そうそう。これは楽しかったね。でもまあ、やがてはね、悲惨になっていくわけですよ。
軍はうまいもの食っていたんですよ。「おい、そこの中学生ちょっと来い」。何だろうと思ったら、軍の食堂があって、ご飯が大盛りなんですよ。「わあ、これは今日は食わせてくれるな」と思って、「悪いですね」なんて言ったらね。

「どうだ。海軍はいいだろう。お前らも海軍に来い。行ってよし」

これはショック。食べ物のあれ（恨み）っていうのはいまだに覚えていますよ。当時最高の屈辱ですよ。

■三宅仁さん（中学校四年生）

海軍の士官がいつも「精神注入棒」とか、いろいろ根棒を持ってね、ウロウロしているんですわ。「警戒警報」といえば普通、「アメリカの飛行機が飛んでくるから警戒せい」っていう意味だけど、我々の用語では「警戒警報発令」って言ったら、根棒を持った人が意気揚々とやってきて、サボっている者の尻を叩く。怖かったですね。

私が目撃したのは、ある一人の工員さんが、サボっていたかどうか知りませんけど、腕立て伏せをさせられて、それから尻を根棒で数発叩かれて、気絶したら今度は「バケツに水くんでこい」言うて、誰かが水をくんできたらパーッと五、六杯かけて、息を吹き返したらまた殴られていましたから。それが怖かったですわ。えらいこっちゃなって。二、三回見ましたわ。

バットより大きい棒ですよ。まあ怖かったけど、私たち友達が殴られたのは目撃していません。ほとんど工員さんでしたね。

■長坂宗子さん……**当時一四歳、豊橋市立高等女学校三年生**

海軍の軍人さんたちが、「大東亜戦争勝ち抜き棒」なんていうバットの長いようなもの、そういう字の書いてあるものをね、いつも持って、それで男の工員さんをぶん殴っているところを見たことがありますね。私たちに直接は何もありませんでしたけど。

どうしてあんなことするんだろうと私たちは思っても、恐ろしくてそんなこと口も出せないし。

■**土屋嘉男さん**（**中学校五年生**）
監督官ね。今考えると哀れな人たちだね。赤い腕章をつけていてね。「アカワン」って僕ら言っていたんですけど。

ちょっと居眠りみたいになったらもう、「バッター用意」って、このぐらいの太さ〔直径一〇センチほどか〕の棒。角になっていて、それにね、エナメル塗って模様を書いているんですよ。これが僕はいまだに覚えてますね。人を殴るものにね、色を塗ってね、模様が書いてあるの。

その監督官たちの上に立つ総元締めが将校ですよ。これが見るからに殺人鬼っていう目をしているんです。嫌な、今思いだしても嫌な目ですね。最初はきっとね、「お国のため」でやっていたんでしょうね、良く取れば。それがだんだん中学生、大学生、徴用のおじさん、おばさん、それをいじめるのが日課になっちゃったんですね。そうでなきゃあんな残酷なことはできませんでしたね。

例えばね、思わぬときにパッといるんですよね。これはさすが僕もゾッとしましたね。

中学生なんて、何もしていなくてもね、震えがくる子もいるんですよ。そうすると、何となく挙動がおかしいって殴られる。

食堂に行く人が、食券を持ってみんな並ぶ。四列縦隊で工場の中、ご飯を食べる行列ですよね。僕よりちょっと前にいた、徴用で来たおじさんがね、仲間を「こっちこっち」って言って、その列に入れたんですね。それをとがめられて、鉄の棒でその将校にさんざん殴られて、その人は死にましたね。

一〇回から鉄の棒になるとか言っていたな。

善良な感じのおじさんでね。厚い眼鏡をかけていたから、おそらくあれでしょう、目が悪くて兵隊は逃れたけど、徴用には取られたっていうおじさんでしょうね。かわいそうだった。

そういうことを見ているうちに僕はやっぱりね、アメリカが敵って言うけどそうじゃないって。すぐ近くに敵がいるなと。


熟練工は、次々に召集され戦地に送られていた。学徒や徴用工は、慣れない作業を強いられた。そのため、飛行機の完成度は低かった。

■細山喬司さん……当時一二歳、半田第一国民学校高等科一年生

徴用工で来た人たちはね、西陣織をやっておったとか、いろいろ商売をやっていた、いっぱしの人たちが、やったことのない仕事をやったんですからね。

だんだん素人が多くなりましてね。もともとは群馬の（中島飛行機）太田製作所とか、あっちのほうから従業員が来てやっていたんですが、だんだん徴用工だの学徒だのを入れて。戦争が激しくなっていくと、若手の熟練の工員がどんどん兵隊に取られたんですね。その穴埋めに私たちのような学生とかが来てやるんですからね。

欠陥の飛行機や何か出来るんですよね。だから天山なんかずいぶん特攻機として行ったんですけどね、途中で故障して海に沈んだのもあると思いますよ。

■土屋嘉男さん（中学校五年生）

「（天山と彩雲は）アメリカのグラマンなんか追いつかないぐらいの優秀な飛行機だ」って言われてね。そして僕は全体組み立て。「こんな俺たちに飛行機が造れるのか」と思ったね。

「神風」って書かれた、日の丸のはちまきをさせられて。着ていった学生服は脱がされて、蚊帳みたいな、向こうが透いて見えるようなね、今でいうステープルファイバー（化学繊維の一種）っていう布。冬までずっとそれだけ着て。

最初はね、職工さんの古いのが班長さんでいて、「こうやれ、ああやれ」でやっていたんですよ。しかしその後は大変でしたよ。

——天山を初めて見たときの印象は。

触ったね。僕は好奇心が強いのかな。空を飛んでるところしか見たことがないのが、ここにあると。そのときの感覚はね、「え、こんなのが空飛ぶの?」と思った。だってジュラルミンでね、僕が座席の取り付けもやって。これいったい誰が乗るんだろうと思ってね。

■三宅仁さん（中学校四年生）

悲しいことにね、我々十五、六（歳）の者が部品を作っているでしょ。出来損ないの品が多かったんです。

後でわかったことは、半田の飛行場から飛び立つときに、海の中にはまり込んでしまうオシャカ品があったり。それから戦地へ行くまでに、どこかで故障して落ちてしまったり。班長なんかの話では、一〇機造って本当に戦争に間に合うのは二機か三機だから。

僕が目撃したのは、半田の近くの飛行場から飛び立つときに、みんな部品を作ったっていう誇りがありますから見に行ったら、それが離陸しないで海の中に入ってしまってね。みんな反省しましたよ。結局、一〇造ってね、二つか三つしか役に立たない。それは十五、六（歳）でね、女学生とか中学生がね、そんな正確な部品作れるはずがないと思います。

軍用機工場で働く生活は、様々な面で自由を縛られるものだった。

■片山美奈さん……当時一六歳、半田高等女学校四年生

本当に、秘密、秘密、何でも秘密でね。自分たちの工場の中のことだとか、仕事の内容だとかはね、絶対に言ってはいけない。家で親や兄弟にも言ってはいけないことになっていたからね。

（工場の）門を入るとね、ちゃんと守衛さんがおるでしょ。学校のマークが付いとるもので通れるわね。とにかく自分の工場へ行って、それで帰るまではそこにおって、それで帰る。まるっきり、外のことは何もわからんでね。

工場の工員さんと喋ってはいけない。勝手によそへ行ってはいけない。ただ門を入って、自分の工場までまっすぐ行って、それで工場の中で食事とトイレだけが自由というのか、で、工場が済めばまっすぐどこへも寄らずに帰ってくる。

それはまあ、今から考えたら、ちょっと想像もできんようなことだわね。

■長坂宗子さん（高等女学校三年生）

動員になった初めは、「夜になってから、たとえ一日一時間でも必ず授業の端くれのようなことはするから、全部持って行け」と言われて、教科書もノートも全部持って行きましたけど。確かに、そうですねえ、ひと月の中の一週間ぐらいはそういうことがありましたね。ですけどそんなもの、いつの間にか無しになっちゃったし。薄暗い電球で、何も見えるような状態ではなかったですしね。

だからまあ私たちも、やる気をなくすというか。体も疲れてくるし。顔を洗うお水も出ないような所で、何もかもやけくそということはないですけど、普通の精神状態ではいられなかったですね。ただただ、「欲しがりません勝つまでは」とか、「撃ちてし止(や)まん」とかそればっかりでね。工場と寮の往復でも、そういう歌しか歌わなかったし。

今まで家で釘一本打ったこともないような者が行ってね、役に立つのかしらんと思いながら行きましたけどね。

▒鶴田寿美枝さん（高等女学校三年生）

（日記からの引用）「一一時ごろ食事をして本工場に行き、東海管制部長（軍需管理部長）がいらっしゃって、お話をしてくださいました。お話の中に『本を捨て、勉強のことを一切思うな』という力強いお言葉に、私は、よおし、これから、より以上、もっともっと一生懸命やろうと固く決心した」

「勉強をしないで働くように」ということを言ってましたね。「勉強している暇があったら、国のために働いてほしい」ということを盛んに言ってました。

――そういった言葉を聞いたときのお気持ちは？

それが当然だと思っていましたから。お国のために命を捨ててもいいんだっていう頭がいつもありましたから。

■土屋嘉男さん（中学校五年生）

戦地から戻った整備兵に戦地の状況を聞き、土屋さんは大人たちの「嘘」に反発した。

戦地から先走って逃げてきたのがかなりいるんですよ。サイパンとか。玉砕って言うけどそうじゃないんですよ。うまく逃げてきた、そういうのが僕より二つか三つ年上なんですね。やっぱり親近感を持ちますよね。その整備兵たちと仲良くなって。

仕事をしていると、飛行機のしっぽのほうに潜り込んでいって、戦地の様子を全部ばらすわけ。「飛行機なんか一機もないぞ」とか「やられ通しで逃げてきたんだ」とかね。その人たちが真実を教えてくれたわけね。

そうすると、軍の言うこと、先生の言うことなんか、うわの空ですよ。「嘘だ、嘘だ」。「勝ってる、勝ってる」「嘘だ」。全部そうですよ。

それでね、「よし、俺はいたずら小僧に徹してやる」って。全部反抗してやろうって。まず、はちまきをどぶへ捨てて。それから「君が代を歌え」って言われれば勘太郎さんの歌（「勘太郎月夜唄」）を歌ったね。だから何回手錠をかけられたか。

——司令官が視察に来たときのことを教えていただいていいですか。

もう忘れませんね。東海軍管区司令官岡田中将（岡田資）っていう人。東海地方の司令官。それが来て今日は演説があるから、大学生、中学生、一般徴用、全部広場に集まれって、すごい人数でしたね。演説が始まったわけ。そうしたらね、「中学生諸君に特に言うが、活字を読む者は国賊だ」と。「一切活字を読んではいけない。そして上級学校なんていうことを考えているやつがいるが、それは全部閉鎖する」。そうするとね、やっぱり反抗期ですからね、よくも言いやがったなってまず思いましたね。

何をやっても「国賊」。特にね、僕はバイオリンをやっていたんですよ。（今の）芸大に行きたくて。これは最高の国賊なんですよ。

考えると頭にくることばかりだから、いたずら小僧に徹してやれって思った。おかげで僕は明るかった。だけども本はすごく読んだ。絶えず岩波文庫をポケットに入れていた。これ、見つかると大変なんですよ。「活字を読む者は国賊だ」って言われているんですから。

それでもね、岩波文庫でね、『猟人日記』ってツルゲーネフのを読んだ。昼飯の時間、ひなたぼっこしながら読んでいたら、アカワンが来たわけだ。しばらく僕の前に立って、見ていましてね。ふと目を上げたらアカワンなんですよ。

そうしたら、その本を取り上げてパーッと投げてね、「こんなアメリカの本を読みやがって」って言ったんですよ。そのときにカッとくるかと思ったらね、「ああ、こんな馬鹿、どっちでもいいや」って思ったのを覚えてる。ツルゲーネフをアメリカの本って言ったからね。

3 大震災発生、そのとき学徒は

一九四四年一二月七日。いつも通り、昼食を終え、午後の仕事についた直後の午後一時三六分。関東大震災に匹敵するマグニチュード七・九の東南海地震が発生した。

▒三宅仁さん（中学校四年生）

一二月七日の朝、工場へ着くなり、これから仕事をするときに、監督の顔色が悪いんですわ。今日は殴られると思ったんです。そうしたらみんな集めてね、説教です。

「今、日本がどういうときであるかわかっているか」と。サイパンとかグアムとかテニアンも占領されて、制海権とか制空権がアメリカに渡ってしまった。それなのにお前たちは、一時から仕事をしないで、ご飯を食べてからまた外へ出て、二時三時までブラブラしていると。もっと悪い奴は、映画を見ていると。「こんなことでどうするか」言うて。

で、みんな殴るなら一〇〇人、二〇〇人殴らなければいけないけれども、「班長出てこい」って言って、班長一〇人ほどがボカボカ殴られました。それが一二月七日の朝なんです。

後でわかったことは、一時三六分という地震発生の時刻はね、我々の仲間の半分ぐらいは雑炊を食っていたんです。あるいは映画館にいるかもわからん。朝そういう説教があってもやね、もう数時間後、一時三六分には雑炊を食っていたとか、映画館の二階にいたとかね。それで助かった者もいますから。皮肉なものです。人生の運というのはね、そんなところで分かれるっていうことで。

■土屋嘉男さん（中学校五年生）

僕は反抗しているから。工場の裏へね、鉄条網の所に犬みたいな穴を掘って、通れるようにしておいて、その上に草をかぶせて。

当時ね、ドイツ映画は（上映しても）よかったの。やっていた。「今日、町のほうでドイツ映画がある」って。ドイツ映画はたいがいミュージカルなんですよ。日本ではまだミュージカルなんてものはね、見たことがない。それが見たくてね。

「ウィーン物語」といったか、何かでしたね。半田にありました。そうしたら友達が二人、「俺も連れて行ってくれ」っていうのが来たんですよ。

そして抜け穴から出て、歩くのもまるでディズニーの漫画ですよ。チョンチョンチョンチョンと電信柱に行って、周りを見て。（もし見つかれば）憲兵に捕まるから。

それでまたチョンチョンチョンチョンで、裏道裏道を行ったんですよ。そこで一時三六分が来たんですね。そのとき、まずね、すごい、津波のような音がしたんですよ。グオオオッて。

辺りのものがバーッとほこりが持ち上がって、「何だこれは」って言っていたら、各家の周りの防火用水、なみなみと水がくんであるのが、ビュービューッと道に撒かれるんです、誰もいないのに。これはすべて一瞬の話ですよ。

アッと思ったら、足をさらったようにひっくり返ったですね。立ち上がろうとしても立ち上がれない。辺り一面が全部ほこり。

地震が収まった後、土屋さんたちは、工場へ引き返した。

工場へ帰ったら、みんなが「いた」「心配した」って言うわけですよ。そして「山方工場が全滅だ」って聞いたんですよ。山方工場、僕は助けに行った。先生が「やめろ」って言ったけどね。その前の日にね、長野女子挺身隊っていうのが、新しい腕章をつけて僕のやっている作業を見学に来たの。「どこから来たの?」って言ったら、長野弁でね、「長野だよ」なんて言ってね。「俺たちは隣の山梨だよ」って。言葉が同じで懐かしかったのを覚えているの。いよいよその日に初めて仕事っていうときに、地震でみんな死んじゃったの。

行ってみたらね、レンガの下敷きになって、三人ぐらいが顔がぺしゃんこ。脳みそが飛び散っているの。ううっと思ったら、「長野女子挺身隊」って新しい腕章が見えた。瓦礫の中に三人のぺしゃんこですよ。あれはおそらく、三人で寄り合ったんでしょうね。そこへ屋根から塊が落っこちたんですね。

■三宅仁さん（中学校四年生）

地震発生のとき三宅さんは、山方工場内の、彩雲の部品工場にいた。

いつもの通り私は、作業台について仕事をしていました。ヤスリ掛けですね。小学校からの友達も私の前におりました。

そのとき轟音ですね。ゴオオオッていう音が聞こえたので、異常な感じを持って。それと同時に体が浮き上がった。私はね、ちょっと大げさだと思うけども、三〇センチほど上がったと思うけれども。まあ一〇センチか二〇センチは浮き上がって。

天と地がひっくり返ったようなね。それでワーッと左右に揺れますわね。ガラスは落ちてくる。それから、何か柱が、鉄骨みたいなものがあって、それがパーッと揺れて、踊り狂うっていう、そういう感じで。

天井を見上げましたらね、窓ガラスが、ガラスの破片がバリバリと落ちてきたんですよ。明治に建てられた紡績工場の跡の、レンガ造りの工場でしたから、空にはガラスがあってもレンガはありません。そのガラスがバリバリと音を立てて落ちてきた。

それと同時に何人かの人が、「地震だ、地震だ」と言うので、私も地震やと思って逃げたんですよ。そうしたらすぐ倒れましたわね。しかし、這ったり立ったりして。

非常口が五メートル先にありましたから、そこへみんな殺到したんです。私ももう倒れながら、また立ち上がって行って、もうあと一メートルという所で、目の前にまた天井から落ちてきたガラスの破片が、パリンと音を立てて割れたんですね。

で、背中にドスンという音が聞こえて、それから気を失った。

これ、後でわかったことは、レンガの外壁が中に倒れたんですね。

気づいたときには、倒れたレンガ壁の下敷きになっていた。

暗黒いうか、真っ暗な世界に入ったような感じがして、背中に何かのしかかっているような感じがする。で、記憶がだんだん蘇ってきまして、「あっ、地震だった」と。「これは助けを求めねばならない」と思って、大きな声で「助けて、助けて」って言うたんですけど、下はコンクリートの床でしょ。上に何十キロというレンガですわね。息が苦しいんですわ。

いちばん苦しかったのは息ができないこと。もちろん負傷はしていたんですけど、どこの骨が折れているとか、どこから血が出ているっていうことは全然わからなかったんです。とにかく息がしにくくて、吸う息ができない。それで辺りは暗黒でしょ。蛙がぺしゃんこになったような姿勢で、「助けてくれ、助けてくれ」と言って。

私はおそらく二時間半か三時間ぐらい後で、担任の先生が、「三宅違うか?」って言うてくれたんですね。こちらは「助けて、助けて、助けて」ってね、もう声が出てなかったと思いますよ。担任一人が僕の声を確認してくれたけれども、姿が見えない、レンガの下で。そこで僕の友達が一〇人から二〇人ぐらい寄りまして。そうしたら左手の端だけ見えていたんです。

ある友達が「起重機(クレーン)を持ってくるまでがんばれ」って言ったんです。ところが一時間、二時間待たねばならないと思うとね、このままではもう心臓が動かないで死んでしまうだろうという恐怖心がものすごく出てきた。で、「仮に手足がちぎれても、見えている所を引っ張ってくれ」って言ったんです。

そうしたら担任と一〇人ばかりの生徒、みんな見えてきたんですね。だんだんレンガを上げていって。で、体はまだ大部分がレンガの下敷きになっていたけど、ここ(左の上腕)だけは出ていたらしいです。これを何人かでグーッと引っ張ったんですね。それで助けられて、すぐ戸板の上に乗せられて。

そのとき、体が宙に浮いたときに、「助かった」と思いましたね。しかし意識がもうろうとしていて、「死ぬんじゃないかな。こんな所で死んだら、犬死に。戦争も行かずに地震で死ぬなんて」、そこまで思いましてね。

■片山美奈さん（高等女学校四年生）

片山さんも同じ工場で働いていた。

記憶ははっきりあるよ。あのね、ガタガタとね、来たんだよね。そうしたら誰かがね、大きな声で「地震だ」って言ったものだからね、初めて私、そのときに気がついてね。

逃げようと思って出口のほうに走ったの。そうしたらみんなが全部同じ心でしょ。全部出口に集まって。

おまけにね、秘密工場なものだから、戸が簡単に開かないの。一間の木戸でね、ガックンと、どこかへ引っかかるのか、そういうふうになってる。で、手を離すとストンと落ちる（閉まる）ね、そういう木戸だったんだけど、それがもう、みんなが山ほど一緒になっちゃって。

それで私は後ろのほうだったんだけれども、それが開かないものだから、「あらあら、あらあら」って言ってるうちに地震が大きくなっちゃって。

で、私はハッと思って、こんなことをしておったら駄目だからと思って、その木戸の下の所の、ちょっと台みたいなものへ潜ったんだけど、体が全体に入らんで、頭だけがどうにか入ったぐらいの台だったもんだから、それでアッと思っているうちに、もう気を失うのとレンガが落ちてくるの。

気がついたときには、暗くて何も見えなくて。で、みんなが「苦しい」とか、「助けて」とか、「お母さん」とか、「お父さん」とか、「先生」とかって言って、みんなが弱っている声で。だんだんと耳に聞こえてきて、それで私、どうしているんだろう、今どこにいるんだろうな、何をしているんだろうと思って、ボヤーッとしとって。

それでしばらく経ってから、どれだけ経ったか覚えがないけども、「あ、さっき方の地震でつぶれたんだ」と思って。その時分には、もうみんなが「助けて」とか「苦しい」とか。

で、私の一級下のサカキバラハルコさんっていう人が、私の班で仕事をしとった人なんだけれども、私のすぐ足元でつぶれて。で、つぶれて打ちどころが悪かったものだから、「痛い、痛い」。私がそのころ（旧姓が）田中だっていったもんだから、「田中さん、田中さん、苦しい、苦しい」って言うんだわね。それでね、「今死んじゃうとね、もうおしまいだから、がんばらないかんよ」言ってね、励ましてね。返事がなくてね。「苦しい、苦しい」って言っとった。

そうしたらね、先に、そのサカキバラハルコさんがね、助け出されたの。小さかったんだわね、きっとレンガは。だけども、打ちどころが悪くて、それで亡くなっちゃったんだけども。

崩れた建物の瓦礫の下に生き埋めとなった片山さん。救助されたのは三時間後のことだった。

みんなが「苦しい」とか「助けて」とかって言っているうちに、徴用工だとか、兵隊さんだとかっていう人が助けに来てくれて。私の在所、私が通っていた家の隣のおじさんが同じ工場に来とって、それで私の声を聞いて。

頭の上だけがどうぞこうぞとレンガが取れたの。ここから下は大きな、手では動かせない、道具を持ってこなきゃ動かせないようなレンガだったんだけど、頭の上は小さいレンガだったもんで、手で取ってくれたら、私、頭から上が出ちゃったの。

そして、叫びもせんでボヤッとしとったら、そのおじさん、サカイさんっていう人が、「あっ、美奈ちゃんじゃないか。ようし、今助けてやるでな。待っとれよ」って言って、それでどこかに行っちゃったのね。そうしたら、しばらく経ったらね、ジャッキを三丁、持ってきてくれて。それで私が頭を出している所の三カ所ね、ジャッキを当ててね、ガリガリガリ。「おい、やり損なうと死んじゃうで、やり損なうといかんぞ」とか言ってね。それで一〇センチぐらい(レンガを)上げたかな。それで胸の下に手を入れてね、ガーッと引き出してくれたの。

そうしたらね、足がもうちぎれちゃったかと思うぐらいね、もう気を失っちゃうぐらい、悲鳴にならない悲鳴を上げたの。

■長坂宗子さん(高等女学校三年生)

長坂さんは、作業台に守られて生き残ることができた。しかし長坂さんの同校生二三人が死亡した。

以前が紡績工場だったためにね、蒸気を通すための鉄のパイプが、頭の上にずいぶんたくさん張りめぐらされていて。それは飛行機を造るためには全くいらないものなんですけど、それを外せばレンガの建物が壊れちゃうっていうことや、外すのにお金がいるっていうことで。

そのパイプが雨のように降ってくるものだから、あれに当たったらいっぺんに死んじゃうと思って、もうこれで死ぬのかと思いましたね。私は後にも先にも、「もうこれで死ぬ」と思ったのは、あのときだけです。

で、全く動けませんでしたのでね。動けないといったって、作業台がしっかりしているから、私たちが直接つぶされることはなかったんですけどね。

次の朝、寮で朝礼をすることになって、学年主任の男性の先生が、「昨日の地震で二二人亡くなって、あと一人がまだ命はあるけど、もたないって校医の先生がおっしゃった」って言われて。で、二三人亡くなったということが決まったんですね。

本当に泣くしかなかったですね、あのときは。みんな抱き合って地面にへたり込んで泣きましたね。もうみんな半狂乱ですね。

あとは、豊橋で個々に娘さんを亡くしたお家がお葬式をなさるんで、そこを回ってね。そのときの遺体と対面したこと、それから、親御さんの半狂乱ぶりですね。そういうのがいちばん残ってますね。

■鶴田寿美枝さん（高等女学校三年生）
鶴田さんは、木造の葭野工場で図面描きをしている最中、地震に気づいて外に飛び出した。


向こうにね、レンガ造りの工場がありましてね。そのレンガ造りの工場が、ダダダダッと全部つぶれちゃう。それこそ砂を砕くようにサラサラとみんなつぶれましたね。全部見ましたよ、ずっと。

その中に人がいるんです。たくさん。だから、ケガしていない人たちがね、引きずり出して広場に並べるんです。

もう本当に地獄ですね。ケガをした人たち、いちばん今でも印象に残っているのは、頭が胴に入っちゃった方ね。頭がね、押されて体の中に入っちゃうの。上からいろんなものが落ちてくるから。ちょっと考えられないでしょ。

頭が胴の中に入って、三センチぐらいしか見えなかったですね。亡くなっていましたけどね。男の方でした。

それから、それこそ首が取れてしまったような感じの人とかね。それから手が折れたみたいな人。足が折れた人とか。胴がつぶれた人とか、いろいろありましたけどね。

本当に、こういうことが地獄かなって思いました。あとはそう覚えていませんね、怖さで。何せ一四歳ですからねえ。本当にただ怖いだけでした。

▒片山美奈さん（高等女学校四年生）

助け出された片山さんは、学校に臨時に作られた救護所へ運ばれた。医薬品も医師も不足していた。

で、私ね、その工場の一部へね、戸板のまま運ばれてね、何も着せてもらわんでね。

それで暗くなってからね、親が来てくれて。一級下のお友達が言ったらしいんだわ、「田中美奈さんが危篤でおりますで、すぐ来てください」ってね。で、親がね、じゃあ最後のお水を飲ませてやりたいという気持ちでね、ヤカンにお水をくんで、その人について走って工場に来てくれて。

それで後しばらく経ってから、戸板のままね、学校へ運ばれて。病院も何も、行かさせてもらえなくて、そこでずっと寝て、ときたま半田病院の医者が回ってきてくれて。それも一週間にいっぺんかそこいらで。

外科のお医者さんがないものだから。戦争に取られて行っているでしょ、軍医さんとしてね。だから歯医者さんだとかね、そういう人までみんな外科へ回っていたの。で、私たちがお世話になった人がね、歯医者さんから外科へ回った人がね、時々診にきてくれたんだけど、どうすることもできないのね。動かすことができないし、ただまっすぐ動かさないで寝ているだけで。

まあ骨がひっつくまで置いておかれて。それがまた後が大変だったの。足の、膝だとか足首だとかが動かなくなっちゃって、それを戻すのが大変。もう死んだほうがよかったと思うぐらい、痛くて苦しくてね。「もう足が動かなくなってもいいからやめてくれ」って私、そう言ったぐらいね。めちゃくちゃ。

――どこをケガされたんですか？

骨盤骨折。骨盤がちょっとみじゃけて（つぶれて）ね、それで形がちょっとね、上から押されたものだから形が変わってね。で、足が悪かったんだけどね。まあその後いろんな手術なんか受けさせてもらえてね、今は歩くのにそうあれ（支障）はないわね。

今のお医者様だったらね、医術がすごく進歩しているから、いい材料もあっただろうし機械もあっただろうし、先生も十分だっただろうけれども、戦争中だもんだからね。

もう骨がひっつくまで、まっすぐに寝ているだけで。背骨のいちばん下の骨の所が傷になっちゃって、膿（う）んじゃって、今傷が残っているんだけど。

■三宅仁さん（中学校四年生）

三宅さんは何とか助かったが、同じ工場で働いていた幼なじみの落合則秀さんを失った。

落合君とはね、その地震の当日も、同じ作業台で彼が前にいて、同じようにヤスリ掛けしていたんです。

彼も不器用でね。体が小さくて、鉄砲を持って歩いても、いちばん後ろから追いつかないんです。走ってました、いつも。足がちょっと不自由だったから。今、目に浮かぶのは、体育の時間に跳び箱が跳べずに泣きそうな顔をしてがんばって、何回も何回もやらされて跳んだことやら。

「地震だ」って逃げたときに、最後に落合君を目にしたのは、私の右の後ろのほうですね、わずか五〇センチか一メートルぐらいの所から、もう必死になって追いかけてくる。後ろを見たら落合君がいる、それで一緒に逃げたんですね。

で、私が負傷していちばん気になったことは、「落合君がどうや」って言うたら、誰もものを言わない。「落合君は助かったのか」って言ったら、何も返事しない。そうしたら七日の晩遅くでしたかね、「実は死んだんや」と。

げっそりしまして。もう悲しくてね。一緒に逃げたのにね、なんで私だけが助かって、彼が亡くなったかと。

地震発生から数日後、亡くなった学徒の葬儀が、関係者だけを集めてひっそりと行われた。そのとき読まれた愛知県知事の弔辞には、戦意を鼓舞する言葉が並んでいた。

「今回の震災による殉職は、戦死に他ならない」
「学徒のつとめは、増産に一途に身を呈することにある」
「今こそ皇国の必勝を信じ、『聖戦完遂』の礎となれ」

4

明らかになった被害原因

工場の倒壊による死者は、学徒九六人を含む一五三人。震災による犠牲者全体の一割を超えていた。なぜ軍用機の工場に犠牲者が集中したのか。

■三宅仁さん（中学校四年生）

非常口はね、自由に出入りができない。一人が出入りできるだけです。狭いんです。後で調べたら、幅一メートルぐらい。そこに何十人がパーッと出たんですから。早く出た人は、おそらく二、三十名出たんじゃないですかね。

それから、呆然として天井を見上げていた人は助かっているんですね。上に何もないでしょ。ガラスだけですから。ガラスの直撃を受けるということはあまりなかったらしいです。

いちばん悲劇は、いちばん早く出ず、呆然とせずやね、中間ですね。それが運悪く、ちょうど非常口の手前で何十人という人が、外壁が中側へ倒れてきたものやから、その下敷きになって。

学徒は九六名ですね、殉死しました。徴用工のおじさんとか監督の人とか、みんなひっくるめて一五三名ですね。

京都三中で言えば、一五人下敷きになったんです。二人だけ生き残った。一三人のうち半分ぐらいが即死。顔もほとんどなくなるような状態でした。つぶれて。

八日の日（地震の翌日）、親が遺体を確認するために出てきたときに、その無残な姿を見るのは忍び難いだろうというので、ある先生が、親をびっくりさせないように復元しようというので、中に入った首を元に上げてね。目撃した人によれば、顔がぺちゃんこになって中に入ってしまって。髪の毛だけがちょっとあったとかね。そんな状態でしたから大変だったですわ。

――そこまで被害が大きくなった原因というのは。

これは結論を言いますと、レンガ造りであったということです。レンガ造りの紡績工場、しかも明治の古い紡績工場を改造してもやね、レンガ造りの元々を変えることはできないでしょ。それで一般的に言われることは、柱をね、何本か抜いちゃったと。

レンガ造りだけでもう駄目。レンガ造りは地震に弱いっていうことは通説でしょ。しかも柱がなかったら、これはもろいですわ。一分以内に全部倒れていると思います。

今になって思うとね、不幸であった、不運であった。ほかは全部レンガ造りじゃなかったでしょ。山方工場の、彩雲の部品工場のみレンガ造りで、そこで百数十人亡くなっているということは不運であったと。当時、「こんな危ない所へやりおった」ということは、一声も出ていませんわね。そんな危ないと思わないいし、地震があるとも思わないいし。

■長坂宗子さん（高等女学校三年生）

最新鋭機の部品を作る工場だったため、出入り口の辺りには、機密を守るための工夫がされていたという。

ただでさえ狭い出入り口を、外から見えにくくするためにね、そこに新たにレンガの塀を作ったりして。それがとても、逃げ出すときの妨げになったと思います。

入り口に近かった方々は入り口に押し寄せて、レンガの塀が互い違いになって出にくくなっていたことで、そこで亡くなった方がとても多かったと思います。

私は本当のど真ん中にいたものですから、逃げ出せるような余地がなくて、しゃがんでいるしかしようがなかったものだから、それで助かったんだと思います。

――何のためにそんな、互い違いの入り口にしていたのでしょうか。

何しろスパイに覗かれないようにとか、そういうふうに聞いておりましたけどね。

私が思うには、先の工場（紡績工場）でやりやすかった柱とか、飛行機を造るには全く関係のない、役に立たないものもいっぱいあったと思うんですけど。飛行機工場に造り直すことですね、働く人たちの安全とかそういうことはあっちへ置いておいて、ずいぶんまあご都合主義のように作り替えたっていうところがあったんじゃないかと思いますね。

私の入っていた所はレンガ造りですから、レンガの中に支柱というようなものが何も入っていなかったと思うんですね。だからガラガラ崩れる。それは支柱のないことと、それから足元が埋め立て地ですから、それと両方だったと思いますね。

たまたま入っていた寮は木造ですけど、本当の新品でしたので、もっていましたわね。

■片山美奈さん（高等女学校四年生）

出入り口は、戸の設計も特別なものだったという。


ピュッと開くような、そんなやさしい戸じゃないでしょ。間口が一間のね、重たいね、厚い木で。中が見えないようにね。

秘密工場。初めて作る防弾タンクというので。弾が当たって穴が開いてもね、中に入っているガソリンで口がふさがってね、それでガソリンが漏らんで、出火を妨げて、墜落は免れるという、そういうね。

戸が開かへんだもん。一間のえらい重たい戸でね、よっこらしょとやらなきゃね、本当に全身入れてやらなきゃ開かないぐらいの戸だったからね。

■長坂宗子さん（高等女学校三年生）

何より腹が立つのは、（故郷の）豊橋は軍都で、軍需工場もかなり多くて、だから豊橋から何も寄宿舎に入って、よその土地へ行かなくても、働く場所はいくらでもあったと思うんですね。

私たちだけがひどい目にあったなんて絶対思っていないけど、だけどどうしておかしなことに、豊橋じゅうの女学生の三年生という学年だけを輪切りのようにしてね、中島飛行機へ出されたんですね。それがあまりにも、理屈に合わない。

まあ結局、人数を揃えるために、そういう変な生徒の数のちぎり方をして、「とにかくあそこに何人送ればいい」と。役所とか、学校の上層部の先生方とかが、都合良くまとめられたからであって、人間の命がどれだけ大事かというようなことは、ちっともお考えなしで、こういうことになったんだと思いますね。

やっぱり天災だとは言いながら、人災っていう範囲のほうが大きいですわね。変な区分けをさせられて、それで友達が命を落としたと、とっても思っておりますのでね。

5 隠された大震災

東海地方に壊滅的な被害をもたらした大震災。しかし、その実態が国民に伝えられることはなかった。発生の翌日、一二月八日は、真珠湾攻撃から三年の記念日。新聞の一面を大きく飾ったのは、昭和天

昨日の地震

皇の写真だった。

地震については、発生の事実を伝えるのみで、具体的な被害には一切触れていない。

■三宅仁さん（中学校四年生）

——地震についての報道は、当時どのように行われていたんですか？

あれはね、（故郷の）京都ではね、私たちが地震で亡くなったと思った人はなくて、「空襲でやられた」と初めは思ったらしいですね。私の父親、母親も、初めは地震とは思わなかった。「先生から連絡があって、地震だということがわかった」と。

当時はね、全部秘密ですから。だから動員中の写真は残っておりません。残っていたらこれは違反ですわ。写真機を持っていたらスパイと思われる。実際は写真、残っているんですけどね。どこかの中学生と女学生がね、仲良く並んで写真を撮っている。

何でも秘密にするのが当たり前。地震は報道すべきやけれども、数行でしょ、どの新聞もね。「莫大な被害を受けた」ぐらいで、あとは内容は何もありませんわ。

——なぜ国や会社が地震を秘密にしたのでしょうか？

それは敵にばれたらね、「日本は弱っているな、ここだ」というので、「このチャンスを逃がすな」というので、爆撃をまたするかもわからないわね。で、結局、半田の工場は全部爆撃でやられましたけどね。

情報が漏れるっていうことは、今はもう自由にやっていますけどね、昔は内部告発っていうのは最たる悪いものでしょ。だから当然、ああいう地震でも、僕は敵に知られないように、発表しないのが普通であると思いました。戦争中は隠すのが当然やから。

▒細山喬司さん（国民学校高等科一年生）

（被災地から）遠くのほうではね、「地震があって、被害がそれほどなかった」っていうことがあっただけなんだよ。ほんのちょこっとの記事。もう報道管制で、そういうこと（実態の詳細な報道）をさせへんかった。

幼稚なことだけど、米軍に報道が入ってもらいたくない（知られたくない）っていうこともあったって。でもそんなことすぐわかっているはずですよね、アメリカのほうではね。

かなりつまらんことでも報道管制があったんだよな。地震の写真だってあれ、市の職員が内緒でパパパッと記録で写しただけのことだよね。三河地震（翌一九四五年一月一三日）のときにはね、安城や西尾、あっちのほうはものすごく災害の写真を写してあるんだよ。こっちは大きな軍需工場があったから、市全体にそういう報道管制があったんだろうね。

新聞は沈黙を守り、被災地では学徒たちに対して、厳しい箝口令（かんこう）が敷かれていた。

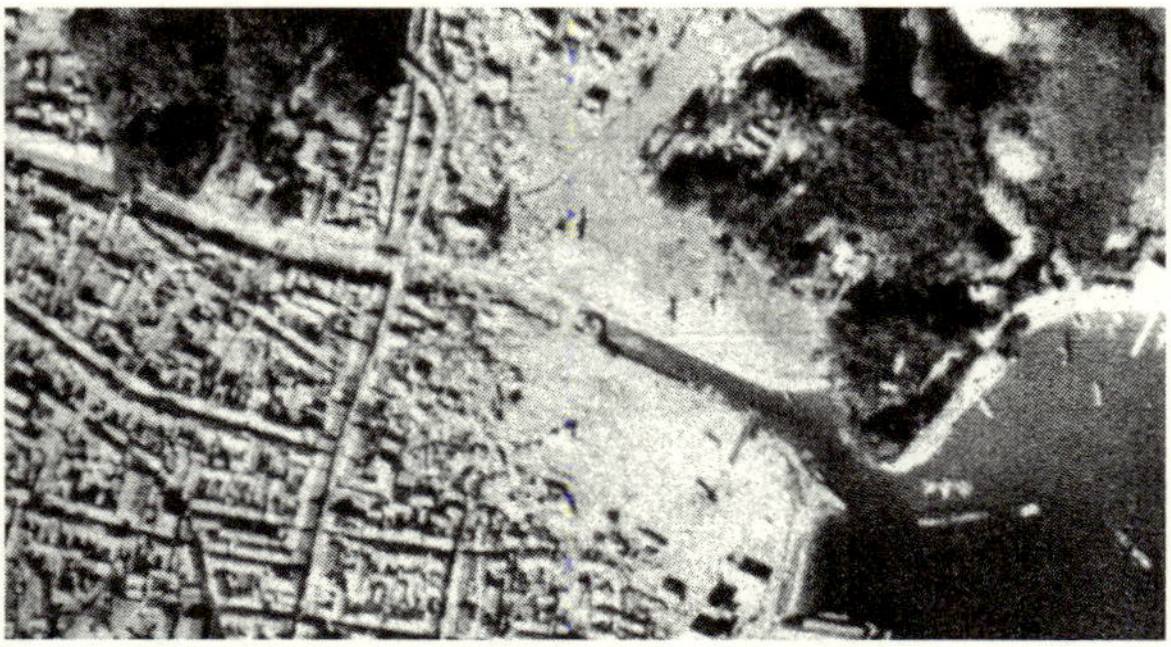

アメリカ軍の偵察写真、現在の三重県尾鷲市（米国国立公文書館所蔵空中写真（一財）日本地図センター）

■**土屋嘉男さん**（中学校五年生）

震災のあと数日も経ったら、「絶対にこれは、人に言っちゃいけない」って。地震のこと。だから家にハガキを出すのでも、「地震がありました」なんて書いちゃいけない。手紙は検閲だから。

——それは軍からですか。

うん。だから当時ね、どういう地震なのか、震源地はどこなのか、何もわからない。ずっとわからなかった。

戦時中、国の情報操作を担っていた内務省検閲課の勤務日誌には、震災報道にかかわる禁止事項が、事細かく列挙されている。なかでも厳しく規制されたのが、軍需工場の被害だった。国は、「戦力低下」がアメリカに知られることを恐れたのだ。

しかし、こうした日本の「隠蔽工作」は無駄に終わる。

震災から三日後の一二月一〇日、アメリカ軍が各地で撮影した偵察写真には、地震の被害が克明に写し出されていた。アメリカは震災の実態を正確につかんでいたのである。

数日経ったら、B29が来て、キラキラキラキラと。見たら、ビラ。

当時、ビラは拾っちゃいけないことになってた。でも僕は好奇心があるから、走って行って、山のふもとで拾って見たら、これがまたショックだった。毛筆で、「地震の次は何をお見舞いしましょうか」って書いてあった。

——アメリカは知っていたと。

知ってる。しかも毛筆ですよ。これがショックだったの。アメリカ人、達筆とは言えないけれども、筆で書いて。それが印刷されているんですよ。あれね、取っておけばよかったんですけど、そのときはね、ムッとして捨てましたね。また、そんなもの持っていたらえらい目にあうんですよ。一生懸命働け、食い物は俺たちが食ってやるって。その次にビラが来て、「必死増産我らが食べる」って書いてあった。この二つはよく覚えてる。

被害が秘密とされたことで、被災地は孤立無援におちいり、復興はいっこうに進まなかった。

■細山喬司さん（国民学校高等科一年生）

救援作業ったって、全然っていうぐらい、ないよな。

僕は一カ月は家におったんだからね。家が倒れかかって、いわゆるつっかえ棒ってやつもね、おふくろが中島の清掃婦や何かで行っとった所の人が、棒を持ってきてやってくれただけで。行政がやってくれるってことはありえないよ。

父親が早く亡くなって、兄が兵隊に行っちゃったからって、方面委員、今で言う民生保護みたいな所にね、母親が「何とかしてくれんか」って言ったけん。「息子さんがお国のために行っとるだで、がんばってください」って言われただけ。その方面委員さんの家も傾いちゃっているものでね。それだけ、もう国にも市にも力がなかったんじゃない?

いろいろな話を聞くと、ジャッキ持ってきてレンガを上げたとかね、みんな手作業だよ。救援活動っていうほどのものもなかったし。

男の大人なんていうのもほとんどないからね。助けに来る者がないよね。自衛隊があるわけじゃない。警察官だって兵隊に取られている可能性があるでしょ。警防団っていうのがあったけど、それだってわずかで、しかも高齢者がほとんどですからね。それだけの大きな災害なんか、もう手のつけようがなかったんじゃないかな。

——亡くなった方のご遺体はどうされたんですか。

火葬場の所にお墓があって、そこにちょっと山みたいになってて、そこで穴を掘って、遺体を入れて、ガソリンかけて燃やして。だから、誰の遺骨だかわからない。

ただ、豊橋の高等女学校や何かの人はね、豊橋から来て遺体を持っていったとか。そんなふうなんだよ。

▒鶴田寿美枝さん（高等女学校三年生）

——地震があったことは、ふるさとのお母さんはご存じだったのですか?

ええ、（地震が）あったっていうことはね。どういうわけか知りませんけどね。帰ったら「地震があったんだってね」って言いました。

で、地震のためにたくさん亡くなった方があるっていうことを聞いたけど、近所の人が「お宅の娘さんはどうだね」って言ったら、「あの子は国のために捧げた子だから、亡くなっても私は歯をくいしめて我慢します」って。

——それはお母さんの本心だと思いますか？

本心ですね。その当時はみんなそういう気持ちでした。今では考えられませんけどね。「お国のために尽くした子だからいいんですよ」っていうことを聞きました。

——その言葉を人づてに聞いたときに、寿美枝さんは何かお感じになりました？

「お母さんは偉いんだな」って思いましたね。ただそれだけです。「ああ、そんな気持ちになれるのかな。自分の娘がいなくなっても、お国のために死んだのだからいいんだよって思えるんだな」って、心の中で思いましたね。そういう時代ですよ。

一二月一三日、アメリカは大規模な空襲に踏み切る。標的は、地震で被害を受けた名古屋地区の航空機工場。

猛爆撃によって、工場は壊滅的な打撃を受けた。軍の増産計画の破綻は決定的となったのである。

地震がもたらした悲劇が明らかになったのは、戦後十数年を経た後のことだった。

6
終戦、その後

▒土屋嘉男さん（震災時中学校五年生）

土屋さんは、故郷・山梨で終戦を迎えた。

「えっ、戦争が終わった？ じゃあもう爆撃もないのかしら」「ないはずだ」って。今まで一生懸命やってきた中学生もいるわけですよ。その連中のことを思い出してね。あんな一生懸命やったって、空騒ぎだったと。それと同時にホッとした。今日から逃げ歩かなくて済むんだって思いましたね。

そして、当時生まれたのは損したって思いました。こんな目に遭わない人たちは幸せだと思って。それから何年かたちまして、その考えは変わらなかった。

最近、変わりましたよ。「待てよ。あれを経験したことは、すごい財産だ」と思いました。ものをグローバルに見るようになった。戦争も、どっちがいい、どっちが悪いじゃなくて、公平に見えるようになった。おそらく世界中が疑心暗鬼で、本当は戦争なんかしたくないと思うんですよ。それがどんどん行って、錯覚もあればいろいろあって、戦争になっちゃったんだなって思いますね。

そして、終戦と言うけど、終わっていない。地球上のどこかで戦争してますよ。その「地球上」って考えるようになったのは、ああいう悲惨な目に遭って、しばらく経ってから。「植物も猫も犬もみんな地球に住む同類」と思うようになって、大自然を慈しむようになった。それで花と話をするようになったし、木とも話をするようになった。

——半田でお過ごしになったのは、一年足らずですよね。

これがね、人生は時間じゃないですね。密度ですね。あの数カ月がね、一生の中ですごい存在感があるんですよ。

その日その日が、すごく「生きているな」って思ったからね。中学生でもね、あと長くて二年生きているなと思いました。二年、これが限度だなってはっきり思っていましたから。

——「死」を考えたりしました？

しました。みんな思ってますよ。死が隣り合わせですから。そうすると、一日一日が大事に思えるようになりましたもんね。そのときの密度っていうのは、一時間だって今の何カ月に値するんですよ。生きているっていうことがね、最高のもらいものなんですよ。当時はね、みんな生きているだけで幸運なんですよ。いつ空襲が来るか。いつ爆弾の直撃を受けるか。そういう中ですから。「うん、また生きてた」ってことを実感してましたね。

▩細山喬司さん（震災時国民学校高等科一年生）

いま七八歳ですわね。地震が一二歳、空襲が一三歳でしょ。

そこが人生の真ん中ぐらいに思えちゃうね。それぐらいその一、二年っていうのはね、人生にとって、何て言ったらいいだろうな、はっきり言ったら、こんなことがあってたまるかっていう気持ちですよね。

戦争のときを伝えるのに、長い日にちのいろいろな苦しいことを伝えようがないから、地震、空襲、そういうことで伝えるしかないと思うんですね。

よほどのことでも驚かなくなっちゃいましたね。あのときのね、食糧難とかいろんなことを思えば、何でもないわっていう気持ちですね。伊勢湾台風（一九五九年）で家をガバッとやられたときも、「何でもないわ」と。家ぐらい何とかなるわって。

別段いいわけじゃないですよ。そんなことあっちゃ困るんだけどね。それぐらい悲惨だったんでしょうね。そのころは悲惨だとは思わないんですよ、みんながそうだったから。

僕らの年代よりちょっと下の者でも、これくらいのことを知らんものね。戦後ちょっとの間、平和だ、反戦だってなって、でもそれを継承することがなくて、空白があったんだよね。

――戦争を知らない子たちに、細山さんがいつもこれは伝えたいと思っていることは何ですか。

いろいろあるけど、いちばん伝えにくいことはね、食べ物がなくなるよって。これはまず言う。食べ物がなくなるって。

それでよく初めに言うんだよね。「あんたたちはな、お腹が空いて泣けるほど空いたことあるかね」って。「ただし手術をしたとか、病気だとかで食えんこと以外で」って、「クラブで腹が減ったっていうのは駄目よ」って言ったら、一人もないよ。「だけど、大きな戦争が起きて、食料が入らんようになったら、こうなるだよ」って。それから話をしていかないと、わからない。

そのころは、明日食べるものが心配な時代でしょ。そんな時代が来ちゃいかんよって。

■三宅仁さん（震災時中学校四年生）

戦争中は、日本だったら大本営が嘘をついたのは悪いけれども、どこの国もある程度そういうことをやっているの違いますか。戦争っていうのは異常ですからね。

アメリカがこんなことをやるとか、フランスが、ドイツが、イギリスがこんなことをやったっていいますけどね。戦争になると、みんな異常でしょ。今思うと異常な精神状態になっているでしょ。人を殺すんですからね。

終戦後にね、私は教師をしていましたら、若い人たちがこう言いますね。「なんでそんな動員に行ったんですか。嫌やと言うたらええねん」。もっと極端な人は、「誰も反対する先生はなかったのか」と、こう言うんですね。

もしあったら非国民でね、村八分にされる。非国民であり、人間でないと。今の人にはわからないと思うけれども、抵抗できないですよね。

私自身、レンガの下敷きになったときに、「これでは犬死になるから、生き残って天皇陛下のためにまだまだ尽くしたい」と。日本の国が勝つようにね。それだけですわね。

異常でしょ。そんなの全然異常に思わないのが戦争中ですわね。

■片山美奈さん（震災時高等女学校四年生）

同校生二九人を亡くした片山さんは、毎年一二月七日になると慰霊碑を訪れる。

こうして（慰霊碑の前に）いると、みんなの顔がちゃんと出てくるわ。特に亡くなった方の記憶が、深いもんだからね。

同級生が七人かな。で、全部で私たちの学校だけで二九人。思い出にちゃんと残っているから。

私も本当はこの仲間に入るところだったんだけど、おかげで助かった。頭だともう死んじゃってるだろうけど、骨盤骨折のほうで、下だったから。

いい子ばっかりだったんだけどね。頭がよくて性質がよくてね。運が悪かったというのかね。みんな運が悪かった。

まあこれで、しょっちゅうしょっちゅう来てあげればいいんだけれども、しょっちゅうしょっちゅう来てあげれていないから。

――碑の後ろに名前が刻まれているのは?

これね、そのとき亡くなった方の名前なの。学校別に入っているんだわ。中学生だ、女学生だ、いろいろあるものだから。これ学徒だからね。一般の人は入っていないの。

学徒だから、学校におったときにこの地震に遭って亡くなったもんだから、それでお父さんやお母さんなんかがね、犬死ににになっちゃうから、かわいそうだから、碑を作ってそれで永久に残してやりたいということで、この碑を作ったの。

この子たちが生きとったんだけど、地震で死んだんだよという証だから。それで親さんたちがね、作ったんだよね。

禁じられた避難

【青森市】

逃避市民に"断"
復歸は廿八日迄
青森市無屆に配給停止
健康保險等の事務を簡略化
壯烈

「市内に戻らなければ配給停止」と伝える新聞
(『東奥日報』1945年7月21日付)

一九四五年七月二八日、夜一〇時三七分。六二機のB29爆撃機による空襲で、青森市は炎に包まれた。青森の市街地の九割が焼失、犠牲者は一〇一八人に上った。

多くの犠牲者を出した背景にあったのは、空襲におびえる市民たちの避難を禁じて消火活動にあたらせたことだった。

「家を無人にして逃げたものには配給を停止する」。青森市は、郊外へと避難していた市民たちに帰宅を呼びかけたのだ。多くの市民が町に戻り、犠牲になった。

なぜ避難は禁じられ、多くの命が失われたのか。市民たちの証言で綴る。

澤田哲郎さん

（さわだ・てつろう）1914年、青森市生まれ。1930年、県庁に入庁。1933年、日本大学（東京）に入学。1937年、日本大学卒業。弘前師団に入隊。1945年、結婚。空襲の10日前に、県庁の重要書類を疎開させる文書疎開を担当。空襲当日は、自宅が郊外にあったので損害なし。戦後は県庁勤務。

鳴海正子さん

（なるみ・まさこ）1922年生まれ。1938年、青森市立青森高等女学校卒業。東京で花嫁修業。1943年、青森へ戻る。1945年、青森空襲に遭う。母と娘を空襲で失う。

里見二郎さん

（さとみ・じろう）1924年生まれ。1941年、神戸の短期高等海員養成所に入所。1944年卒業、国鉄勤務。1945年、第二青函丸に二等運転士として乗船。機銃掃射を受けて負傷、左足切断。青森空襲を浅虫の病院から見る。その後、長野県に疎開。国鉄に復帰。

細川千代太郎さん

（ほそかわ・ちよたろう）1925年、青森県東津軽郡平内町生まれ。1941年、国鉄に入局。青森駅に勤務。1943年、仙台の鉄道教習所で信号操車科配属。その後、操車係として、貨車の仕分け、誘導を担当。1945年、青森が空襲に遭っているのを家（小湊、青森の隣町）から見る。盛岡工兵79部隊に入隊。戦後は国鉄職員。

葛西角也さん

（かさい・かくや）1932年、青森市生まれ。1938年、筒井小学校に入学。1944年、第一中学校に入学。1945年、青森空襲に遭う。1951年、青森市の消防署に就職。

竹花博さん

（たけはな・ひろし）1928年生まれ。1941年、東京へ。昼は工場で働きながら、芝浦工業夜間機械科へ通う。1945年、東京大空襲に遭う。青森へ帰り、今度は青森空襲に遭う。1949年から教員として平舘小学校ほか県内7校に勤務し、三沢市立六川目小学校長で定年退職。

大澤憲一さん

（おおさわ・けんいち）1940年、青森市生まれ。1945年7月、父・勝美さんが仙台空襲に遭う。1945年9月、勝美さんが除隊、藤崎の生家に戻る。戦後、憲一さんは、県立高校教員、県教育庁勤務、県立高校長。

花田哲子さん

（はなだ・てつこ）1931年生まれ。1938年、新町小学校入学。1944年、青森市立青森高等女学校に入学。1945年、青森空襲に遭う。1950年、青森市立青森高等女学校を卒業。

大森喜久男さん

（おおもり・きくお）1921年、青森市生まれ。1943年、青森工業学校機械科卒業。1944年、徴用で群馬県太田の中島飛行機へ。1945年、青森空襲に遭う。青森市役所に勤務。

塩﨑勇蔵さん

（しおざき・ゆうぞう）1929年、青森県板柳町生まれ。1942年、弘前工業学校入学。1945年、電気科３年の時、青森市内の造船会社に勤労動員される。1945年7月、青森空襲に遭う。戦後、中学校の教員となる（理科、数学）。

北山美穂子さん

（きたやま・みほこ）1924年生まれ。1931年、新町小学校に入学。1937年卒業、青森県立高等女学校に入学。1941年卒業、安田銀行に入行。1943年、防空監視隊に入る。1945年、栄町で空襲に遭う。荒川の郵便局で終戦のラジオを聞く。

三橋修三郎さん

（みつはし・しゅうざぶろう）1920年、青森市生まれ。1940年、東京高等農林獣医学科在学中に、学徒勤労報国隊として、満洲の群馬村開拓団に行く。1942年、県庁に入庁。1943年、やゑさんと結婚。1945年7月、空襲に遭う。戦後は県庁勤務。

三橋やゑさん

（みつはし・やえ）1920年、青森市生まれ。1942年、県庁に入庁。1943年、修三郎さんと結婚。1945年、空襲に備えて、子どもとともに郊外に避難。

三國恭子さん

（みくに・きょうこ）1926年、青森市生まれ。1943年、青森県立女学校卒業。東京家政学院大学に入学。下丸子の工場に動員される。1945年、東京大空襲で青森に戻る。帰青後、防空監視隊に入隊。青森空襲に遭う。

1　石炭輸送の要になった青森

明治時代から港町として栄えた青森市。戦前の人口はおよそ一〇万。港は、青函連絡船で北海道から運ばれてくる魚や農産物で溢れていた。青森は農漁業のほか、人や物の交通・輸送の拠点として栄えていた。

▒鳴海正子さん……一九二二年生まれ

町は賑やかであった。新町（しんまち）通りなんかね、菊屋デパートでしょう、それから森永もあったし松木屋もあったしね、不二食堂とか、いっぱいあったからね。みつ豆食べたり、フルーツポンチ食べたり。まだ私たちの時代は、十七、八、九歳のときは戦争なんてちゃらんぽらん。
ただ、隣組が始まって、回覧板が回ってくるとか、何が来るとかって。そして配給物も一人に五〇〇点なら五〇〇点、一〇〇点なら一〇〇点の衣料切符ね。まぁ、配給がいちばん嫌だったね。同じものばかり配給になるからね。マグロばかり毎日配給になったら、ネコも食べなくなったもの。ネコも飽きたんでしょう、マグロの刺し身に。

一九四一年、太平洋戦争の始まりとともに、町の姿は急速に変わっていく。国内の近距離輸送に使われていた貨物船が、東南アジアからの物資の輸送に振り向けられたため、北海道からの石炭が青函航路に集中するようになった。青函連絡船で運ばれる石炭の量は、開戦後の三年で三〇倍以上に急増。青森は、各地の軍需工場に石炭を送り出す輸送の拠点となったのだ。

▒細川千代太郎さん……一九二五年生まれ

細川さんは一九四一年に国鉄に入り、戦時中は青森の操車場（そうしゃじょう）で勤務していた。

北海道は物資が多いからね、穀物が多いから、「ワム」（有蓋貨車、積載重量一四～一六トン）に多く積まれて、内地に運ばれた。

だんだん戦争が激しくなって、その穀物もね、「トム」（無蓋貨車）っていう一五トン車への積載がだんだん増えてきたんです。

そして「中央の溶鉱炉の火を絶やすな」ということで、石炭輸送が始まってきた。軍需工場を動かすために石炭が主体になって。昭和一六（一九四一）年に、だいたい石炭がね、全体の二〇％ぐらい。だんだん、終戦近くなってね、最後はね、八〇％から九〇％まで石炭輸送だったんですよ。

みんな国がね、戦争に駆り立てられたっていうか、そういうことでね。とにかく輸送しなければならん。使命感というのはありましたよ。「溶鉱炉の火を冷やすな」という合言葉があって、そういうふうにして働いたという記憶があるんですね。誇りを持ってやったよ。

まずここ（青森）がなければね、日本が立っていかないという気持ちがあったね。

■竹花博さん……一九二八年生まれ

一九四五年春、竹花さんが東京から青森に帰ってきたときには、石炭の山が日常風景となっていた。

戦時中ですから、人々の服装はね、防空頭巾で雑嚢(ざつのう)を引っかけてね。男の人は戦闘帽をかぶってゲートル巻いていましたね。

新町通りなんか、そんなにさびれていませんでしたよ。賑やかでした。夜店(よみせ)通りもね、賑やかでした。それから浜なんかも、とても賑やかでしたよ、魚が揚がってね。

周辺の漁場からどんどん青森市の市場に、魚を持って来るわけさ。朝ね。ですから海岸なんかとても賑やかでしたよ。魚市場が盛んでした。

石炭は船に積んでどんどん運ばれてきて、列車にも連絡船にも石炭ですからね。山ほどですよ。今のね、あの聖徳公園がありますね、あの辺なんか石炭の山でしたよ。四、五メートルはあるんじゃないですか。ちょっとしたビルぐらいの石炭の山でしたね。

女の人なんかもね、背中に石炭のかごを背負って、みんな石炭運んだもんです。だから、そういうような労働者はいっぱいいました。いわゆる日雇い労働者というんでしょうね。

女の人が多いですよ。だって男の人は兵隊へ行って戦地へ行ってしまうんで、結局、女の力ですからね。だから、女の人たちも、もう気は荒いし、力はあるしね。たくましい女の人ばかりでしたよ。

一九四四年以降、日本はアメリカ軍による本格的な空襲にさらされるようになる。一九四五年三月一〇日の東京大空襲では、死者数およそ一〇万人という甚大な被害を受けた。

青森でも、建物疎開などの措置とともに、防火訓練を盛んに行うようになった。バケツリレーによる消火活動は、「銃後」を守る市民たちの義務とされていた。

当時内務省が出した防空の指導書、『時局防空必携』には、「私達は『御国（みくに）』を守る戦士です。命を投げ出して持場を守ります」と書かれている。

竹花博さん

東京空襲をはじめ、あちこち空襲になって、これは青森も空襲されたら大変だというのでね。それで空襲に対する防火訓練だとかね、いろいろ始まったんですね。

防火訓練って、今から考えると滑稽な話なんだけども、その当時は真剣でしたからね。まずバケツで水をかけるという、これがもう最高の消火。

バケツで水をかけるためには、水がなきゃいけませんので、常に用水桶、大きい桶に水をためておくわけですよ。雨水でも何でもためて。バケツもその桶からリレーですね。

それから、竹竿の先に縄で作った、いわゆるハタキですね。ハタキを作って、それで火を叩いて消すとかね。

実際、空襲になってみると役に立ちませんからね。だけども、そういう訓練はしてましたね。

花田哲子さん……一九三一年生まれ。当時、青森高等女学校の生徒

そのときは子どもだったので、あまりそれ（訓練そのもの）はやらなかったの。見てるだけ。みんな真剣な顔ですよ。今から考えればバカみたいな、滑稽な、あのバケツリレー。梯子（はしご）を上がって。女の人ね、なるたけ、二階建てでなく平屋を選んで上がってるんですよね、怖いから。真剣ですよ、お母さんたち。

そして、もし、うちの軒下の所に火がついたら、長い棒の先にハタキみたいな縄のあれで、水をつけて消すという。全然、そういうの役に立ちません。こっちも見学しながら、「ああ、あれで火が消えるのかなぁ」って、疑問には思いましたよ。

一般の人はね、この辺にポンと（爆弾が）落ちて火がポッと燃えたら、こうやるとか、そういう簡単なことを考えてる。あと教えないんですもの、政府で全然。

親戚の人が、東京大空襲で着の身着のままで、私のうちへ、娘さんとお母さんと逃げてきたんですよ。防空演習でやったあれは、何にも役に立たないと。とにかく逃げることだと。あの焼夷弾というのがあっちこっちに散らばるから、一人ずつそこの所を、火がつかないように、合間を縫うように逃げなさいと言ったの。手をつながないで、一人ずつ、こういうふうに逃げましょって。

2 初空襲に避難を始める青森市民

一九四五年七月一四日。青森市民は、初めての空襲を経験する。太平洋上のアメリカの空母を飛び立ったおよそ一〇〇機の艦載機が、青森を襲ったのだ。

攻撃目標は、北海道から石炭輸送を行っていた青函連絡船や、青森港のそばの鉄道施設。攻撃は二日間にわたり、一二隻(せき)あった連絡船のすべてが沈没、座礁するなど、大きな被害を受けた。

県内の各所にも攻撃が加えられ、四〇〇人以上の命が失われた（『写真集（改訂版）青森大空襲の記録――次世代への証言　特別号』）。

■花田哲子さん

疎開先の家に、ちょうど妹が遊びに来てた。叔父と妹が来てたんですよ。そしたら、空襲警報になりまして。西滝の北側のほうへ、爆弾落ちたんですよ。

布団かぶせてくれたの、危ないからって。それかぶって土間のところ、みんなして、立ち上がれば危ないから、こう伏せて。そしたら爆弾落ちたわけ。そしたら、家が上に、こう浮いたの。家が浮くのかな、飛んでいくのかなと。そう思いました。あの疎開先のお宅は大きいおうちなんですよ。

その後すぐ機銃掃射。ちょうど橋の下ですから、狙われてたの。だから「立ち上がるな」って。「布団かぶっていろ」って。

怖い、怖いですよー。もういつ死ぬのかな、いつ死ぬのかなと。

■澤田哲郎さん……一九一四年生まれ

澤田さんは、アメリカ軍の艦載機の攻撃を県庁から見ていた。

あのときはひどかったね。とにかくあのグラマン〔アメリカ軍の戦闘機の通称〕というのはね、まったく、ツバメみたいな、羽がないような感じでね、急に出てくるんだよね。

そしてね、方向がみんな別なんですよ。入り乱れてくるんですよ。そして爆撃していくわけ。爆撃っていうよりもね、爆弾を落とすんでなくて、掃射ですね。

青森湾からグラマンがね、あっちからこっちから、右往左往に飛んでくるのね。それが船舶を爆撃して、そして青森を迂回して、帰っていくの。この繰り返しだったんだ。

■里見二郎さん……一九二四年生まれ

里見さんは青函連絡船の乗組員だった。

（当時、運んでいたのは）石炭ですね。貨車全部石炭ですよね、四五両が。いい石炭だったですよ、黒光りのする。

京浜あたりに、その石炭を運んでね。軍需工業に必要だったんでしょうね。軍需産業のいちばん基本的な物はやっぱり燃料でしょう。その燃料として、北海道の石炭を運んだんですよね。だから連絡船を狙ったのも、空襲で狙われたのも、その石炭を止めるためにね、空襲になったんだと思いますよ。

七月一四日明け方、里見さんが乗務していた第二青函丸は、陸奥（むつ）湾で艦載機の攻撃を受けた。

僕が船の位置を確かめるために海図室に入っていったときに、船の右舷後方からバリバリッと機銃掃射を受けたんですよね。

その一瞬でほとんど地獄になっちゃったね。船長は死ぬし、みんな倒れるしね。ひどいもんでしてね。ガラスは飛ぶし、コンパスは倒れちゃうしね。私はたまたま海図室で船の位置入れてたから、パッと海図の下に伏せたから助かったけど、船長と同じ所にいたら、死んでたかもしれませんな。

船長はね、おそらくブリッジで前のほうを見ていて。それを斜め後ろから襲撃されたから、いっぺんにね、頭に撃たれたんですよね。

二、三回爆弾を落とされたね、小さな爆弾を。それで火事になったんで、私は火事を消さにゃいかんと思って、下に降りてバケツを持って、火にかけたんですよ。

上に出て広い艫(とも)のほうへ行こうと思ったら、向こうから飛行機が見えて、バリバリッて撃ってきて。上にある機銃の所に海軍の兵隊がいたから、それを狙ったんでしょうね。

一瞬にして僕は倒れちゃった。それで、もう熱いっていう感じですよね、当たったときに。痛いんじゃなくて熱いという感じ。そうすると、もうあと動けないのね。それで仕方ないからバンドを外して手ぬぐいで足を縛って、這いながら船内に戻った。そうしたら、辺りはみんな呻(うめ)いている人がいましたね。

ヘルキャットっていうんだけどね、飛行機ね。操縦士が見えましたよ、僕を撃ったとき。そのぐらい近くまで来てたよね。相手の顔が見えるくらい近かった。

――連絡船は、武装はしていたんですか。反撃はしていましたか。

うん、してたよ。機銃掃射をする機銃がね、一丁ありましたよ、ブリッジの上に。

で、警戒隊員が六人か七人乗っていましたでしょう。みんなあれ、召集された、いい歳のおっちゃんですよ。かわいそうにね、みんな死んじゃったけどね。

だいたいね、何も吹きさらしの所にね、機銃だけ持ってさ、周りにちょっとした物を置いたってね、かなうわけないでしょう。ただ死ぬみたいなものですよね。見晴らしいい所から狙われたら、いっぺんでしょう。気の毒でしたね。逃げるわけにいかないし。

▩竹花博さん

後から聞いて、連絡船が湾内で攻撃されたんだってわかってね。それで夕方、浜へ行ってみたら、無残でしたねえ。それはそれは言葉に言い切れない。

あのグラマンというのはほんとに情け容赦ないですね。そのときはびっくりして、ただ見てるだけだったけど、後からゾッとしましたね。

海岸から上がってきたケガした人たちね、血みどろになった人たちを見たときにね、この人たちがほんとにやられたんだなと思って。それから担架で来た人は、ほとんどもう駄目なんじゃないですか。それはそれは地獄みたいなもんでしたね。

やっぱりブルブルッてしますね。ブルブルブルッて体全体が。自分がいつね、こんな目に遭うかわからない。

青森なら大丈夫だという気持ち、ありましたものね。だってね、青森に疎開してくるんですよ。県外や中央から、青森市の親戚を頼って。それがやられたんだから。

一四日の空襲に恐怖を覚えた市民たちは、親戚や知り合いを頼りに避難を始めた。青森市民のおよそ三割が、市街地を離れ、郊外の山中や田園地帯に避難したと言われる。

▩花田哲子さん

花田さんはすでに、青森市の家を出て郊外の知り合いの家に避難していた。

私たち足手まといになってね。命を助けなければ駄目だと思って、親はみんな、私たち子どもを疎開させて。母はいちばん下の妹を連れて別な所へ疎開したんです。

子どもたちは、これから戦争に行かなければ駄目だって。ですから親たちは子どもを大事にして。空襲に遭って、あのアメリカが攻めてきた場合、自分たちは死んでもいいから、私たち子どもを郊外に逃がして、助けなきゃ駄目だと。それは、常日ごろ父も言ってました。「空襲になったら、すぐ逃げて行け」と。

とにかく毎日が緊張。服脱いで休むことできないの。いつ来るかしれないから、服着たまま。やっぱり来れば怖い。怖いな、それしか頭にないですよ。お国のためとか、そういうの全然考えません。怖いなあ、この辺に弾当たれば、どう死ぬのかなって。そういう話ばかりですよ。

田舎に行くでしょ。私はいいあんばいに、みんないい人に当たってね、食べさせてもらったんですけども、そうじゃない人が多かったみたいですよ。なんぼお父さんお母さんの実家でも親戚でも、肩身の狭い思いして。皆さん苦労なさったみたいですよ。

3
配給と引き換えに避難を禁じる青森市

このころには、大都市ばかりでなく、地方都市への空襲も増えていた。毎日のように日本各地の都市が空襲を受けた。

すでに沖縄は失われ、戦況は絶望的になっていた。しかし軍は、本土決戦を叫び、最後まで戦う姿勢を崩さなかった。

こうした中、青森県や青森市は、町を守るべき市民の多くが空襲を恐れて避難したことに、危機感を抱いた。

七月一八日、青森県知事は、新聞を通じて市民に警告を発した。

「家をからっぽにして逃げたり……山中に小屋を建てて出てこないという者があるそうだが……防空法によって処罰出来るのであるから断乎たる処置をとる」(『東奥日報』同日付)

当時の「防空法」では、敵の空襲に対して、市民の協力が必要なときは、市内からの退去を禁止することができると定められていたのである。

この方針を市民に徹底させるため、青森市は、独自の決定をする。

「一家全員で避難して、市内の家が無人になっている場合は、食糧など物資の配給を停止する」

帰宅の期限は一週間後、七月二八日と決められた。大規模な空襲が行われたのは、その二八日の夜だった。

▒葛西角也さん……一九三二年生まれ

あれは、二〇日ぐらいの日かなあ。「二八日まで、帰ってこないと、配給ものは全然、渡しませんよ」ということを言われたもんで、今まで疎開してた人たちが帰ったんですよ。

自分の実家とか、そういうほうへみんな疎開したんですよね。そしたら、隣組から通達が入って、二八日までに帰らないと、配給ものを渡しませんということになったんですよ。回覧板が回って。

それでみんな、自分の家へ帰って行ったら、爆撃にあったと。空襲にあったんだと。それで、亡くなった人も多くなったということなんですよね。

▩鳴海正子さん

鳴海さんは新城（しんじょう）（現・青森市西部）に疎開していた。

子どもを守りたかったから。自分の身よりも子どもをどこまでも大事に育てたかったから疎開したんですよ。それだけ。

布団と蚊帳（かや）持って、鍋釜持って。それは、母がみんな段取りして、それについて行っただけです。新城の駅のすぐそば、部屋ひとつ借りて。四丁目か六丁目だね。何日もいないですよ。

疎開したというので安心はしたんですよ。（新城は）青森から少し離れているし、山の中であるし、まず繁華街でもないから狙われることはないし、空襲には遭わないだろうなという安心した気持ちはありましたよ。大丈夫だと。

（子どもは）一歳と何カ月だからさ。まだ離乳食は食べていたんでしょうけど、やっぱりお乳は出るから飲んでいたしさ。一安心したんですよ、疎開してね。

したら、二八日までに帰らないと配給を止めるという、そういう新聞が出たので、それは帰らねば駄目だなと。配給が停止になれば大変でしょう。食べていかれないしね。

その一言で、二五日に帰ってきたんですよ。配給を停止されるというので。

県や市の方針に警告を発した人もいた。

青森市役所に勤めていた大澤勝美さんは、召集されて仙台の師団司令部に配属、七月一〇日の仙台空襲を間近に体験したばかりだった。その経験から、青森市に対して、焼夷弾の恐ろしさを手紙で警告したのである。

■**大澤憲一さん……大澤勝美さんの息子。一九四〇年生まれ**

――お父様が残されたこの原稿用紙には、どのようなことが書かれているんですか。

これはですね、(昭和)二〇(一九四五)年の七月一〇日に仙台が大空襲に遭ったわけですが、その大空襲の際の経験をもとにして、青森市も空襲されるということで、青森市に手紙を書いたということや、いかに日本が、この空襲の恐ろしさというものを知らないままに、準備不足であったかということ。そういうことが書かれております。

結局、普段やっていた防空訓練だとか、そんなものはもう、焼夷弾の雨あられの中では何の役にも立たないと。当時の日本は竹やりでもってとかですね、いろんなことをやっておったわけですけども、あまりにも無知すぎた、それをつくづくと思い知らされたということですよね。

青森が空襲されたら大変だということで、できるだけ早めに避難させるべきだというようなこと。いくら防空壕があっても、仙台の場合はほとんどが防空壕の中で死んでいるということがあったために、結論として、早く市民の方々を疎開させて、貴重品もまた同様であると。青壮年者のみ残って、空襲されたときにどういう対策を取ったらいいかということを、考えておくべきだというようなことを、市役所のほうには手紙を出したということなんですが。

当時は青森市長がちょうど交替の時期で、行政活動といったようなものはほとんどなされていなかった。そういう時期に青森が空襲になったものですから、この手紙もどういうふうになったのか、わからないんですね。

――お父様が手紙を出したことを、憲一さんはいつごろ知ったのでしょうか。

これは、戦後すぐに召集解除になって戻ってきたときに、うちの親父が、そういうことを話していたのを聞いた覚えがあるんですね。

やはり、親父としては、なんとかならなかったのかというような思いが、いつまでもあったんじゃないでしょうかね。「残念だったな、残念だったな」と言ってましたね、いつもね。

かなり怒ったような、あるいは残念だといったような、そういう口調で、あのときなんとか対策が取れなかったものかというようなことは、よく話しましたね。

仙台の空襲の中で、焼夷弾の中をくぐり抜けてきて、そして次の朝早く死体収容に歩いて、空襲の結果の無惨さというものを、そのまま体験してきてますからね。

だから青森の空襲も、おそらく仙台の空襲と合わせてみて同じだったんだろうなと。それだけにまあ、悔しい思いもしていたんだろうと思いますね。

4　アメリカ軍による空襲予告

空襲前日の一九四五年七月二七日。深夜、青森市の上空から六万枚のビラが撒かれた。アメリカ軍が、青森市民に空襲を予告し、避難を呼びかけるビラだった。

「数日の内に裏面の都市の内四つか五（つ）の都市にある軍事施設を米空軍は爆撃します」。その中に、青森市も含まれていた。

アメリカ軍の作戦任務報告書によれば、ビラを撒いたのは、市民を動揺させて戦争を早期に終結させるための心理作戦だった（Twentieth Air Force, Tactical Mission Report, Mission Number 298）。

しかしこのビラは、憲兵や警察官、警防団などによって回収され、多くの市民の目に触れることはなかった。

▒塩﨑勇蔵さん……一九二九年生まれ

塩﨑さんは当時、弘前工業学校三年生。勤労動員で青森市内の造船所に働いていた。

朝ご飯食べて、それからまあ、造船所へ来るわけですよ。そのときに、たぶん八時過ぎだろうと思うんですけどもね。ビラがひらひらしてるからなんだろうという、そういうような気持ちだったですね。

それが、海端にずいぶん落ちたもんですから、拾って、読んだという記憶がありますね。何十枚もあったんでしょうけどもね。砂浜に落ちてきたのもあるし、ほとんど海に落ちたのが多かったですね。

海端へずーっと、青森市内に撒いたんだろうと思うんですよ。でも、固まって落ちてきたっていうのは、私たちのいる造船所の付近が、多かったように思うんですね。

――拾ったビラには何と書いてありましたか？

うん、「青森、空襲します」と。ですから、「退避してください」という、そういうような文面だったと思いますね。予告文書なんですよ。

——それを読んで、どう思いました？

いや、「ほんとに来るのかなあ」という。結局、アメリカの落としてきた物は宣伝にすぎないというような気持ちだったですね。

でも、ラジオ放送聞きましたら、各地で空襲されているというようなことはわかりましたね。

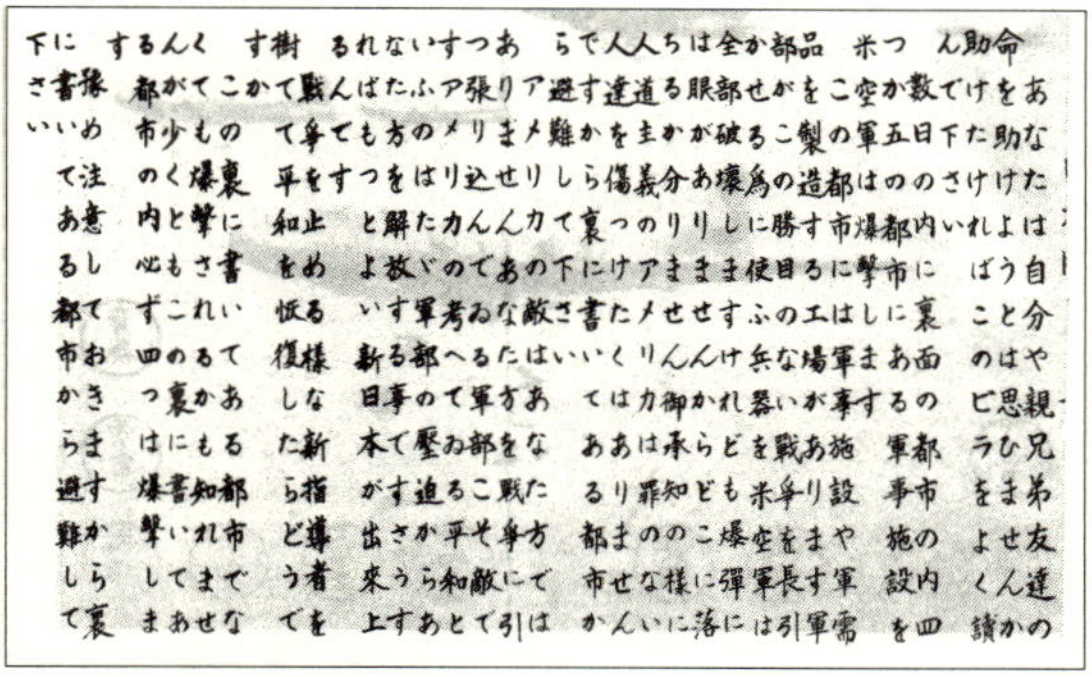
あなたは自分や親兄弟友達の命を助けようとは思ひませんか助けたければこのビラをよく讀んで下さい
数日の内に裏面の都市の内四つか五の都市にある軍事施設を米空軍は爆撃します
この都市には軍事施設や軍需品を製造する工場があります軍部がこの勝目のない戰爭を長引かせる爲に使ふ兵器を米空軍は全部破壊しますけれども爆彈には眼がありませんからどこに落ちるか分りません御承知の樣に人道主義のアメリカは罪のない人達を傷つけたくはありませんですから裏に書いてある都市から避難して下さい
アメリカの敵はあなた方ではありませんあなた方を戰爭に引つ張り込んでゐる軍部こそ敵ですアメリカの考へてゐる平和といふのはただ軍部の壓迫からあなた方を解放する事ですさうすればもつとよい新日本が出來上るんです
戰爭を止める樣な新指導者を樹てて平和を恢復したらどうですか
この裏に書いてある都市でなくても爆撃されるかも知れませんが少くともこの裏に書いてある都市の内必ず四つは爆撃します
豫め注意しておきますから裏に書いてある都市から避難して下さい

アメリカ軍による爆撃予告のビラ

ビラは憲兵たちによって、即座に回収された。

（憲兵隊は）私たちが拾ってるときに来たんですよ。というよりも、落ちてきたその時点で、憲兵が来てしまったんですね。憲兵と、兵隊でしょうね。おそらく五連隊（青森歩兵第五連隊）の連中が来て、皆それを集めてしまった。

ですから、私たちは、砂浜に上がってきた分だけはちょっと見ましたけども、すぐ取られてしまったという、そういう状況です。

とにかく、「拾ったものは全部出せ」と。「出してください」なんて、そういう言葉じゃないですよ。「見た者は！」という、厳しいもんです。で、「見ました」という返事は誰もしませんよ。

前ページのビラの裏面

やっぱり怖かったですね。憲兵が来るもんですからね。憲兵っていうのは普通の兵隊と違うわけですよ、私たちのイメージは。まあ、警察で言ったら「特高」みたいな関係でしょうね。

■三橋修三郎さん、やゑさん……ともに一九二〇年生まれ

三橋修三郎さんは上空からのビラを拾い、家族を避難させた。

修三郎　飛行機から撒いているわけですよ。だから、ずーっとあちこち落ちているわけですよ。ただ、あれは風の影響もあるんですけど、全市に撒いてはいないようなんですね。海岸寄りのほうへ、ずっと撒いてあるんですね。

バラバラ降ってきて、それを拾ったわけですよ。拾って見たら、書いてある。これ本当かどうかわからないから、役所へ持って行ったんですよね。

――県庁に行った。

修三郎　ええ。役所に元憲兵で知っている人がいたんでね、その人に聞けばわかるだろうと思ってね。で、見せたら「間違いなく来る」っていうことで。

「これは間違いなく来るよ」って、「ほんとは言っちゃいけないんだけど、間違いなく来るから。逃げさせるんなら逃げさせたほうがいいですよ」と言われて。

やゑ　それから、うちの実家へも行ったんだ。

修三郎　県庁のそばでしたからね。見せたんだな。

やゑ　そしたら実家では、「何と言われてもいいから逃げろ」と言うんで。それで、私の姉がついて赤ん坊だけをおぶって、布団をリヤカーにつけて、浪館（なみだて）のほうへね、親戚へ行ったんですよ。そしたらその途中で、もう飛行機が飛んでいるんですよね。撃ちはしないけども。みんな、「伏せろ、伏せろ」とか言ってさ。前には撃たれたやつもいるんですって。ですから田んぼに伏せながらね、飛行機がいなくなればまた歩いて、そうして行きましたね。

5
新型焼夷弾による炎の中を逃げ惑う市民

七月二八日。この日までに市内の自宅に戻らなければ配給が停止される、その期限の日である。六二機のB29爆撃機が青森に迫っていた。一機がおよそ九トンの焼夷弾を積み込んでいた。午後九時一五分、警戒警報発令。

▩花田哲子さん

うちの父が、「早く土蔵の中に入れ」と。うちに間借りしている娘さんたちが入っているわけ。

私、制服を取って。父の大事な背広をほぐして作ったのだから、その制服を持って、離れから土蔵のほうに行ったんですよ。

で、その制服は絶対着て逃げなきゃ駄目だと思って。まあ空襲で燃えるとも思わないし、それを持って中へ入って、着て。そしたらうちの父が「何やってるんだ」って。「何を着たっていいんでないか」って、怒って。「そうよ、そうよ」って、皆で私を責めて。

午後一〇時三七分、空襲開始。上空から無数の焼夷弾が降りそそぐ。花田さんの家のすぐ前の県庁に、焼夷弾が落とされた。消火のために父が残り、花田さんたちは叔父を先頭にして逃げた。

うちにいた娘さん、一九か二〇歳ぐらいの人と、もう少し歳のいった人と、叔父と私と妹と叔母と六人で逃げたんですよ。そしたら青森銀行の古川支店に大きい防空壕あったんですよ。ちゃんと屋根もついて。そこへ「入れてください」って。煙でちょっと逃げられないからって。だんだん、とにかく苦しくなったの。

私いちばん最後に入ったんですよ。みんな入れて。そしたら警防団と軍隊の人がいて。入ったけれど、中、真っ暗でしょう。赤ん坊が泣くわけ。そしたら、「泣かせるな、飛行機に聞こえる」って言うんですよ。聞こえるったって赤ん坊はわからないでしょう。そして、「出ろ、出ろ」と。そして、(入り口近くの)私が先に出るから、みんな出てくると。

私のあと五人出てきたら、その兵隊が「出たり入ったり、さっきからうるさい。どこの娘だ、これ」。そして叩いたの、私を。みんな覚えてますよ。あれ、防空頭巾かぶってたからよかったけども、すごく痛かったですよ。そして「今度は来るな」と。

そして出たら煙で、大野のほうに逃げようか、こっちのほうに行こうかってしゃべってるうちに、さっきまで私たちが入ってた防空壕に焼夷弾が落ちたの。入ってれば、もう……。

ようやく町外れの跨線橋にたどり着いた花田さんは、サーベルを下げた男に行く手を阻まれた。「戻って火を消せ」というのだ。

熱い。熱い。そして、そこまで行ったら、今度軍隊がいて。夏なのに長いマント着て。剣、こう（腰に下げて）。偉い人なんでしょう。それが長いマントをこうやって（振り回して）、「貴様ら、戻れ」って。

そして、私に「ついてこい」って。「逃げるな」って。でも一瞬、五、六歩下がって見たら、まだ跨線橋の上が燃えてないし、ああ、あそこに逃げればいいなと思って。そしてサーベルは抜いてないし、マントだって左から右に行けば、ここ（男の左側が）空くわけでしょう。そこをさーっと。うん。とにかく逃げなきゃ駄目だと思って。叔母を真ん中にして妹と、「それっ」て、私、逃げたの。そして、その（跨線橋の）真ん中に行ったとき、青森のほう、見たんですよね。そしたら、あの国道が火の海。人が倒れて燃えているのが見えるの。

地獄。地獄。銃後というよりも戦場ですよ。あれは戦場ですよ。叫んでるんだけど声も聞こえない。

この日の空襲で投下されたのは、M74という新型焼夷弾。その材料である黄燐（おうりん）は、それまでの材料に比べて圧倒的に発火しやすく、空気に触れただけで自然発火する性質を持っていた。市民の消火活動は、全く無力だった。

■**三橋修三郎さん**

三橋さんは自宅から逃げたが、途中、憲兵に止められた。

バラバラと、うちへも焼夷弾が落ちたんですよ。私、消そうと思ったらね、兄貴がね、「そんなの消したって駄目だよ」ってね、「もう、とにかくいっぱい落ちているんだから消せるもんじゃない。早く逃げようじゃないか」って。すぐ南のほうへ逃げたんです。

逃げたら連隊区司令部の所でピタリ止められちゃってね。「お前たち逃げるのか。帰って火を消せ」と言うわけですよ。

帰ったって、もうどうしようもなりませんからね。帰らないでね、ちょっと脇に小路（こうじ）があってね。あんまりそこ知られてない小路なんで、その小路をスラッと抜けちゃって。憲兵さんがいないとこをまっすぐ裏町のほうへバーッと逃げたわけです。

■**三國恭子さん……一九二六年生まれ**

三國さんは、東京大空襲（一九四五年三月）のあと青森へ戻り、防空監視隊（防空監視哨から敵機を早期に発見して各機関に通報する）の任務についていた。その任務中に青森空襲が始まった。

空襲警報が鳴ってびっくりしてね。私たちは起きてましたからね。交代で寝るんですよ、一〇人ずつね。それで、確かみんな起きたと思うんですけどね。

私たち、ちょうど自分の受話器を、そのまま外して背負うように言われてね。

レンガの建物の中で、窓もシャッター閉めてましたからね。外へ出て、初めて、もう熱くて逃げられないっていうことを知って。私たち、あんまり重いし、逃げられなかったんですよ。

——空襲警報が鳴って、その後、誰がどのように命令して、避難することになったのですか。

結局、監視隊の隊長を警察のほうでやってましたからね、その隊長が来て、このままではもう駄目だからっていうことで、「みんな避難するように」って言われて。

隊長が、これで任務一応終わりにするから、自分の電話機を、それぞれひとつずつね、背負って逃げるようにって。背負っても、重くてねえ。

みんな、それぞれ逃げたんだよね。すぐ逃げなっけりゃ駄目だと思ってね。外へ一歩出たら、みんな家が焼けてね、熱くて、逃げられないんですよ。

それで私は、県庁のそばのね、ちょっと堰（せき）へ入って、川へでも何でも飛び込んでね。その川へ飛び込む前に電話機を外した隊長もいましたね。それでまあ、電話機はもういいからっていうことで、確か私ともう一人、何ていう方かしら、二人入ったんだよね。

そう大きい川でないんですよ。堰っていうんですか。こう幅がね、ちょうど一人入ればいっぱいになるようなものでね。それが縦に何人も入ってたんですね。しゃがんで、首、突っ込んでね。顔まではいけませんけどね。

——入って、どのぐらい、そこに……。

いや、どのくらいも何も、空襲がもう、聞こえなくなってからね、恐る恐る、首上げて。そのころはもう、火なんかもだいぶ、なくなってましたから。

死ぬも助かるも全然考えませんでしたね。ただ、飛行機が飛び去るのを待ってるだけでね。

▒竹花博さん

竹花さんは、空襲警報を聞いて、自宅近くの防空壕に駆け込んだ。しかし東京大空襲を受けた経験から、防空壕を出て逃げることを決断した。

危険なんですよ。焼夷弾が落ちるでしょう。落ちて燃えますね。すると煙がどんどん入ってくる。その煙で、いわゆる一酸化炭素中毒でみんな死んじゃう。だから焼夷弾がバカバカーンと落ちてバーッと燃えたら、そこから出て逃げなきゃいけない。そのことは東京空襲で経験しているから、私はすぐ出て逃げましたね。「出ろー出ろー」と言って出たんです。四人出ましたね、助かりましたよ。残った人は死にましたね。

いや、ひどい、火がもうボーッ、ものすごく。今思い出すとね、長島の小学校の中が燃えてましたね。古川小学校も、コンクリートの形だけは残っているけど、中はもう火の海ですものね。それから周りの小さいうちはもう全部焼けてしまって、トタンは吹っ飛ぶね。

そしてその炎だとか、火の粉がバーッて。風もまた巻くわけですよね。どっちから吹いているものだかわかりませんけどもね。

もう体に火がついて燃えている人もいますしね。なんたって焼夷弾で油脂なんかかかると大変なことで、放っても放っても消えない。そうしているうちに火ダルマになっちゃうのよ。

立っていられないから寝るでしょう、転ぶでしょう。そうするとますます駄目になるんだな。我々、何かかぶってしまえばいいんでないかと思うんだけどもね、もうそんな余裕もないし、そんな物もないしね。それこそ死に物狂いです。赤ん坊を背負ってギャアギャア言っているのいますしね。

そんな、人のこと見ないんですよ。自分で逃げるの精一杯なの。どんどんトタンが飛んで来るわけです。当時、トタンですからね、屋根が。こうひん曲がってね、ガガガーッガガガーッて落ちてくるんですよ。トタンだと思って蹴飛ばしたら、人だった、黒い人だった。

そんなの乗り越えて線路の所へ来た。線路の所へ来てやっと、火の粉も炎もなくて。

■鳴海正子さん

鳴海さんは一歳の娘を抱き、母とともに家の近くの建物の地下室に避難した。

でもここ（地下室）にいては、樽とか桶に水があるわけでないしさ、上がみんな火になれば、蒸し焼きになるから、逃げると。純子（すみこ）（娘）をおぶって、リュック持って。小さい夏の掛け布団一枚持って（母と）逃げたんですよ。

もう火がバラバラバラバラッて。もうブウーッと。火の上を跳び越えて、落とされた焼夷弾の上を跳び越えて、一階へ、事務室へ行ったんだもの。

事務室はまだそのときは焼けていないけれども、会議室のほうから外に出られるかしらと思って行ったら、もう燃えてしまってて。二階に行って、二階も駄目で。シャッターを開けようと思ったけれども、シャッターも駄目なわけ。事務所といったってね、そんなに広い事務所でないのよ。で、煙も。

赤ちゃんはね、眠っていたんだか死んだんだかわからないの。それでもトンと重くなったから、ああ、これ駄目だなって思ったの。子どもって、本当の熟睡すれば目方がどっと重くなるでしょう。だから、そこいらの机の引き出しを引っ張り出して、いい空気吸わせようと思ったけれども駄目だったわけ。

煙がもうもうと入ってくるでしょう。だんだん子どもは体力がなくなるし、動かなくなれば、いい空気を吸わせようと思って引き出しからみんなこう。自分よりも子どものこと。引き出しを片っ端から引っこ抜いてやったんだけどもさ、駄目だった。

だけども、暴れないでさ、苦しまないでね、叫ばないで、眠るようにして逝ってくれたのがせめてもの幸いだと思って。「ごめんね」って謝っているわけ。

――煙はすごかったですか?

すごい、すごい、すごい。煙もすごいし火も熱いですよ。もうメラメラメラメラと、まるで火事場の中に一人取り残されたと同じ。

だから布団かぶったの。三人で真ん中に純子を置いて、母と私と手組んでやって、布団かぶって。「どうせ死ぬんなら三人一緒に死ね」って言った父親の言葉どおり、「一緒に死にましょうね」っていうので布団かぶったの。そのときは、なんーにも考えることなかった。「死ぬの恐ろしい」、「これからどうなる」、何も考えない。無の状態。

もうこれで終わりなんだなと思って。そう思って母と三人抱き合って。ぎりっと三人で固まって。母がギュッと抱いて布団かぶって。「死んだお父さんとおじいちゃんのそばに行こうね、三人で仲良く」って。そうして眠ってしまったんだ。それっきりわからないの。

6 焼き尽くされた街、黒こげの遺体

この空襲で、青森の市街地の九割が焼失した。犠牲者は一〇一八人に上った（「大東亜戦戦災被害状況概見図」一九四五年一一月、第一復員省）。

竹花博さん

（朝）四時過ぎ薄明るくなってから帰ってきましたけども、まだボウボウボウボウ燃えてました。何にもなくて。それでまだくすぶってました。

そのときに見たのが柳町の川、今でもありますけど、当時はもっと大きかったですけど。あの川に飛び込んだ人たちが全部死んでた。川に飛び込んでもやっぱりあれ、煙に巻かれたんでしょうね。一酸化炭素というんですかね。

全部死んでた。きれいに傷ひとつもない。眠っているように。ひざまずいているのもいればね、岸壁でもたれているのもいればね。いちばん悲惨なのは、もたれて髪乱してね、背中に赤ちゃん背負っているのねえ。そんな人もいましたね。ああいうのを今思い出してみるとね、ほんとに気の毒だね。一〇人二〇人でなかったですよ。こう、ずうーっとね。背中の赤ん坊なんか口開いて。気の毒だね。そんなのばかり、いっぱいあるんだけどもね。

今の文化会館の向かいに防空壕があってね、道路端に。中、見えていたんですよ。そしたらね、やっぱり七、八人重なり合って死んでましたね。それ見てね、ああ逃げればよかったのにねって思いましたね。入りっぱなしで蓋していたんだよ。もう窒息死、全部窒息死。きれいに眠っているようでしたね、仏様。

でね、下にお父さんがいる、女の子を抱きしめている。女の子もお父さんに。それでそのまま死ん

戦災直後の青森市（東奥日報社提供）

でいるわけですね。その女の子はモンペ姿だったけれども、セーラー服着てたんです。そのセーラー服を見ると県立高女（高等女学校）のセーラー服だった。まだ県立高女の一、二年生でしょうね。だから今、生きていればやっぱり七〇歳過ぎているような女の人でしょうね。お父さんにかぶさって、お父さんがしっかり抱いて、そのまんま死んでた。今思うとね、哀れだ。ほんとにむごたらしいという言葉でしょうね。

■花田哲子さん

翌日になるのか、朝の五時ごろ行きました。自宅のほうに。みんな自分のうちを探し求めて。ふらふら、ふらふらですよ。でも、自分の家がどこだかわからないの。家が何にもないの。ぽつん、ぽつんとしか。ただ蓮花寺のお寺だけは、ぽつんと建ってました。

自分の家もどの辺だったかなと思って。家の前に報知器あるんです。それが溶けてるんですよね、途中がひしゃげて。それですぐわかりました。

まず自分の家の前に遺体が何体もおりましたので、びっくり。家を確認するよりもその遺体のほうに目が行って、びっくりして呆然と立っていました、私たち、妹も。

みんな黒こげです。防空用水に入った人は、この辺（頭）全部黒こげ。こっち（下のほう）は生焼けっていうんですか、蒸し焼きみたいに。きれいな顔で亡くなってる人もいるの。きちっと折り重なっているんですよね。熱くて熱くて、お互いにこう、つかんだんでしょう、腕とか、着てるのを。すごい力だもん。だって花屋のおばさんが言ってましたよ、なかなか離すことができなかったって。苦しかったんでしょう。

私の家の防空用水があったんですよね。そこは、若いお母さんが、二〇代でしょう。二、三歳の女のお子さん、あんまり熱くて入ったんでしょう、防空用水の中に。かぶさるようにして抱いてるの。そして、あの靴。元の女学校の靴。黒い、こうバンドついた。それが脱げてるわけ。そして浮いてるの。

ただ呆然として。いやあ、自分でもよく助かったなと思いました。遺体があまり多くて、自分でよく助かったなあと。どう逃げたのか、初めはわかりませんでした。あと落ち着いてから、こう行ってこう行ったんだなと。

そして、いっぱいいるの。「苦しい、殺してくれ」とかって。私、そっちのほうが大変だった。

花田さんは、叔父の遺体と対面した。

うちの弘前の叔父が見つけたんですよ。離れに、なんだか三人遺体、黒こげのがあると。そして、その両側はわからなかったけど、中がうちの叔父だったらしい。

三人、男か女かわからないんですよ。だけども、どうしてわかったかっていえば、両側の人からこう押されてるもんで、腰のお財布が焼けてなかったの。それがポケットに入ってたのでわかったわけ。

あと、手も足も炭化して、私が見たとき。でも、「あれ、叔父ちゃんだ」って言ったら、あの黒こげの中から鼻血がとくとく、とくとく出ましたよ。「生き返ったのかな。黒こげでも」と思いました。みんな泣きながら、「熱かっただろうな」って。

もう、黒こげ炭化して。「叔父ちゃん、熱かったろう」って、私がこうなぜたんですよ。ポロポロになるんですよ。まだ生温かいの。そして、鼻血がとくとく、とくとく出て。あれは絶対忘れません。「お前たち助かってよかったな」と、きっとそう思ったんじゃないかと思ったら、涙がボロボロボロッて。

■鳴海正子さん

母と娘と三人、布団をかぶって死を覚悟した鳴海さん。翌朝気づくと、救護所となっていた公会堂に寝かされていた。そこに母と娘の姿はなかった。

次の日の一〇時過ぎ、一一時ごろか、この足のやけどの痛いのと、寒いのとで目覚めたの。そしたら、みんなこう並べられて寝かせられていたわけさ。

私が目さましたら、ここの隣にいた人が、「ああ、気づいたの」と言ったね。「ここどこですか?」と言ったら、「公会堂だ」って。公会堂さ、何でここさ私いるんだろう。こう見たらね、全部、足がピリピリピリピリ、ヒリヒリヒリって痛くて、それで気づいたんでしょうね。

誰か知ってる人がいないかなと思ったら、ハラコ病院の看護婦さんが、タケダさんという人がいたと思って呼んで聞いたわけ。「うちの母と娘がいないから、わからない?」って。でこうして見てても、誰もわからないわけさ。

だけども、なんとなくトイレ行きたくて、やっとつかまって歩いて行って階段を降りようとしたら、そこに警察官がいて「あ、おめぇ助かったか。よかったな」って。「うちの母と娘はどうか?」「ああ、あんたの娘さんとお母さんは亡くなったよ」って。

もうその場さ腰抜かしてしまった。もう、そうなれば考えたくない。自分のほうが先に死ねばよかった、そう思った。母が私を助けてくれたけれども、私は母でありながらわが子を守れなかったなって。そういう気持ちがいっぱいで。

涙も一滴も出ないし、ただ、夕べ抱いていた子どものぬくもりを感じた。私が抱いていたのになぜ死んだんだろうなって思って。そのときはまだ信じられなかった。どだい遺体も見たんでないし死に顔も見たんでないし、警察官の人がそう言ったけれども信じ切れなかったわけ。どうしても信じられなかった。

そしてまたね、一言も出ない。「こういう具合であったよ」、「こういう状態であったよ」、「こういう死に顔であったよ」って一言も教えないし、また私も聞かなかったわけ、悲惨だから。もしも焼けて、ここいら(頬)がぶつぶつできていたら、顔が皮がむけたり、鼻がなかったり、手がなかったりするんであれば、なんていうの、自分として気持ちとして整理つかないから、生きた生前の姿を自分の脳裏に収めておいたほうがいいなと思って、あえて聞かなかったわけ。向こうもまた言わなかった。ただ火葬はしたってはね。

だけど、誰か見た人があるんではないかと思って、ずいぶん探してみたし聞いてみたし。

そして私があの、間借りしていた子のお母さんが会いに来たわけ。私と抱き合って泣いて、そしたら自分のお父さんも旦那さんもその地下室で亡くなった。その建物で亡くなったんだって。

で、そのおばさんがね、自分の旦那の遺体も探しに行ったんですって。そしたら私の子どもが、別の女の人のそばさ寝かされていたんだって、うちの純子が。だから「その人の子どもでなくて、この人の孫なんだ」って、うちの母のそばにその子どもを置いてきたんだって。そういうのを聞いたとこで安心したんですよ。本当、そのとき初めて。

そしてだいぶ経ってからね、私の友達が見たって。「洗面器さ水持って行って、あんたのお母さんの顔拭いてやったよ」って。「きれいな死に顔であった」って。「黄ばんであったけれども、やけども何もなくてきれいであったよ」って。

7 戦争で失ったものへの思い

青森空襲の一八日後の八月一五日、戦争は終わった。

■花田哲子さん

じゃ、今日から飛行機飛んでこない。電気もつけていいのかって。でも電気ないでしょう。みんな、泣いてる人もいるのね。今まで一所懸命やったのにって。町内の人たちが、「なに、まだやるんだ」と、そうやってる人がいるの。

でも、私たち子どもは、「わあ、よかった」と。今日から本も読めるし、電気もつける、電気はないけども、飛行機も飛ばないから、よかったたって。うん。はしゃいでいましたよ、私たちは。でも、食べるものが何もないの。住むとこもないの、皆さん。ですから、蔵があった人は御殿ですよ。外に寝てる方もおりましたよ。電信柱に、蚊帳をもらってきてこうやって。食べるものももちろんのこと、釘も何もないの。ですから、焼け跡を探して。焼けてあるでしょう、木が。それに釘が刺さってるでしょう、それを取ってきてやったり。

■三橋修三郎さん、やゑさん

三橋さん夫婦は、さらなる疎開先の温湯(ぬるゆ)温泉(青森県黒石市)へ、馬車で移動中に玉音放送を聞いた。

やゑ　暑い日でしたね。赤ん坊が泣いて泣いて泣いて、暑くて。それでもほら、まだ終戦でないもんで怖いんですよ。みんな「泣かせるな」とかなんとか。泣いてアメリカに聞こえるわけもないのに、「泣かせるな」とかね、怒られるんですよ。暑くて暑くて馬車の中に入ってられなくて、今度は、御者の脇へ置いてもらって。

途中に牡丹平(ぼたんだいら)という所があって、その辺まで来たときに、「大事な放送がありますから、みんな馬車から降りて、その辺の農家へ入ってラジオを聞いてください」って言われて。そこへ降りて、そのときその玉音を聞きました。

——聞いたときはどう思いましたか?

やゑ　ああ、さっぱりしたと思った。

修三郎　もう戦争終わったから。

やゑ　負けたって、しようがないでしょ。ああ、よかったと思って。

それでも泣いている人もいっぱいおりましたけども。

――泣いている人もいた。やゑさんは、そういう思いではなかったんですか。

やゑ　ええ。だって、それまでに大変ですよ。赤ん坊がいてね。

そこで聞いて、温湯へ着いて。そしたらその日、全部電気がついたんですよね。「ああ、いいな」と思って。

――そのときは、最後まで戦うとか、そういう気持ちは？

やゑ　いえいえ、そんな全然全然。

何もかも供出してしまっているでしょう。鉄くずも金も銀も何もかもみんな供出して、うちも焼かれてしまってなんにも残らないと。命だけ。

ほんとに、たったその間、たったそれだけの日にちでしょ。実家もなくなり、うちもなくなり、みんななくなっちゃって。死んだ人がいっぱいいいて。

もうちょっと早くね、もうちょっと早く終戦になってくれれば、青森は焼かれないですみましたものね。

■大森喜久男さん……一九二一年生まれ

私とナカムラっていう同級生と二人で、とてもこれじゃまいないで（駄目だから）疎開しましょうって、その疎開しようとした先が、浅虫の裸島の向こうに茂浦島（もうらじま）ってあるんですよ。そこに疎開することにして、見に行ったんですよ。

見に行って帰ってきたら、その天皇陛下のお話が入ってきたわけだ。「おい、ナカムラ。日本が負けたんだって」「何？　何？」って、もうあと感無量になって、抱き合ってボロボロに泣いたってことですよ。

負けたって。耐えがたきを云々って、あの言葉を聞いたときに、もうなんも頭にねえしよ。負けたんだ。天皇陛下から言葉、負けたんだって。これだけでもボーッとなってまって。

何も頭の中にねかった。今の言葉で言えば、頭、真っ白。頭ボーッとしてなんも考えなかった。ただ、負けたって。あの道路さ二人で座って泣いて。今ではバカみたい。

▒竹花博さん

ああ、戦争終わったのかってね。負けたんだよって。せば、我々どうなるんだっていう気持ちね。みんな殺されてまうんだべか。この国、アメリカに取られてしまうのか。我々はみんな殺されてしまうんでねえかってね。

悔しかったけどもね。もう沖縄ね、やられて上陸されて。東京はめちゃめちゃで、青森もこの通りめちゃめちゃになってしまって。じゃ、負けるじゃろうなって、仕方がない。

どうにか掘っ立て小屋を建てましたよね。大工さんというのはいっぱいいて、それから焼け野原へ行っても材木なんかもありますから。だから、そんなのを集めてともかく雨をしのいで暮らそうという。

ああよかったって言うてた人がおったのかな、今考えてみてね。だけどうちは焼けてしまって、ないでしょう。新しく建てなきゃいけない。食料はない。なんか商売しないとお金が入ってこない。そっちのほうが先ですね。どうでもいいや、勝とうが負けようが。空襲がなくなっただけでもいいじゃんていう、そんな気持ちもあったような気もする。

■鳴海正子さん

鳴海さんが最愛の娘の遺骨と対面できたのは、終戦の一カ月後だった。

私の娘のお骨は、油川の浄満寺に置いたということは聞いていたからね。だいぶ経ってから、今度、新城から油川の浄満寺まで歩いてお骨取りに行ってきたわけ。一人で。足痛いのを引きずってね。お骨を持ってきてみても、骨らしい骨は何もない。灰汁みたいだもの。うちの母と一緒に焼かれたんだと思うよ。話は聞かないけれども。お骨になってさ、ぽつんと浄満寺のお寺の位牌堂の所にあったからさ。

いとおしくて、一晩抱いた。抱いて寝たもん。そのお骨を。あんまりいとおしくて、こう手ですくってみてね、サラサラで、こうなったのかなって。

あれ見て、本当に亡くなったんだなと思った。お骨を見て。

初めて涙出した、そのとき。初めて泣いた。それまで泣かなかったもの。自分の旦那が戦死したときも、父親死んだときも、兄が死んだときも。

母親死んで娘が死んで、初めて泣いたって、そのときは。それまで涙って見せなかったもの。「ごめんね」って。「かわいそうに」って。私も簡単に涙見せるほうでないけれどもさ、本当にあのときは、もう悔しくて悲しくて寂しくて、いとおしくて泣いたの。

たったね、一歳と九カ月で、何年分も生きたようにもう言葉は達者だったしね。うちの母が私をマッちゃん、マッちゃんて呼ぶから、娘がおかあちゃまと言わないで、たまにマッちゃんて呼ぶわけ。

お母ちゃま、マッちゃんって呼ぶ子どもであったわけ。だから、初めて自分の娘のお骨抱いたときは声を出して泣いた。

丸裸で死んだのか、衣類に火がついて丸裸になったのか、その点をね、確かめたくても、もうすでに遅し。

気になる、今でも気になる。だから時々にね、純子にさ、着物をね、お人形さんみたいな着物を縫ってね、「これ赤いおべべだよ、あの世で着てね」って。一年に一ぺんぐらいはね、縫って、写真さあげるわけ。まあ、花嫁衣装でもないけどさ、きれいな布でさ、ちっちゃく人形さんが着るみたいにさ、作って。

だから、いつでもさ、いつでもお話してるの。歳いったことは考えられない、まだ一歳と九カ月だねって。だから飴とかね、チョコレートとか、そういうものばかりあげているわけ。

母と娘を失った鳴海さんの胸には、悔しい思いが残った。

何のための戦争かと思った。死んだ人にかわいそうだと思った。戦死した人、うちの母、娘、何のための戦争であったんだべって。

もっと、終戦をするんであれば、一カ月でも二カ月でも早くすれば、東京の大空襲も青森も、そっちこっちも焼けないですんだのになあと思って。そんであれば、もう一年も早く決断すべきであったって、そう思った。

だから犬死にだと思ったよ。それこそ巻き込まれた戦争でしょう。私たちの希望した戦争でないもの。巻き込まれた市民だもの。あの戦争のおかげで家を焼かれ兄弟親子みんな死んで旦那も死んで、犠牲者でしょう。

戦争に行った人ばかりが、戦死した人ばかりが犠牲者でないんだよ。一般市民だっていっぱいいるのにさ。今さらこういうこと言えばさ、馬鹿みたいだと言うけども。

馬鹿くさいと思うのよ。死んだ人は馬鹿を見た。何のために、私たち食べるのにも着るのにも耐え忍んできたんだかしら。何のための戦であったの。どだい、何のために大東亜戦争が起きたんだか根拠がわからないですよ。

今思えば、本当にまいね（よくない）、この歳になったから、何言ったって大丈夫。聞く人もないけども、言うだけは言いたい。

悔しい。戦争に行って死んだ人ばかりでなくて、戦争に巻き込まれた人たちというのは、結局遺族だからね。その遺族に対して礼と節を尽くさねば駄目だと思うんだけど、そうでないもんね、国は。公に逝った人ばかりを戦死者として祀っているんだもの。

苦しい思いしましたよ。何回死のうかと思ったかわからない。自殺未遂何回もしたの。そのたんびに助けられる。

――どういう気持ちになって、そういうふうに死のうと？

ホント思うよ、生きてて何になるべなと。思えば、ひょっと薬飲んでみたり。

でもさ、あの戦争でもね、助けられて救われた命だからね、簡単に自分で命を絶つということは駄目だと思うけども……私も、薬飲んで、運ばれて、洗浄されて、やっと助かったときもあるの。あんまり死にたくて絶望して。でも、また助けられたから、あっ、今度は死ぬもんじゃない、助けられた命、死ぬまで持っていこうと思った。

■北山美穂子さん……一九二四年生まれ

北山さんは、防空監視隊の別の班にいた友人が亡くなったことを、戦後に知った。

とても残念だと思って、なんで亡くなったんだろうとか、自分が生かされているとか、そういう複雑な心境ですね。

同じ職場にいて、同じ女学校であって、そして、まして、仲良しにしていた人ですから。二人とも仲良しでしたから、とても悲しかったです。

やっぱり、自分のクラスメイトがね、同じ職場で亡くなったってこと、いちばんの悲しい出来事ですから。生かされて、私たちはほんとありがたいと思って。もしかしたら、私だったかもしらないわけですから。じっとしてはいられない。うん。

考えれば、十五、六歳のときの女学校の同級生ですよね。十五、六歳ってまだ子ども。タマちゃんは女学校一年、二年同級生で、お菓子屋さんの娘だから、私も商家の娘、あの人も商人の娘、とにかく仲良しで、学校の帰り、よくタマちゃんの家の店の前をうろつき、何かお菓子をもらったと思います。それでタマちゃんもほんとにいい子だったから。だからよく、みんな、三浦タマちゃんの家に遊びに行ったのを今でも覚えております。

戦争の思い出には触れたくなかった。しかし、次第に青森空襲に向き合うようになっていった。

現実と向かい合って、ああ、この戦争はなんだったんだろうと思って。

どんなに、親がね、苦労したかと思います。建物疎開で、建物、壊されて、なおかつ、商売しなきゃ駄目ですから。する場所がないわけです。統制だから、ここでは掘っ立て小屋建てられません。それで父の友人の所でハタケヤマさんという所に行ってお願いして、そこの倉庫みたいなとこ借りて、クモの巣がいっぱいかかったね、そこで、のれんを開いたわけですから。今思えば、父親と母親はね、どんなに苦労したんだろうと思って。つくづくと、感謝しております。

つらい、悲しいできごとでしたので、あまり触れたくない部分でした。(今回の取材で)触れなきゃならない局面に立って、でも、私は、それはよかったと思ってます。

いろんな人の助けを借りて、「空襲のとき、あんたどこにおりました、どういう生活してました」。今日、私の同級生から電話もらって、「あんたどこにいた」って言ったら、やっぱり挺身隊と言いました。そういう、時だったわけですよ。ちゃんとしたとこに勤めてない子女は、挺身隊に引っ張られるというので、それで防空監視隊というものにだいぶ参加したわけです。

あらゆる友達に「あんた、空襲の日はどこにおりました、空襲のときどうしました」って、みんな聞いて、すごく勉強になりましたし、いい企画に参加させてもらったと思って、感謝しております。

▩里見二郎さん

里見さんは、七月一四日に連絡船で受けた機銃掃射によって、左足を失った。

——戦後、義足の生活ですけど、いちばん困ることは何でしたか。

やっぱり足ですよね。惨めだったですよ。東京の新小岩からね、新宿まで松葉杖ついて通うでしょう。国鉄の職員の服着てさ、片足でね。惨めだったですな。

二〇歳代は死ぬことばっかり考えていたね。自殺しようと思ってね。だけどなかなか踏ん切れないよね、人間ってね。

人生を悲観して。こんな人生つまんないと思ってね。自殺しようと思ったけどね、とうとう死に切れなかったさ、うん。

まだ一九だからね。恋愛もできないだろうし、いろいろあるでしょう、若いころだからね。

だからね、本当、意識のないとき死んでたら、いちばん楽だったといつでも思うよ。死ぬときに、あんな楽な死に方ないいんじゃないかと思っている。

僕ら、二〇歳まで生きりゃいいと思ってたからね、あのころね。自分はもう二〇歳で死ぬと思って覚悟してたもの、みんな。今の人生は余録でしょう。六〇年。余録の人生だって、みんな友達が言うのよ。だから何ぼ生きたら、生きるだけ得だなと言って。八五まで生きたらさ。

僕なんかね、正直言ってね、戦争の慰霊祭あるでしょう。あれ、呼ばれたことないしさ。誰も私のことなんか関心ないから、そういう慰霊祭さえ、呼ばれたことがないですよ。あえてこっちから、私が戦争の犠牲者だなんて言うことないし。ああいうことをやってくれる人は、まあ特殊な人だろうけどね、僕みたいな存在があるということは知らない人が多いんじゃないですか。

埋もれた青函の歴史の中でね、私の人生はまたその中のひとこまかもしらんということだよね。

▒花田哲子さん

いろいろな所でまだ戦争をやってるでしょう。またああなったら駄目だな。だから、このことを伝えていかないと。焼けて亡くなった人がいっぱいいる。でも靖国神社とか、あそこに空襲の人、一人も入って（祀られて）ないですよ。どうしてそういうふうに扱うのかなと。

二度と戦争をしてもらいたくないと。青森の焼け跡、遠く堤橋まで見通せたけど、それが今はビルが建って。青森の、人間の力ってすごいなと。全然面影がないですよね。でも、ここ、みんな空襲で犠牲になった人が転がってた道路ですよ。

今、青森の人でもここに空襲があったっていうのがわからないでしょう。私たち、毎年夏に空襲を伝える活動をしてね。展示室でね、一日に一五〇〇人入るときだってあるんですよ。それでも知らない人がまだ多い。

いやあ、人にものを伝えるということは、大変なものだなということがわかりました。もう一〇年も二〇年も暮らさなきゃわからないのかなと。

亡くなった人の無念さ、死ななくてもいい人が死んで、雑草のように扱われて。皆さん知ってもらえるように伝えなければ駄目だし、私は自分のライフワークとして死ぬまでやろうと思う。だけどもやっぱり病気もしますから、皆さんにね、これを受け継いでもらいたいって思って、気がついたら三〇年も経ってました。

■竹花博さん

あの戦争というのは、我々一般庶民にはどうにもできないことで、いわゆる国と国との支配者の問題ですよね。それに我々が、ただもう巻き込まれているという非常に馬鹿馬鹿しい話。考えてみたらね。

だから国の支配者ですね、その人たちが十分考えていないと、とんでもない目に遭う。しかもね、こんな時代になっても、まあだ銃をつくり核兵器を作っているという、それ自体に、私は疑問でしょうがない。

それからね、ああいう死体を見てね、神も仏もあるんかというね。支配者に対する反感、恨みと、神も仏も世の中にあるもんかという気持ちね。その気持ちでいっぱい。

だから今でも総理大臣であろうがね、大統領であろうが、国と国とのそういう諍い(いさかい)は、彼らの考え方ひとつですよ。二度と地球上からね、戦争なんてものは排除してもらいたいね。

ほんとにひどいですよ。私なんかこうやって生きてるからいいものの ね、死んだ人の身になってごらんなさい。死んだというより殺されたのですものね。その身になってくださいよ、ほんとに。ひどいもんですよ。

それかと言ってね、じゃどうすると言ったって、個人の力では何もできない。情けないけどもね。多くの人の力で戦争をなくしなきゃいけないと思うんだけどね。

III

戦場になると噂された町
【茨城・勝田】

勝田町の兵器工場（ひたちなか市教育委員会所蔵）

一九四〇年、鹿島灘に近い茨城県勝田町に、兵器工場ができた。

一九四四年以降、アメリカ軍が日本本土に迫り始めると、大本営はこの町に、およそ七〇〇〇人の部隊を配備する。勝田の人々の間に、「アメリカ軍が上陸してくるかもしれない」という噂が広がった。

一九四五年七月一七日。茨城県日立沖に来襲したアメリカ軍の艦隊が、日立と勝田の兵器工場を目標に、激しい艦砲射撃を浴びせる。ねらいがそれた多くの砲弾が、周辺の民家を襲った。

「艦砲射撃の後は、必ず上陸してくるらしい」――人々は、恐れをなして避難を始める。

自分の町が「戦場」になると覚悟した、勝田の人々の証言。

川又ます子さん

（かわまた・ますこ）1924年、茨城県中野村生まれ。1942年、町内の救護班として訓練を始める。

鴨志田恒男さん

（かもした・つねお）1931年、茨城県那珂郡中野村大字東石川生まれ。1937年、中野尋常高等小学校東石川分教場入学。1940年、中野尋常小学校入学。1944年、勝田町東石川国民学校高等科卒業。戦後は家の農業に従事。

西野栄子さん

（にしの・えいこ）1927年、茨城県中野村生まれ。1944年、勤労奉仕（日立製作所水戸工場）。

大川すみ子さん

（おおかわ・すみこ）1931年生まれ。1937年、勝倉尋常小学校入学。1943年3月、勝倉国民学校卒業。1944年4月、茨城県立水戸第二高等女学校入学。1949年3月、女学校卒業。9月、青年師範学校入学。戦後は教員。

照沼元則さん

（てるぬま・もとのり）1932年、茨城県川田村生まれ。1938年、枝川尋常小学校入学。1944年、市毛国民学校高等科入学。1945年、湊商業学校入学。勤労奉仕（日立製作所水戸工場で爆弾作り）。戦後は農業に従事。

岡田福次さん

（おかだ・ふくじ）1927年、茨城県幸久（さきく）村生まれ。1933年、幸久尋常小学校入学。1941年、幸久尋常高等小学校卒業。1943年、茨城県立工業学校入学。勤労奉仕（水戸工場で製鉄）。1945年、工業学校卒業。日立製作所水戸工場勤務。

横山君枝さん
（よこやま・きみえ）1928年、茨城県中野村生まれ。1934年、浜田尋常小学校入学。1941年、浜田国民学校卒業。1942年、浜田国民学校高等科入学。1943年、水戸市高等女学校入学。1944年は勤労奉仕（水戸市元吉田でいも掘り）。戦後は教員。

黒澤忠さん
（くろさわ・ただし）1930年生まれ。1938年、前渡尋常小学校入学。1942年、前渡国民学校高等科入学。戦後、家の農業に従事。

大谷力雄さん
（おおたに・りきお）1928年生まれ。1941年3月、勝田尋常小学校卒業。1942年4月、国民学校高等科入学。1944年4月、県立水戸工業入学。県庁土木部都市計画課、公立中学校教諭、武蔵野美大、日立工機入社。プリンターや医療機器の開発デザインを担当。退職後は洋画（油絵）日洋会会員として活躍。

黒澤博道さん
（くろさわ・ひろみち）1933年生まれ。1941年、前渡尋常小学校入学。1944年、前渡国民学校高等科入学。1948年、阿字ヶ浦中学校卒業、日立工機入社。

橋本登与子さん
（はしもと・とよこ）1923年生まれ。1939年から日立製作所海岸工場勤務。1943年、結婚し仕事を辞める。1945年6月末、日立から勝田に引っ越し。戦後は日立製作所勝田工場に勤務。

大谷和子さん
（おおたに・かずこ）1922年、茨城県勝田村生まれ。勝倉尋常小学校。市立高等女学校。1941年、家事を手伝う。叔父の店（物資統制組合）を手伝う。

1

兵器工場ができた町

遠浅の海岸が続く茨城県鹿島灘。海から八キロメートルほど内陸に入った所に、勝田町（現・ひたちなか市）はあった。

太平洋戦争が始まる前年の一九四〇年、この農村地帯の町に、陸軍の管理下に置かれた兵器工場が完成した。

■鴨志田恒男さん……一九三一年生まれ

戦争に入って、勝田は変わった。軍需工場ができて、それから大きく変わったように思いますね。人の考え方も変わるし、新しい人がどんどん入ってくるし。役場の行政から何から、小学校の教育方針なんかもずいぶん変わったんじゃないですかね。

工場ができると、今度は社宅ができたでしょう。その子どもも一斉に合併して小学校ができた。二階建ても嬉しい。職員室は立派だし、玄関も広く取ってあったしね。下駄箱は、何十人、何百人の下駄箱。本当に立派でしたね。

近くに本屋もできてね。社宅の人は、ほとんど日立あたりから来てた人らしいですよね。私ら農家とは全然違った生活してたから。ズボンにしても帽子にしても、あるいはお弁当の内容にしたって。

――工場ができたとき、恒男さん嬉しかったんじゃないですか？

うん。鼻が高かったね。日立の人がここまで来て、その生徒になったから。

■大川すみ子さん……一九三一年生まれ

――工場ができる前の勝田はどんな様子だったんでしょうか。

駅前に四、五軒、家がありましてね。駅前から今の武田部落ね、あそこまでは一軒も家がありませんでした。それで、今お墓がありますけどもね、そこに墓守の家がぽつっとあって、その墓の近くに三、四軒の家があって。そして常磐線の陸橋から市毛十文字までほとんど家がなかったです。雑木林と畑でしたね。

戦争が始まって、武器調達という名目で、日立兵器ですね、工場群ができてきて、それで人口が増えていったわけですよね。

人口が増えて、学校が増えたんですよね。子どもの数が増えましたからね。社宅には、全国から集まってきました。遠い人なんか、盛岡のほうから来てた人もいますしね。長野のほうから来てたとかね。

――兵器工場ができると聞いたとき、どんな気持ちでしたか？

そのころからとにかく戦争戦争でね。南京陥落だなんて言って、ちょうちん行列なんて始まって、どんどん戦争のほうへ追いやられていきますからね。もうみんな戦争一色に、そしてとにかく教育がその方向へ回っていきましたからね。別に当たり前くらいの感じで、恐ろしいなんてことは思わなかったですね。

そして毎月のように出征兵士、戦場に向く兵隊さんね、駅に送りに行くような時代になってきてましたね。婦人会の人たちが先頭になって、そして軍歌うたってね。


――すみ子さんも出征兵士を送りに行かれたんですか?


行きました。もう割り当てでね。何時に駅に集まるっていうことで、皆で揃って行ってね。

ただ歌って兵隊さんに手を振ってね。陰で家族の方が泣いてた状況なんかが目に浮かびますね。

送り終わった後に、その送り出した家族の方がね、駅の陰の方で涙流してる状況なんかは、目に映りましたね。


勝田の兵器工場で生産された主力兵器は、「九二式重機関銃」。最も多い時には一万人以上が、二四時間態勢で兵器の生産にあたった。

太平洋戦争の開戦から快進撃を続けた日本軍は、態勢を立て直したアメリカ軍の反撃によって劣勢に転じていく。戦局の悪化に伴い、勝田の工場からも、熟練の工員たちが次々に出征していった。代わって動員されたのは、農家や学生たちだった。

▒岡田福次さん……一九二七年生まれ

茨城県立工業学校の生徒だった岡田さんは、勤労動員で兵器工場に勤めた。

僕は勝田工場にいたんだけども。勝田工場っていうのは原料工場だったね。水戸工場っていうのは、車両工場。那珂（なか）工場っていうのは、飛行機のあれやってたんだよな、高射砲の算定具。ねらう角度なんかを計算機で計算して出すような、そういう機械。

——じゃあ、そこで作るものは武器と。

そうです。ほとんど、俺が入ったときは武器だったね。これなら戦争に直結してるって思ってた。そして、いちばん難しい仕事だと俺は思うね。物を溶かして、それから精錬して目的の材料を作り出す。それはね、何にもないところからやってくんだよね。だから、勉強もしなきゃならなかったし。失敗が多いのは当たり前だったし、失敗しながら良いものを作ろうとしてた。

——そのころ、熟練工はどうだったんでしょうか?

俺が行った所で、いちばんひどかったのは、二人ぐらいしか機械を動かせる人がなかったね。例えば電気の一機に対して、七、八人で動かしていたんだよ。その中に一人か二人しか、自分で始めっから終わりまで動かせる人がいなかったんだよ。

あとはどういう人がやってるかっていうと、徴用工っていって、町の商店街の人。それを徴用で引っ張ってきて、仕事に就かせて、こっちで指導しながら、「あれやれ、こうやんだ、ああやんだ」って。「こんな形で作るんだ」って。そんなことからやってたから。

熟練工はいねえもん。皆、兵隊にとられた。

——そういう人たちが作っていると、製品が滞ったりとかは?

それはあるわね、確かに。「いいや、どうせ」って。一日の仕事がひとつも楽しくもなんともねえよね。つらいっていうのかな。それだけだと思うんだけども。

自分から自発的にやるんじゃなくて、言われてるからしょうがないからっていうのだと、全然違うでしょうよ。そこらの差はあったね。

お菓子屋に弟子に入ってってたら、徴用に引っ張り出されて、ここの工場に来たんだっていう人がいたんです。その人は最後まで、これが仕事として自分でやるっていうつもりはなかったわね。お菓子屋になるんだと思って弟子入りしてやってきたのに、こんなとこへ連れてこられたって、本当に身が入ってついて行こうって気持ちにはなれなかったんだろうなあ。

■川又ます子さん（姉）、**西野栄子さん**（妹）……**それぞれ一九二四年、二七年生まれ**

一九四四年、西野さんは女学校のときに水戸の兵器工場へ動員され、事務作業に就いた。

西野　一週間六日ありますよね、日曜日残して。そのうち五日は学校じゃなくて工場行ったんです。土曜日だけ帰って、出席とって、その日のお勉強なり何なりをしたんです。ですから学校は、一週間のうち一日です。

一般の人の事務を受け継いで、関連事務をやりました。日立工機（日立兵器）行った人は、弾の胴体を作ったりなんかしたんですね。私らは、それほど実践じゃなかったからね。事務員でしたからね。

嫌だとも思わないし、つらいとも思わないし、それが普通だと思って青春を暮らしましたよ。

川又　勝つものだと思っていたからね。今まで、日本の国で負けた戦（いくさ）ってないでしょうよね、ずうっと昔からね。だから勝つもんだと思ってて、負けるなんていうことは考えてなかったものね。

2　七〇〇〇人の将兵の駐屯

一九四四年夏、アメリカ軍はサイパンやグアムを占領すると、ここを拠点に、東京や大阪など大都市に向けて本格的な空襲を開始。一九四五年四月には、沖縄本島に上陸した。

大本営は、アメリカ軍が東京に侵攻するときの上陸地点のひとつとして鹿島灘沿岸を想定し、勝田町に部隊を配備した。勝田町に隣接する阿字ヶ浦の海岸は、地形から見て、アメリカ軍上陸に格好の場所だと考えられたのだ。

勝田町にやってきたのは、第一五一師団に属するおよそ七〇〇〇人の将兵。重火器などの装備が乏しい、急ごしらえの部隊だった。

■大川すみ子さん

急にですよ。それでもう、広い農家の家をみんな兵隊さんに占領されましたからね。それで兵隊さんの住まいになるわけですよ。

うちなんか、父が役場に勤めていたものですから、家に農業倉庫っていうか蔵がありましてね。そこが兵隊さんの食料を保管する場所にあてがわれて。有無も言わさずですよ。

――兵隊たちが何をするために来たのか、聞かされていましたか？

そんなの全然聞かされませんね。子どもたちにも、そういうことは言われなかったですね。

もう上から、敵が上陸したときの備えってことでね。そういう話のようなものは、自然に入ってきましたね。阿字ヶ浦あたりから上陸してきたときの備え。

それから、うちの南のほうに、高射砲の陣地ができました。敵の飛行機なんかを落とすようなね、そんな仕組みなんかも作られていましたね。

――敵が上陸してくるかもしれないと聞いて、どう思いました？

とにかくやり抜くしかないって気持ちでしたね。それしかなかったですね。とにかく、戦争がこれだけになったんだから、最後までやり抜くしかないって気持ちでやってましたね。

■照沼元則さん……一九三二年生まれ

この辺の小学校は全部、兵隊の宿舎になっちゃった。兵隊が夜泊まったんだわ。そこで昼間子どもは勉強したけども、（それが終わると）全部机は表に出しちゃって、教室の中へ毛布敷いて、兵隊が夜宿舎にしたんだ。市毛小学校。

昼間はその兵隊は、田んぼで米を増産するために（作業した）。この辺の田んぼっていうのは湿田なんだよ。それでいわゆる暗渠（あんきょ）排水っていうのか、兵隊が田んぼの中に入って溝を掘って、その辺の竹やぶの竹を中に入れて暗渠排水っていう作業をやったんだ。

宿舎は学校。あとは民間のうちに風呂入りに来んだわ。俺らのうちも風呂入りに来た。学校には風呂がねえから。二〇〇人ぐらいの兵隊さんがいたから、小学校。

――ご自宅にも兵隊さんが何人も？

うん、風呂入りには来たな。泊まりには来なかったな。夕方当番があって、兵隊が風呂水くんだり燃したりに来るんだ。

生活空間だけでなく、食料も兵隊に提供させられたという。

そのころ食料、食べる物が向こうへ徴集された。農家では米がとれてたんだから、供出しなくちゃなんなかったっぺよ。食糧増産しなくちゃ食う物がねえということで、大変なんだなとは思ったな。親父は要領がよかったんだな、畑ん中さ大きい穴掘って、籾（もみ）、俵のままのべといたんだな。土の中さ埋めて。そんでおいたから、食べるのはあったな、俺んちは、米は。

——皆さんには黙って？

そうだがな。

——そうしないと、どんどん取られちゃう？

あれだっぺよ、「保有米、何人でいくら」って決められてたんじゃねえか、きっと。あとは全部供出しろっていうような命令なんだべ。

■黒澤忠さん（兄）**、博道さん**（弟）**……それぞれ一九三〇年、三三年生まれ**

黒澤忠さんは、田んぼで測量をしている兵士を目撃した。

なんか向こうで兵隊さんのようなのが一〇人ぐらい来ましてね。竹竿のようなものを盛んに差し込むような仕草をしているんですよ。

うちの親父が「何やっているんだろう」なんて言って、徒歩で行って、「何やっているんですか」と言ったら、「アメリカが上陸した時にこの田んぼの中を戦車が通り抜けられるか調べているんだ。泥が深くて、戦車が通れるか通れないかを調べているんだ」と、こういう話だったんですね。

——それを聞いてどう思いましたか。

やっぱりねえ、戦場っつうのは、そっちのほうの島で戦う人ばかりが戦場じゃなくて、いよいよ本土もこりゃ戦場だなっていう気構えは、大半の人は持ったんじゃないでしょうか。

将兵が駐屯するようになると、すぐさま人々の間に、アメリカ軍が上陸するのではないかという噂が伝わってきた。

本土決戦に備えて人々は、竹やりでアメリカ軍兵士を刺す訓練などをさせられた。

▒川又ます子さん（姉）、西野栄子さん（妹）

川又　いよいよ（戦争の）終わりのころになったら、竹やりを持って刺す訓練、何度もしましたけど。とにかく、人を突くわけでしょうよね。いよいよ水際作戦で。上陸してきたら、そういうふうにやれっていうようなことで、教えてもらったからね。

――上陸してきたらやれと。

川又　ええ。ここらでは阿字ヶ浦の海岸に上がるっていう話があったんですよね。そんときはこの竹やりで敵を突くんだなんていう話はして、訓練はしてたんだけれども、私としては、そういう怖いことはできねえと思ったね。

――訓練しながらも？

川又　怖いと思ったもんね。

――でも周りの人は、「やるんだ」っていう……。

川又　うん、男の人なんかは強かったんですよ。「竹やりでやんだ」っていう話をして。練習のときなんかは、「俺がいちばん先に突いてやんだ」って話も男の人は話していたけども。

たまたま、戦争に行って二カ月ぐらい、帰ってきた人もあんですよね。兵役に就かせて、それで三カ月ぐらいで帰ってきて、また三カ月すると、また召集になるような人らがいたんですよね。「俺がいちばん先に突いてやっからな。心配しなくてもいいぞ、お前らは」なんて話をしていたもんね。

西野　いくらか戦争の気分を受けたから、その人らは。だからその人が、「ようし、いちばん先にやってやる」っていうふうに、少し血気が旺盛だったんじゃないでしょうか。若くてね。

——そういうのを聞いて、心強いと思いましたか？

川又　私らは怖いとしか思わなかったね。

あとは、病人が出たときに、担架で持って運んだり、そういう訓練をしたんですね。

担架って言ってもね、そのころはもう、担架なんかねえんですよね。竹で編んだようなものに棒を刺して、そこへ人を乗せて、ケガの人を運ぶような訓練をしましたね。

だけど、重いんですよ。大人を一人乗せて、二人の女の人が持って駆けて歩くことなんかできないんですよね。重くって。力がなくて。

まあ、一八（歳）ぐらいの娘、普通の身体はしてるわけなんですけども、とても重かったんで、途中で「足が歩けなくなるぐらいに、もっとがんばんなくちゃ駄目だ」って言われてやったんです

『国民抗戦必携』（大本営陸軍部、1945年）より

よね。多分、あれ、在郷軍人の男の人が来て教えたんじゃないですか。

■照沼元則さん

――中学での軍事教練は、どういう思いでやってらっしゃったんですか。

いわゆる一人一殺(いちにんいっさつ)主義で、必ずこの戦争は勝つというような思念だべ。そう植えつけられてんだから。

――一人一殺。

うん。敵が上陸して来れば、必ず一人は殺すんだという考えでいたから。だからそういう竹やりだの、木製の銃を持って、人に見立ててやったりしたんでねえの。それで日本は勝てると思ったんだな、子どもの感覚ではな。

――元則さんも「絶対勝つぞ」って?

うん、俺は勝つと思ったんだが。負けるとは思わなかった。

■大谷和子さん……一九二二年生まれ

軍国乙女でしたよ。竹やりでもって人を殺す練習、一生懸命やらせられたから。エイヤーって竹やり訓練でやったんで、やろうと思ってたの。

――竹やりの訓練って、どんな訓練だったんですか?

えーとね、人殺しの練習ですよ。人を突っつくための、練習してたんです。

――人殺しの練習をして、怖くなかったですか?

怖いどころじゃないでしょう。それが使命のようなもんだわ、その時代の。「訓練に出てこない」って言って、ある家のお嬢さんを組長さんが髪の毛持って引きずり回してな、罵倒してるんだよ。

――和子さんは、竹やり訓練をやっているとき、どういう気持ちで練習しましたか？

いやあ、そこが馬鹿なとこでね。本気でやってた。一生懸命、竹やりエイシャ。やっぱり、当時の空気じゃないですか？　軍国時代の。やっぱり教育っていうものは大きいよ。だって出征兵士が出るときには、必ず学校の先生が、駅まで子どもら連れてって、「勝って来るぞと勇ましく」と歌わせんだもの。誰も、軍国乙女になっちゃうよ、あれでは。

▒黒澤忠さん

やはり竹やり訓練に励んだ黒澤忠さんだが、町にやって来た兵隊たちの行動に、緊迫感のなさを感じたこともあった。

だんだん不利になってきて、大本営発表なんつっても、あんまり国民に聞かしたくないことは、報道はしなかったわね。いいことばっかりで。

隊長さんがうちの座敷に下宿してたんですよ。で、うちの親父らもその当時四十五、六の血気盛りの男ですからね、隊長さんつかまえて、「隊長さん、こういう戦争どうなんですか」っつうと、隊長さんは「こうなるよ」っていう明言はしなかったですね。私もそばにいて聞いてたんだけど。で、うちの親父は形勢が不利だってのを何となく察したんだと思いますよ。

サイレンが鳴るでしょ、空襲警報。ざっくざっくと歩いて来るんですよ、兵隊が隊長を迎えに。

「こんばんは。だれだれ一等兵です。ただいま空襲になりましたんで、隊長、お迎えに上がりました」って。それからやおら起きて行くんだからね。これじゃあ戦争は勝てねえと、正直言って、私は子どもながらに思いました。

だけどやっぱり、日本魂ですから。上陸してきたらば、親父らと一緒になって、アメリカ兵を竹やりで殺すんだと、そういう意気込みだけは持ってましたよね。

3 艦砲射撃で降り注ぐ火の玉

一九四五年七月一七日。勝田では、朝から雨が降り続いていた。

深夜零時前。茨城県日立沖に来襲したアメリカ軍の戦艦が、日立と勝田の兵器工場を目標に艦砲射撃を行った。

砲弾の重さはおよそ一トン。地上で炸裂すると巨大な穴を開け、熱を帯びた鋼鉄の破片が飛び散った。

一〇分あまりの砲撃で、発射された砲弾は三六八発。工場は壊滅的な被害を受けた。

しかし、工場に命中したのは七五発にすぎなかった。残りの二九三発が襲ったのは、兵器生産とは関係のない民家だったのである（『勝田市史料Ⅵ　勝田艦砲射撃の記録』）。

■黒澤忠さん

黒澤忠さんは、艦砲射撃の弾が飛んでいくのを目撃した。

火の玉。ものすごい火の玉がヒュルヒュルヒュルヒュルーって。空気を切る、あの音。すごい。それはそれはね、不気味っつうか、異様っていうか。

頭をかすめるたびに、本当に身の毛がよだつっつうか。言葉では言い表せないような気持ちですよ。そんなに高い上空じゃないですからね。

――すごく恐ろしかったんじゃないですか？

いや、それはそれは！　赤い火の玉のでーかいのが飛んでくんだから。一発二発じゃないね。何百発飛んだかわかんないけど。

大川すみ子さん

夕飯を食べ終えて寝ていた大川さんは、「百雷がひとときに落ちたような地響き」で目が覚めた。

母と父たちは隣の部屋に寝ていたんですよね。そうしたら父が「母ちゃんがやられたー！　お前らは布団かぶって、じっとしてろー！」って怒鳴ったんですよ。甲高い声でね。ドカンとなって、瞬く間に、その父の声にびっくりして、布団をかぶっていたわけですよね。

その後、今度は妹の泣き声がギャーギャー聞こえてきたんですよね。もうどうしていいかわからなかったですね。

そしてその後、ピカッと周りが真昼の明るさになんですから。今度どっかでドカン、どっかでドカン、それが繰り返されて、もうあの恐ろしさはなかったですね。

――それで、お母さんと妹さんの所に駆けつけて。

駆けつけたくてもできないんですよ。まだドカンドカン鳴っている間は。

しばらく経って止んで、やれやれって気持ちになって。蚊帳が落ちて私の上にかぶさっていたのをよけて、蚊帳から這い出して母のそばへ行って、そしてもがく姿が目に映ったんですよね。もうあの状況は、いまだに忘れられませんね。

——もがく姿？

ええ。ハァー、ハァー、溜息っていうか、苦しそうなね。その声と、その脇で妹がキャーキャー泣いているあの光景は、いまだに忘れられませんわ。

——お母さんは何か喋りましたか？

全然。もう、虫の息ですよね。それで三時間ほど、もがいてました。

背中から腹、貫通されちゃったんですよ。砲弾（の破片）で。それで内臓が飛び出しちゃったんです。その内臓や何かは、子どもたちに見せるとかわいそうだからということで、見させてもらえませんでした。畳の上に血のしみができていましたね。布団から流れていた。

もう何て声出していいかわからないです。今みたいに救急車もないですしね、町医者なんかもいませんからね。車なんかももちろんないですからね。皆で黙って、母の周りに座ってね、もがいている母をただ眺めているだけしかなかったですね。

声もかけられなかったですわ。虫の息で母がやっている状況で、「がんばれ」なんて声も出せなかったですね。

もう、何ていうか、気が抜かれちゃったっていうかね。そして妹が泣いているしね。

私なんかは、布団をかぶっていた所に三〇センチくらいの破片が突き刺さっていました。それでここ（右腕）に傷がありますけれどね、助かったんです。あと四、五センチ行っていたら、まともに眉間に当たって、今こんなお話できなかったかもしれないですけれどね。まぁ母が一人で家族の災難を背負っていってもらったっていうようなね。

もう何も言えなかったですわ。父なんか黙って口を一文字に結んでね。眺めていましたね。

▒横山君枝さん……一九二八年生まれ

夜が明けてから、まあ一日か二日経ったか、母の実家（勝田町東石川）へね、様子を見に行ったんです。そうしましたら、すり鉢のような社宅の跡。

穴が開いてるんですよ。蟻地獄なんてありますね、あれの大きいのですよ。

そしてね、住宅がみんな木造でしょ。手でもんだようにね、細かになってましたよ。きれーいに跡形もないです。すり鉢のようにね、大きく穴が開いて。何カ所もありましたよ、そういう所が。

――すり鉢の大きさはどのくらいだったんですか。

どのくらいでしょう、とにかく一軒のうちがきれいにない（なくなっている）んだから。何メートルもあったでしょうね。

親戚の人の話ですけどね。焼け火ばしがスーッ、スーッと、海のほうから飛んでるように見えたって言ってましたね。艦砲の弾が。それで、炸裂するから、もう刃物のように切れて。

母の実家は被害がなかったですけど、ご近所でね、家族四人寝てたら首ずーっと、その破片で（切れてしまった）。そこのうちは、爆弾落ちたんじゃないんですよ。破片がね、カミソリのようですって、それで人間の首が切れちゃうんですもの。スピードもあったからでしょうけどね。

おばあさんは部屋が違ったんで、おばあさんだけ助かってね。家族みんな、首が切れて亡くなっちゃった。

■川又ます子さん

救護の訓練をした川又さんは、翌日、負傷者が運び込まれた救護所に向かった。

あれは、本当に生き地獄っていうんでしょう。艦砲射撃の破片かなんかで、亡くなった人があんだからね。そんときの二、三日っていうか、大変な騒ぎだったよね。どこの人が死んだ、どこの人がケガをしたっていう、その話がものすごく大変だったもんね。

朝になってから、救護隊の人が行ってお手伝いをするっていうお話があったのね。それで私も行ったわけなんですよね。で、昔の分教場っていった小学校の跡が、急遽、病院みたいになったんでしょう。そこへ行って、本当は食事の世話をしたり何かするような訓練はしていたんだけど、いよいよ行って、その病院になった教室までは、私は怖くて行けなかったんですよ、本当のこと言うと。その中の……とにかく普通の様相ではないんですよね。

――普通の様相ではない。

うん、唸(うな)っている人もあったり何かして。その雰囲気が怖くて怖くて。

本当は、痛い人に食べさせたり何かして、そのお手伝いをするわけなんだけども、いよいよそこへ行って教室の中を見たらばね、怖くて入って行かれませんよ。血の匂いはするし、「痛い」、「苦しい」って、それがはっきり「苦しい」じゃなくて、うーんって唸るだけなんだもんね。で、そっから家に逃げて帰ってきちゃったんですよ、私らは。

ああいう思いはしたくないと思いますね、一生ね。その怖さっていうのがこの頭に残ってて、何十年も忘れらんねえんですよ。

■大谷力雄さん……一九二八年生まれ

艦砲射撃の翌日。一六歳の大谷さんは、学徒動員で働いていた日立市の工場に出勤する途中、壊滅した町を目の当たりにした。

いやもう、見られたものじゃなかったですよ。至る所の、建物は倒れ、穴だらけで。もう死人と動物ね。死人なんてもうボロボロでね。血の海ですよ、所によったら。

びっくりしちゃってね。それで、途中まで行ったんだけど引き上げてね、本館のほうへ行ったら、皆もうやられてるでしょ。それで、なんか工場の幹部がね、「今日は、こういう後の整理を兵隊さんと専門の人らでやるので、あんまり学生さんにお見せさせたくないから、帰ってもいいよ」って言われたんです。そんで帰って来たですよ。

いやもう、衝撃を受けたですよ。日立の本工場。あの艦砲の後の実態を見たから。直撃の所は鉄骨と瓦礫。防空壕っていう防空壕は全部、周り穴だらけ。あとは死んだ人やなんかゴロゴロして。

艦砲射撃の現場を見てね。全然イメージが変わりましたね。とてもこれはね、女、子どもやなんか、戦える相手じゃないって。そう思いましたね。

■岡田福次さん

――艦砲射撃を受けて、どういう気持ちになりましたか？

もう、手の出しようがないと思ったね。

艦砲射撃っていうのはね、敵が見えないんだよね。見えない所で、こっちでいくら力んでみようが、自分の意志っていうのは通じない。

だから、艦砲射撃受けたときからかなあ。根本的な判断の仕方が変わっちゃったのは、そこからだと思うんだけど。

——どんなふうに変わったんですか？

いや、がんばれば何とかなるんじゃねえかなっていうのが、艦砲射撃受ける前だよね。だけど艦砲射撃受けてからは、もういっくらがんばったって、どうにも、自分らの力では防ぎようがないって。

兵器工場をねらったはずの砲撃によって破壊された住宅は三〇二戸。一一〇人余りが亡くなった（『勝田市史料Ⅵ　勝田艦砲射撃の記録』）。

アメリカ軍の報告書には、航空機による攻撃地点の確認が、悪天候のためにできなかったと記されている。砲撃は、目標を正確に把握しないまま実行されたのだ（Report of Ship's Bombardment Survey Party, U.S. Strategic Bombing Survey, Study of HITACHI AREA-1945）。

4　アメリカ軍上陸を恐れ、逃げ惑う人々

アメリカ軍の砲撃の威力を目の当たりにした人々の間には、恐怖と混乱が広がっていった。

アメリカ軍上陸の噂は、ますます現実味を帯びて感じられた。山の中に逃げ込む人、親戚を頼り町を離れる家族、近所の人々と一緒に塹壕に身を潜めた人もいた。

■大谷力雄さん

艦砲射撃の後は必ず上陸してくるっていう話だったからね。どこでもそうだ。艦隊が来て、まず艦砲をやる。焼け野原にして、陣地を壊しといてね、そんで向こうはケガのないように、無血上陸できるからね。そういうことを、まことしやかに言う人もいたからね。それは大変だって話になったんじゃ。話の輪は広がって。

「女、子どもはみんな逃げたほうがいいよ」なんて言ってたんですよ。じゃ、そうしなくちゃなんないかなと思ってた。

■川又ます子さん（姉）、西野栄子さん（妹）

西野　今まで、支那事変（日中戦争）へ行って、やってきたことを、帰ってきた在郷軍人の人が、「俺は支那行ったとき、女の人見つければばかまった」だのなんだのって話をしたから、やっぱり日本に敵が上がってきてもそうやられんだろうってぐらいの話は、噂でね。

だから女の人はもう、（顔に）墨塗って、男装じゃないけど、そうして逃げるんだなんて話は聞きましたけどね。

アメリカの人が来ると、いちばん先に、娘がとらわれるんだっていう話は聞いたね。連れてかれちゃうんだって。

川又　だから、怖いとは思った。もう家から出るなんてこと考えてなかったね。怖くてね。

■黒澤忠さん（兄）、博道さん（弟）

博道　斜め前の二軒くらい先の家の、いちばん上のお姉さんっつうのが、比較的美人だったんですよ。

忠　その下に、妹が二人いましたからね。ちょうど年ごろの娘さんが三人いたから。人一倍、心配だったんでしょうね。

博道　だから、頭を坊主にして鍋墨こう顔に塗らないと、アメリカに連れてかれちゃうからっつって。何かだいぶ深刻そうにそういう話をしてるのは聞いたよね。

忠　この辺では自家製井戸ですからね、深さは二〇メーターぐらいのとこへ、中間あたりへ横穴を掘るってことですね。人が入れるように。で、ここへ娘っ子らを住まして、つるべで食事を下げて、かこまっとかなくちゃいけないだろうっちゅう話を盛んにしてましたね。実行には移さなかったけど。

■鴨志田恒男さん

――艦砲射撃の後、周りにいた人は、どんな感じでしたか？

ええ、その後はもう、夜になると皆、兵隊さんが作った防空壕の場所さ行って、逃げたよね。この辺の人は皆そうじゃないかな。

――どんなふうに逃げたんですか？

やっぱり必死になって。年寄りがいれば、年寄りを車へ。あのころ乗用車とかなかったから、手で引いた荷車とかリアカーとかに積んだりして。布団だの何か持って。もう誰もが誰も、怖くて泣きそうな顔して。

■黒澤忠さん
今の言い方で言うと、お祭り騒ぎですよ。阿字ヶ浦住民が避難する光景っつうのは。

――お祭り騒ぎ？

傍目で見てたら、本当にお祭りのような騒ぎですよ。皆こぞって。お祭り騒ぎっていう言葉は不謹慎に極まりないと思うけども。
皆がね、勢ぞろいしたみたいに、われ先に行く光景を、他で傍観していた人は、なんかこれお祭りでもあんのかなっていうような光景に映ったんじゃないかと。

■大谷和子さん
逃げられる人は皆、「津田つんぬけ山（やま）ばかり」って呼んでた所へ逃げてしまったからね。本当に、山ん中なの。
女の人が訓練に出てこないって髪の毛引きずり回した人ね、あの人、いちばん先に逃げ出しちゃったの。もう、誰もあきれちゃったな。いつも出てこなくなっちゃった。

――その後、竹やりの訓練もやらなくなったんですか？

やんない。もう、皆何もやらないよ。第一、いちばん威張っていた人が逃げ出しちゃったんだから。

――それを見て、和子さん、どう思いました？

なあ、おかしくて。あんなに威張っていた人がいちばん先に逃げたから、おかしかった。

■照沼元則さん

そんでその晩（艦砲射撃の翌日の晩）からいよいよ、また今晩も夕べのようなことになっから、向こうの山へ避難しなくちゃなんないということで。親父がそう言ったんだ。その晩から山へ泊まったんだ。

夏なもんで蚊がいっから、青い蚊帳を持ってってな。自分の山だから。立ち木を切って蚊帳を吊るように、八畳一間くらいの場所を作って。その中で三晩山の中で野宿したな。明くる日と三日。

――それはご家族全員で。

うん。あとは近所の人もかなりいたよ。そういうのがぽつんぽつん山の上にあったよ。うち（自宅）よりは安全だろうってことで。夕べのような艦砲射撃が毎晩あると思ったから。それで逃げたんじゃねえの。

■黒澤博道さん

黒澤さんは塹壕の中に身を潜めた。

シタリシタリって、露が垂れんですよ。そんで中へ入ってく。電気が引いてあるわけじゃない。ローソクつけて。

そうすると、家族がね、お母さんが子どもを呼ぶとか、ばあさんが孫を呼んだり。「アイコー、どこにいんだ?　こっちだぞ」「カズヨー、そっちだろ、こうだ」っていう(声が聞こえる)。前の晩が艦砲射撃でひどく怖い目にあったから、ここでやられたら大変だと思って、急いで家族をね。「こっちはこう」、「俺はここにいるぞ」っていう話で、騒いだ。あれがね、いまだに脳裏に入ってますよ。

シタリシタリ垂れて。家族を呼ぶ声もね、本当、悲痛なようなね。覚えてますけどね。

▒橋本登与子さん……一九二三年生まれ

雨の中で防空壕に避難していた橋本さんの妹は、肺炎になった。

雨が降ってて、外の防空壕にいたもんで、濡れたんですね。

そして今度は疎開先行くのに、勝田駅に行ったでしょう。汽車が来ないんですもん。空襲になったら汽車動かないです。それで濡れたまんま、着替えも何もやってられないんで濡れたまんま。

それこそ何時間も待ってて、汽車が来ました。乗りました。水戸駅行きました。水戸駅でまた動かない。そこで何時間もかかって。で、ようやく友部(ともべ)の駅行って。もう熱が出ちゃってたんですけど。

疎開先のおうちに行ったらもう、カッカという熱だけど、空襲警報が鳴るし、田舎のおうちって、みっちりしてないでしょう、隙間から見える(光が漏れる)んで、空襲警報になったら火もたけなくてお湯も沸かせないんです。で、肺炎起こしちゃったんですね。そんな感じで、本当に見殺しにしたかなあという感じで。

病人(妹)は「桃が食べたい」って言うんですよ。何軒か先に桃の木があんですが、まだ八月だから、ちょっと早くて食べられない。「ひとつ譲ってくれ」って言っても「まだ駄目だ」って言うんですよ。

それで、ずっともらえなくて。その人にしてみれば、実の早いうち食べさして、体でも壊したら大変だっていう頭があったのかなと。

それで私たちはもうしょうがないから、「まだ食べられないんだってよ」って言っているうちに逝っちゃったでしょう。

5 恐怖からの解放

町が戦場になることを覚悟した勝田の人々。アメリカ軍の恐怖から解放されたのは、艦砲射撃からおよそ一カ月後、八月一五日の終戦の日だった。

■大谷和子さん

勝田駅までね、用があって歩ってたの。どっか行くつもりで。それで、駅まで来たらね、皆がね、戦争が終わった話してたの。それで私、急いで帰ってきたのね。

すっと、今まで目に入らなかったものが、よーく見えるようになるのね。とうみぎ。とうみぎって知ってる?

――とうもろこし。

あの花がね、きれいなかんざしのように揺れてたの。終戦の日にね。

今まで、こんなに花がきれいだと思ったことが、一度もなかったわ。とうきびって、こんなきれいなかんざしのような花、咲かせてるの気がつかなかった。皆、目が盲(めくら)になっていたんだね、戦争中は。自分の命、守るほうが一生懸命だからね。

▒横山君枝さん

「ああ、終わったー」って。今日から電気つけて寝られるって思いましたね。

だって毎晩、電気が外へ漏れないように、暗くして生活してたでしょ。夜はなるべく早く電気を消すようにね。明かりが漏れてたら国賊だって言われますもの。敵に合図してるんじゃないかっていうふうに言われるんですよ。

だから光が漏れないようにね、閉め切って。で、電気には黒い布をかぶせて。その布の下が明るいだけでしょ。だから薄っ暗い所でご飯も食べなきゃなんないしね。明かりが漏れたら国賊。スパイ扱いにされますよ。

戦々恐々として生活してましたからね。戦争に負けたら、もう負けてもいい、とにかくこの戦争やめれば、それでゆっくり寝られるっていうほうが。私これ、みんなそう思ったんじゃないかと思います。

ねえ、もう負けても勝っても、とにかく戦争はやめてもらいたいと思いましたよ。空襲空襲でねえ、生きた心地しないですもの。


――近所の人はどうでしたか。

みんなね、ホッとしたって言ってました。戦争が終わって。

――負けたんだけどホッとしたって。

そっちのほうで戦争してんならいいけどね、自分の頭の上でガンガンやられるとね、やっぱりそういう気持ちになりますよね。もう負けても勝ってもね、どうでもいいから、戦争やめてもらいたいと思いましたもの。毎日生きた心地ないんですもの。いや、戦争はやるもんじゃないですねえ。

■黒澤忠さん（兄）、博道さん（弟）

博道　私の前のうち、息子さんが一週間だか一〇日後くらいに兵隊に行く召集が来てた親子で、ケンカですよ。

忠　親父さんが「いやー、負けちゃった。無条件降伏だ」って言ったら、せがれが後から来て「負けないよ」って言うわけだ。「いや、天皇陛下が放送したっぺ」「いや、負けない」。こういう話から始まって、最後には取っ組み合いのケンカなんですよ。それで周りの人がやってきて抑えてね。だけど、私らの感覚としては、「やれやれ終わったか」っつって。ホッとした気持ちありましたよね。だけど、血気盛んな若者は、「何でここで負けんだって。俺らがまだいんのに」っていう気の人が、大半いたではないかと思うんですよね。

私らはまだそこまでの年齢にいかないから。まあ、いざっつうときには、そういう気構えはあったにしても、むしろ終わってホッとしたっていう、本音で語ればそうだと思いますね。

■照沼元則さん

ああいう経験っちゅうか、戦中の経験は、子どもやなんかにはさせたくねえ。その当時はもう、そういう教育受けちゃったからな。今考えてみりゃあ、二度と子どもとか孫にはそういう経験させたくはねえね。これは常だ、親としての。

勝田はねえ、もともと軍需工場がなければ、ただの農村地帯であれば、艦砲射撃を受ける対象にはなんなかったからね。たまたま勝田っていうのは平坦地で山林が多かった。だから、すぐ工場が造れるような立地条件だから、軍需工場が入っちゃった。だから艦砲射撃受けたんだから。そうでもなければ全然受けねえからね、ここなんぞは。

そのころは国の政策だからな。勝つためにはしょうがないってことでやったんだっぺよ。

B29墜落　〝敵兵〟と遭遇した村

【熊本・阿蘇】

大本営陸軍部が発行した『国民抗戦必携』（1945年）より

一九四五年五月五日、熊本県阿蘇地方に、アメリカ軍のB29が墜落した。脱出用の落下傘が舞い降りてくると、村は緊張感に包まれた。アメリカ兵たちと戦闘が始まるのか。村人は武器を手にして、降り立った兵士たちを取り囲んだ。戦後GHQが行った調査報告には、「日本人の手で四人の兵士が殺された」と書かれている。さらに村人の一部は、その遺体にまでも暴行を加えた。止められる人は誰もいなかった。

「捕虜になれば命は助かる」と教育されたアメリカ兵と、「鬼畜米英」と教え込まれた村人たち。ある日突然アメリカ兵と向き合うことになった、小さな村の証言。

井ツギヨさん

（い・つぎよ）1926年、熊本県阿蘇郡生まれ。1940年、満願寺尋常高等小学校卒業。農業従事。1943年、女子挺身隊として長府にて軍需工場勤務。1944年、現・北九州市小倉で軍需工場勤務。農業従事。

佐藤正則さん

（さとう・まさのり）1931年、熊本県阿蘇郡生まれ。1938年、星和尋常小学校入学。1944年、星和国民学校初等科卒業、満願寺国民学校高等科入学。1946年、卒業後、農業従事。

宇都宮シズ子さん

（うつのみや・しずこ）1924年、熊本県阿蘇郡生まれ。1937年、星和尋常小学校卒業。農業従事。1942年、兄・隆夫さんが佐世保海兵団に入団。1943年、隆夫さんがビスマルク諸島近海にて戦死。

佐藤一三さん

（さとう・かずみ）1934年、熊本県阿蘇郡生まれ。1938年、兄・一則さんが陸軍第6師団入隊。1941年、星和国民学校入学。1943年、一則さんがニュージョージア島ムンダにて戦死。1949年、南小国中学校卒業。以後、農林業従事。

高宮達生さん

（たかみや・たつを）1933年、熊本県阿蘇郡生まれ。1940年、碧水尋常小学校入学。1944年、特例で得度を受け、僧籍に入る。1945年、国民学校初等科卒業、特例で阿蘇農業学校林業科入学。1958年、龍谷短期大学仏教学部卒業。1969年、明浄寺住職。

佐藤暢三さん

（さとう・のぶぞう）1927年、熊本県阿蘇郡生まれ。1939年、蓬莱尋常小学校卒業。1941年、蓬莱国民学校高等科卒業。1943年、熊本県立菊池青年学校卒業。第一国民兵となり徴兵を待つ。戦後は農林業を営む。

後藤重明さん
（ごとう・しげとし）1925年、熊本県阿蘇郡生まれ。1940年、中通尋常高等小学校卒業。農業従事。1944年、徴兵検査乙種合格。1945年5月、佐世保鎮守府に徴用。1945年8月、帰郷。以後、農業従事。

吉田千喜代さん
（よしだ・ちきよ）1940年、熊本県阿蘇郡生まれ。父・惟次さんがGHQの取り調べを受ける。尚絅短大（旧・熊本女子短大家政科）卒。戦後は小学校教員（鹿児島・熊本）。

1

落下傘で降りてきたアメリカ兵

九州の中央部、なだらかな山々に囲まれた、人口約七万の阿蘇地方。戦時中、農業が中心のこの村は軍に食糧を提供しており、九州の都市部や沖縄からの疎開先にもなっていた。

一九四四年、サイパンやグアムが相次いで陥落。B29の前線基地となり、日本本土への空襲が始まった。

一九四五年五月五日、グアムを発ったB29の編隊（一〇機）が九州北部を爆撃。大刀洗（たちあらい）飛行場に壊滅的な被害を与えた。

午前八時半、爆撃を終え帰路についたB29は、日本の戦闘機（四機）との激しい銃撃戦を繰り広げる。その際B29一機が被弾し、操縦不能におちいった。

南小国（みなみおぐに）村（現・南小国町）星和（ほしわ）地区の佐藤正則さんと佐藤一三さんは、ワラビ採りの最中だった。

■**佐藤正則さん……一九三一年生まれ、当時国民学校高等科二年**

飛行機の音がするけん、見たところが、あのクヌギ林と、向こうの杉の山の間、B29が何機だったかな、五機か、通って来たですもん。

そして、胴体が日の丸のような感じがして、燃えるのが見えるかったですもん。

佐藤一三さん……一九三四年生まれ、当時国民学校初等科五年

「わー、戦争だ」ちゅうような感じしましたね。あの銃撃戦が。機関銃で、連続して撃ち合うとこがですね。もう、音はするし飛行機は下がってくるしですね。いよいよ戦争だなていうような感じしました。

とにかく一機でも落とせば、戦力が向こうは弱まるっちゅうような感覚持っとったけんですね。一機でも落とせば「やったー」ちゅうような感じやったけん。

ましてや私の場合は、兄が戦死しちょったけんですね。兄たちはこんな感じで戦争をしたんだなち感じを受けましたね。

そのとき突如、目の前に現れたのは、落下傘だった。アメリカ兵が降りてくる――。子どもたちは恐怖に駆られた。

佐藤正則さん

したところが、電球のようなもんがポカッと、こう浮いたですもん。「あれ、何だろうかね。ああいうものは見たことがないが」っちゅうて。

して、ちょっとしたところが、また二つ出る、三つ出るしてですね、ここで五つ出たですもんね。

そしてそれがちょっと、だんだん下がってき始めたころ、人間が下がっとるような感じがしたけん、

「ああ、これが落下傘ばい」って。そんとき、初めて落下傘ってもの見たんです。

そして、いちばん最初出たのがですね、向こうの山の所に降りたんですが。ほかのが、向こうに三つ。それからこの真向こうにひとつ。風に乗ってからスーッと行ったとば覚えとる。

それが降りてしもうたら、パーッと落下傘が、こう降りて畳まる。人間がなんかコロッと、返ったような感じがしたですもんね。そしたら、すぐ（アメリカ兵が）立ち上がったけん。それからもう、これはもうアメリカが、落下傘部隊だろうかねっちゅう仕方で。

佐藤一三さん

「ああ、これはもう上陸してきたんでなかろうか」ちゅうような感じで。

学校の先生に「箱みたいなが降りてきたら、それを奪え」ち、言われとったけですね、見たけど、箱みたいなのが降りてこんかったけん。銃とか弾とかが入っとるけん、それを奪えばいいっちゅう教育を受けちょったけですね。だけど落ちてこんかったけん。それで、「あっ、これは墜落したけん、落ちた」ち、わかったですよ。

――まさかアメリカ人がこんな山奥に落ちてくるとは、夢にも思ってなかった。

もう全然なかったですね。B29が何回か通過したけど、ここ辺りは大丈夫だちゅうような感じやったですもんね。まさかアメリカ兵がここに降りてくるち、想像つかんじゃったですね。

もう頭真っ白じゃったですね。とにかく、私たちはどうしようもないけん、大人に知らせんといかんちゅう、あれじゃったけん。うちの父なんかが、そこん下で仕事しよったけんですね、そこに知らせに行こうち、みんなでバッと下りて。

――ワラビ採りをしていた子どもたちは、アメリカ兵が上陸した瞬間は、どんな会話をしていたんですか。

全然会話なかったですね。もうただ、漠然と見てましたね。「落ちた」ちゅうぐらいじゃったですね。

――みんな息をひそめて、見ている。

そうそう。

――どんな様子で、どんな姿勢で、お二人は見ていたんですか。

立って。もう頭真っ白じゃったけんですね、みんな立って見とったと思いますよ。隣を見る余裕はなかったもん。

▒佐藤正則さん

女の子とか(初等科)三年生ぐらいの子どもが一緒に来よったがね、それたちは帰らしたですもん。「お前たちは帰れ」って。

で、私たちがここに、五人か、残っとって見よったわけです。落下傘ばっかり見とってが。それで「これはもう、やられるばい」。向こう、武器持ってると思ったですけね。それでもう、帰ろうえと。

――自分たちはどうすることもできないと。

うん。それはもう全然できんですね。私が、今の中学二年生ですけん。「これは、いよいよやられるぞ、帰ろうえ」っち。そして帰ったわけです。

2 ジョンソン伍長の自決

アメリカ兵は、集落から二キロ離れた草原に降り立つと、そばにあった雑木林に逃げ込んだ。雑木林は周囲三キロ。アメリカ兵に立ち向かおうと覚悟を決めた村人たちが、林を取り囲んだ。手にしていたのは、ありあわせの武器だった。

■佐藤正則さん

――大人たちは、何か武器とか、どんなものを持っていましたか。

もちろん、そんときは竹やりが多かったですね。竹やりがほとんど。

何人かは昔の村田銃（明治期に日本軍が使った小銃）があるですね。あれを二人ぐらい持っちょったような気がするばってんが。何人かは先祖代々の刀ですね。

ほかはもう、物資が何もなかったわけですね。撃たれん鉄砲とかなんとか持って、みんなここに登って来よったです。

戦争、戦争で殺し合いだすけ。やられちゃならん、やられる前にやらにゃならん気持ちが、やっぱり大人にはあったでしょうね。

――みんなで行けばなんとかなるっていう気持ちもあったんですかね。

うん、やっぱり、それがあったんでないですか。あのころは戦争のことを馬鹿にした言い方すると、国賊で訴えられるような形があったですけ。もう絶対、敵が来たときは、やられる前にやらにゃならんっちゅう頭は、年寄りはあったらしいです。ひとつの人間でも降りたんなら、そこにみんなで押しかけて、征伐するっちゅうような頭があったっちゃないですかね。それよりほかに、考えられんですもんね。

この山をですね、みんなで取り囲んだわけですて。で、下からみんな歩いて来たですけん。

――正則さんが一一時ぐらいにここに着いてから、アメリカ兵が出てくるまで、昼飯も食べずに何時間も待っていますよね。その待っているときの心境は、どういった気持ちだったのでしょうか。

やっぱり戦争ですけん、「自分の前に出らんならいいが、また出たなら教えにゃならん」て、そういう気持ちがあったですな。やっぱり恐ろしさはあったです。向こうは、おそらく武器は持っておると思いましたけん。

――山を取り囲んでいるときの大人たちは、どんな表情をしていましたか。

やっぱ、笑顔とか全然なかったですもんね。真剣な顔で見るだけで。で、ちょっとずつは話があったんでしょう。ウォンウォンいうような音がしよったですけん。話し声がですね。はっきりは聞こえんけど、声がですね、なんかワワワワいうような感じがしよったですもん。

――何人ぐらいが、ここを取り囲んでいたんですか。

ここはな、少なかったけん。やっぱそんでん、一〇〇人ぐらいおったでしょうね。女も、年寄りも子どもも、ずーっと来とったですきに。

包囲して五時間、緊張に包まれた村人たちの前に、銃を構えたアメリカ兵が飛び出してきた。

「出たー！」て（友達が）両手を挙げて、ここでかやった（ひっくり返った）ですもん。かやるっていうか、転んだですたい、後ろに。

私はあそこで（少し遠くから）見てから。そしたら、「出たー！」っちゃとき、大きなやつがヒョッコヒョッコ出たですもん。

走るっちゅうのがな、外人が、野球選手のような大きな人間ですけ、ヒョッコヒョッコやっていくですね。小走りに走らんで、大またでヒョッコヒョッコ行ったですがね。

そして、星和の小学校の先生が、いちばん先に後を追うて行ったです。そしたら、後からずーっとみんな続いてですね。

アメリカ兵は全力で逃走。村人の一部が、怒号を上げながら追いかけ始めた。

佐藤一三さん

米兵が来よるちゅうは、こっち（自分）は感づいておらんけん。

で、先に一人、（アメリカ兵が）こう行って、三〇メートルぐらい離れてから（村人たちが）来よるけんですね、なんだろうと思って見た瞬間ですね。（アメリカ兵が）振り返って、そして撃ったですもんね。「うわっ！」ちゅうような感じやったですよ。

だから後ろ来よる人、ガーッと伏せてしもうたとです。三、四十人来よったですもんね。先生がいちばん先に来よったです。その先生を目がけて、撃ったですね。

走って行きながら、振り返って腰に手をあててですね。で、拳銃抜いてから、すぐ撃ったですね。

撃ってすぐまた逃げて行ったですね。拳銃は(腰に)挿しながら走っていったですね。

土手を登ってさらに逃走を図るアメリカ兵。その後ろから、一人の村人が襲いかかった。

■佐藤暢三さん……一九二七年生まれ

追いかけて、こう登りおるところを、(村人が)刀で、右足を切ったもんじゃけ。それだもんじゃけ、拳銃撃ちよった。もう倒れて。自殺して。

アメリカ兵を追いかけて一時間。三キロほど離れた地点で、追跡劇は突然の幕切れを迎えた。アメリカ兵が自決したのである。

戦後のGHQの調査によると、自ら命を絶ったのは、B29の射撃手、ジョンソン伍長だった。

■井ツギヨさん……一九二六年生まれ

井さんは、アメリカ兵が拳銃自殺した瞬間を間近に見た。

(アメリカ兵は)途中で手を上げちょるち思うですがね。それか、あそこの田んぼに下りてから手を上げたかですたいね。

――手を上げたというのは、降参したということ?

うん。もう行き場がないけん、自分で手を上げてから自決したっちゃねえかちも思うしですね。自決するときには拳銃をちょっと向けたか、手を上げたかじゃったち思うですたいね。して、そんとき先生が「伏せ」っち言いなったもんね。

——また撃たれると思った？

うんうん。そしたら自分（アメリカ兵自身）のほうば撃ったですたいね。

——どこを撃ったんですか。

ここ（額）。ここば撃った。拳銃で。自分でですね。それは覚えちょる。

そのまま倒れちょった所に行ったですてね。して額から血が出よったですけね。

そんときな、かわいそうち思ったですね。自決したときはかわいそ。ああ、もう逃げ場がないき、自分で死んだがいいち思ってほうね。ああ、かわいそうなち思うたですたいね。敵であってもかわいそうち思うたですてね。

ロバート・ジョンソン伍長

遺体を取り囲んだ数百人の村人たち。手を合わせて悼（いた）む姿は見られなかったという。

■佐藤一三さん

佐藤一三さんには、南方に出征し戦死した兄がいた。

「やったー」ちゅうような感じが強くてですね。まあ自決しましたけど、これで米兵はもう終わり、捕まえてしまったんだという安心感。

それと、まあアメリカに勝ったような感じがするですね。米兵一人、殺したわけじゃないけど、自決させたことですね。かわいそうとも思わんしですね。やっつけたというような感じだったですね。

——戦死したお兄さんのかたきを討ったと。

思いましたね。

兄貴のかたきを討ったと同時に、ああ、兄貴もこういう状態だったかなあちゅうような感じも受けましたね。死んだ後の死体を見たときは。

やっぱし兄貴の姿を思いましたね。こうして殺されたんだなあちゅうような。

そして手を合わせる人はいなかったち、私は頭の中に残ってるのは、兄貴にも手を合わせる人はいなかったち思うとですよね、戦死したときは。兵隊さんの惨めさですね。

——来ていた群衆の人たちは、どういう気持ちになっていたんでしょうかね。

やっぱし、ああ、これでやっつけた、よかったちゅうような勝利感ですかね、強かったと思いますよ。私みたいに強い気持ちはなかったと思うけど。

悲しむ人いなくて、やっぱ喜ぶ人のほうが多かったと思います。

3

村人に殺害されたオエニック伍長

星和地区の南西二キロ。別のアメリカ兵が降り立った薊原（あざみはら）地区では、村人が自らの手でアメリカ兵を殺害する事件が起こった。

アメリカ兵は、田畑に囲まれた小高い丘の上に、落下傘で降り立った。着地するとすぐに、杉林の木陰に身を隠した。

落下傘を地上で追っていた数百人の村人は、武器を手に駆けつけた。

■宇都宮シズ子さん……一九二四年生まれ

——村人たちは、何人ぐらい来ましたか。

もうそれは、草木も踏み枯れるごつ（ように）人が多かったですよ。あそこからずーっと、道は狭いけど、山のように人間が来たですよ。

そうですな、竹やりちゃあ（には）青竹をですな、こう裏も削（そ）ぎって、それを持ってくるし。やっぱ普通の人じゃったですばい。鎌持った人と鉄砲持った人は、私たちは一人しか見らんかったけどが、まだ何人もおったとかいう話もあるですけどな。

みんなワーワー言うて登って行きよったですがな。「どこじゃろか、どこじゃろか」ち言うてですな。そして行ってみたら、「ああ、ここにおるたい」ち言うてですな。しゃがんじょったですもんな、杉の下にですたい。

レオ・オエニック伍長

「立ちなさい」とか「下りなさい」とか言うたってわからんでしょうが。ですけ、もう下りるように足を引っ張ってか下に下ろしたときですな。そんとき、「ああ、さすがこの人も恐ろしかろうなあ」ち思うたです。

野次はもう激しかったですな。

――どんな野次がありました?

そうですな、「これがアメリカ人か」とか、「殺せ、殺せ」とかいう野次が多かったですな。あと子どもがいちょる人は、「これがうちの大将を殺した」とか、「こいつ(のようなアメリカ兵)が今から行った人(日本兵)も殺すやなかろうか」とか、もうその野次が飛んでですな。

B29の射撃手、オエニック伍長。抵抗する態度を一切示さなかったにもかかわらず殺害された。GHQの報告書には、その経緯が以下のように書かれていた。

村人の放った一発の銃弾が胸に命中。しかしまだオエニック伍長には息があった。苦しむオエニック伍長の両足を住民の一人がつかみ、群衆の前に引きずり出した。そして、村の防衛を任されていた四〇代の男性が、草刈り鎌で襲った。

もう私たちは下に下りてきよったですな。「ううー」ち、唸(うな)った声がしてからですな、また上へ上って行ってみたらですな、道にこう横たわっちょったですが、ここ(胸)から血がわくわく出よったですな。

そしてからもう、私たちはすぐ下りてから帰ったですが。その後はみんなが俵に包んでから、向こうの野原に持って行ったですたいな。

私のおやっさんたちやらもう、あの「ううー」ちゅう声聞いてからもう、自分の子どももこういうふうに、それは船で沈んだですけどが、まあわが子のことを考えてですな、この人(アメリカ兵)たちも親がおったろうが、親ん人の身になったらこうして死んだとはやっぱ思わんじゃろうち思ったときには、私の父やなんか涙こぼしよったですがな。この人たちも確かに親がおったに違いはないが、こういうとこに来てこげな目に遭うて、死んだとこは知らんでしょうばい。

アメリカ兵の遺体は警察に引き取られ、近くの山に埋められた。

人それぞれに俵にこう二つ。アメリカの人は大きいですきな、俵に二つ、裸にしてから包んだとかいうですが、頭と足は出ちょったたち言うですがな。そしてからもう、誰々が持っていったか知らんですけどな、若い人やなんかが、ずーっと向こうのほうに持っていってから転がしたち言うて。

もう恐ろしかったですな。当時は夜になるとまあ、あげして死んだ人が出てきやせんじゃろかて思うてですな。

阿蘇上空で落下傘で脱出したアメリカ兵は一一人。星和地区、薊原地区だけでなく、ほか二カ所でも兵士が死亡したことが確認されている。残りの七人は、殺される寸前で捕虜となった。

4 遺体への暴行

B29の搭乗員が村人に追い込まれ自決した星和地区。事件には続きがあった。

戦後GHQは、阿蘇で死亡した兵士たちの遺体を回収し、検死を徹底的に行った。調査の結果、星和地区の遺体からは、頭蓋骨や足などに、死んだ後も鈍器を使って殴られた痕跡が見つかったのである。

■井ツギヨさん

井さんは、村人の一部が遺体に暴行を加える様子を見ていた。若い女性までが、怒りにまかせて竹やりを突いていた。

そんときはもう、そういうに突いたちつまらんよ、ぬからんきち(刺さらなかったので)止めたぐらいですてね。「もう死んだ人にそういうしたちゃつまらんよ」ち言うた。

――止めたんですか。

うん。突いたっちぬからんけん。「そげん突いたちつまらんよ」ちゃ言うた。全然ぬからん。相手は軍服じゃけ。

村人たちは、本土決戦に備えて竹やり訓練をさせられていた。

まあアメリカ兵がほう、攻めてきたとき竹やりで突くとちゅうて、ほんな訓練じゃったですたいね。何がつまるもんかちゅうて、後から話したですてね。

——竹やり訓練は一体、何だったのかと。

そうですね。

それは外では話さんですてね。戦争中じゃき、何にも言われんじゃった。

あれから竹やりの訓練がなかったかもしれん。あったかなかったかは、よう覚えんですばってん。ぬからんじゃったけん、もうそのままじゃなかったかな。

でも日本が負くるちゅうことを言うたなら大変じゃけ、それは誰も言わじゃったです。負くるちゅうこと言った人は、それは怖いもんじゃけん。それこそ、どこで聞いちょるかわからんきですね。そら厳しかったけん。日本が負くるばいちゅうことは、一人も言わじゃったですたい。

「GHQ法務局調査課報告書」(Investigation Division Report, Legal Section, GHQ/SCAP)

■佐藤暢三さん

——アメリカ兵の遺体は、どこにあったんですか。

そこ辺りの真ん中やったと。真ん中に引きずり出しとった。

ほうして、「これが俺の仲間を殺した」とか、「こやつが俺の息子を殺した」とか、もう、それはとてもじゃない、叩き様が。裸じゃったけんね、死んじゃったとはいえ痛かろっちゅう思う。

――死んだときは、アメリカ兵は血を流していたんですか。

いや、血は出ちょらんかったですわ。ただ、顔がまん丸に腫れちょった。もう即死やっちゅうですね。

――見たときは、どんな気持ちでしたか。

いやあ、みんなが興奮して叩くもんじゃやけんね。裸でん、やっぱり痛かろかっちゅう思うて。かわいそうなっちゅう思うとった。

――お年寄りが叩いていたんですか。

じいさんもなんも、息子が兵隊行っちょるような親たちが。

息子が兵隊行って戦死しちょるでしょ。そうすると「これのが俺の息子を殺したか」ちゅうて。「こやつが俺の息子殺したか」叩いて。とてもじゃなかった。

それはやっぱ、かわいそうっち思ったとですよ。やっぱり、もう死んどるとやもんですから。(生きていてこちらに)向かって来るとなら、それは五分五分ですたい。そやけ、これはもう死んじょるとに、そげんせんでよかろが。

――暴行を止める人はいなかったんですか。

おらん、全然おらん。「あんたら、そげなことするな」っち、止めるような人もおらん。

それは、あっちゃこっちゃ(あれこれ)言うたら、「なに、貴様、何が……」日本人同士でケンカが起きる。気が立っちょるきに。「そげんことしちゃいかん」とか止めたら、あっちゃこっちゃ叩かれる。気が立っちょるきな。

——誰も止めないわけですか。

止めきらん、止めきらん。止めたらこっちが叩かれる。「なんでわら（お前）向こうひいきすっとか」って、あちこち叩かれる。

佐藤暢三さんたちは、アメリカ兵の遺体を運んで埋葬した。遺体の頭部を抱えようとする者は誰もいなかった。

一五分ぐらい、「誰か抱えんか」「誰か抱えんか」。誰ん抱えんもんね。足と手はもう早う、すぐにみんな握ったばってん、「頭、誰か抱えんか」ち言うばかりで誰ん抱えん。二、三百人おったっちゃけどね。誰も頭抱えるもんおらんで。

（私が）こうして（両手で抱き）かかえて。もう、頭がここ（自分の顔）にひっつくです。ひっつくように抱えなかったら、抱えられん。ほかの者は手やら足じゃけじゃして、引っ張りゃいいつばってんが、私の場合は頭だもんじゃけ、顔に引っつくつせな抱えられんもん。

——重かったですか。

重かった。うん、重かった。冷たいな。今なら死んだものは冷たいっちゅうことがわかるばってんが、あのころは、死んだものがあげん冷たいちゅうこと、知らんじゃったもん。

拳銃こうやって撃ったから、顔はつくばれて、腫れちょるでしょが。もうそりゃちょっと、その顔は見きらんごとあった。

――暢三さんは、死体を埋めて帰るときは、どんな気持ちで帰ったんですか。

どんな気持ちってことはない。もう、片づいたと思うち。どんな気持ちも、ほかに、複雑な気持ちは何もなかったの。で、帰って、ただ晩に休むときだけがもう、その顔が浮かんで浮かんで。とうとう一晩、朝まで眠らんかった。それだけ。

執拗に繰り返された、遺体への暴行。それは阿蘇で死亡したアメリカ兵の四人すべてに行われていた。その背景には、それまで村人たちの胸中に募っていった、アメリカに対する強い復讐心があった。

5 芽生えていく復讐心

太平洋戦争の敗色が濃厚になると、阿蘇地方からも若者たちが次々と戦地に送り込まれるようになる。一九四五年四月一日には、アメリカ軍が沖縄本島に上陸していた。次は本土決戦が始まると言われていた。

銃後を守る女性や子どもたちには、一人でも多くのアメリカ兵と戦うよう、厳しい軍事訓練が課されていた。沖縄戦が始まった後、大本営陸軍部が発行した『国民抗戦必携』には、こう記されている。

「竹やりなどで戦う場合は、背の高いアメリカ兵の腹をめがけて突け」

「草刈り鎌で戦う場合は、アメリカ兵の背後から奇襲せよ」

具体的な戦闘方法を教え込まれていた市民たち。

阿蘇では、沖縄の次は九州が戦場になるのではないかと危機感が高まっていた。

■高宮達生さん……一九三三年生まれ、当時阿蘇農業学校一年生

農学校に入りましたときにはですわ、三年生を班長にして、二年生、一年生ですね、一班がだいたい一〇名ぐらいで、出征をされたとこの麦刈りのお手伝いとか、種をまく準備とかですね。学校に行っても勉強はなくて、学生でありながらも、勤労奉仕をしたんですよね。

それで、その間に、体育の時間とかいうのは敬礼の練習。それから、三八銃というのがあったんですよ。体育の時間は、教官が、陸軍准尉の方でしたですね。私たちは敬礼の仕方とか、運動場に横に並びまして、三八銃が一〇丁あれば一〇人並んで、そして匍匐（ほふく）。三八銃を持って、一〇〇メーターぐらいの距離をこうやって（匍匐前進）。するともう、ここ（肘）はすりむけてですね。要するに軍事教練ですね。


――学校では、アメリカ兵はどういうものだという教育を受けていたのですか？


全くわかりませんでした。アメリカ兵がですね、白人ということはわかっていましたけれど、あんな大きな、真っ白なですね、ああいう人とは全然。初めて見たんですよ、そのB29で亡くなられた方ですね。もう全く、外人さんてのを見たことないんですからね。想像がつかないんですよ。

ただ上官から怒られる、殴られるから、怖いから、一生懸命、命令に従ったわけですよ。相手がどういう人間であるとか、そういうことは想像ができないんですよ。見たことがないんですから。

どういう敵か、全然わからない。ただ、日本は聖戦のために立ち上がるんだと、そして鬼畜米英を倒すと。

一方、村人のもとには、戦死者の訃報が次々と舞い込んでいた。戦争が始まってから、四〇〇〇人にも及ぶ阿蘇の若者が戦死していた。

固い血縁・地縁で結ばれた阿蘇の村では、戦死者たちの葬式が村人総出で盛大に行われた。夫や息子の死に直面した婦人たちは、互いの哀しみを慰め合い、励まし合った。そして次第に、見えない敵への怒りを増幅させていったという。

その村人たちの前に、あの日、突如アメリカ兵が姿を現したのだった。

■後藤重明さん……一九二五年生まれ

墜落するB29から落下傘で脱出したアメリカ兵を、後藤さんたちは捕らえた。アメリカ兵を殺すか、生かすか。集まった村人たちの意見は分かれた。

一人の在郷軍人の意見により、後藤さんたち六、七人は、アメリカ兵が殺されないよう護衛した。村人たちからは激しい反発を受けた。

「今あんた、アメリカと戦争しちょるとばい。殺してでいいじゃねえかい」て。「なしてそげ、かぼうとうか（なぜそんなに、かばうのか）」って。

「なしか（どうしてか）はあんた、こういう理由あるじゃねえか」と。「秘密を聞くがために、生きちょらにゃつまらんじゃが。死んだら何も言わんぞい」って。「こん人間の寄っちょって、一人の撃ち殺すはやさしいこっちゃ」って、私が言うたの。「その生きちょると、そのまま上に、憲兵あたりへ出して、調べる人がおるき、調べてもらおう。アメリカの秘密を聞くがために、どうでんこうでん、生きたまま送ろうじゃねえか」っち言うばってん、そぎゃんと（そんなこと）が聞こえんとですね。「そげなことするこたいらん。撃ち殺しゃいい」、こうなったの。

まあ、てんでに、「おれが（おれの）子をどうした」とか、「孫をした」とか。「主人の殺した」とか、女ごし（女の人たち）は言うしな。まあてんでに（手に手に）棒で突こうとしたり。「のいてくれ。これ、殺すない」っち。

「あんたどもは若いき、子どもも身内でん（でも）戦死をさせちょらんど（させてないだろう）。撃ち殺されちょらんど（撃ち殺されてないだろう）」っち言うたですな。そげなことは覚えちょる。「身内のもんが撃ち殺されたときには、そん敵、このやつを撃ち殺さんな終われん」ち。

■佐藤一三さん

佐藤一三さんの兄、一則さんは、陸軍の機関銃手だった。南方のニュージョージア島で、二六歳で亡くなった。遺族には、アメリカ軍に殺されたと伝えられた。当時の一三さんの中には、強い復讐心が芽生えていた。

アメリカ兵が死んだとき、一三さんの父は落下傘のひもを家に持ち帰り、兄の仏壇に備えた。一三さんはそのひもを、今も大事にしている。

そりゃあ喜んでましたね。仏壇に供えて、「かたき討ったぞ」ちゅうようなことで、家族じゅうで仏壇に手を合わせたですね。そのときは悲しさと嬉しさと、交互じゃったですね。ほんともう、よかったっちゅうような感じと、悲しさもありました。手を合わせるときですね。落下傘のひもだけ持ってきて、「ノリ（一則）、かたき討ったぞ」って、仏壇に供えた、あれは印象に残ってますね。

あまり父は語らんかったですもんね、そのことに対しちゃ。ただ仏壇に供えるとき、そういったことを語りかけて、仏壇に供えて、ローソク立てたとは残ってますね。

——お父さんが落下傘のひもを持って帰ったとき、お母さんも嬉しかったんでしょうか。

ああ、喜んでました。泣きながら喜んでました。そして仏壇に二、三十分、家族じゅうで座って見てましたね。みんな子どもは仏壇の前に、母たちが去るまで一緒に手を合わせてましたね。

ただ、母が喜ぶ、父がそういうことを語りかけて仏壇に供えた、その姿だけ残っとって、自分じゃ米兵の死んだ姿のほうが印象強かったですね。手を合わせながらも、頭の中はもう米兵ばっかりだったですね。

やっぱし兄貴はああいう状態で死んでいったんだなあちゅうことを強く感じました。仏壇に供えるそのときの心境も、兵隊さんってほんと、死んでいくときは哀れちゅうですかね。誰も手合わせんで、「やっつけた」ちゅうような印象を受けながら死んでいくのかなちゅうような、そのことのほうが多かったですね、頭の中で考えることは。

お国のために名誉の戦死とか言うけど、死んでいく姿は、あの米兵と全く変わらんかな。「よかった。やっつけた」というようなのが多いのかなという。

GHQの調査には、五月五日夜八時ごろ、憲兵隊が二つの遺体をトラックに乗せて運び、警察署の敷地内に置いたという記録がある。警察は翌日の夕方まで遺体を野ざらしにしていた。その遺体に村人たちは暴行を加えた。警察は咎めようとしなかったという。

■高宮達生さん

高宮さんは、アメリカ兵の遺体が運ばれた警察署の前で、戦争で肉親を失った村人が遺体に暴行を加える姿を目撃した。

人垣ができてましてですね。おばあちゃんが青竹で、「これが、おれが息子ば殺したやつかー」って。なかには、つばをかける人がおる。で、もう無言ですよね。

私どもびっくりしたのは、やっぱ一メートル八〇、九〇（センチ）のこんな大きなですね、真っ白の巨体を見たらですね、「はあー、これがアメリカの白人か」。私たちは栄養不足で背が小さいでしょ。それに比べてこんなに大きくてですね、それにびっくりした。色の白いことにもびっくりしましてですね。もう、唖然として。

何人ぐらいいたですかねえ。まあ五、六十人ぐらいの人たちがこう、二重三重に輪を描いて。ほしてそのアメリカ兵の遺体を見てました。全くもう無言ですね。

死んだ人を見るのも初めてだし、アメリカ兵を見るのも初めてだし。おばあちゃんが叩く姿も異様だしね。あの雰囲気はちょっと、言葉では表現が、適切な表現をする言葉がないですね。

「これがー」、ばあちゃんが一人で怒りね、ほかの人はつばきを吐き。「ペッ、ペッ」。で、やっぱみんな憎悪、憎悪の塊ですよね。「これが鬼畜米英のアメリカ兵か」ですね。

それで二、三日はですね、夜思い出し、そのシーンを思い出すと怖くて眠れんかったです。

――高宮さんもそのおばあちゃんと同じ立場だったら、同じことをしたと思いますか？

うーん、その質問は難しいですね。ちょっと何とも。

そういう感情はあって当然でしょうね、親であれば。やっぱ自分のお腹を痛めて生んだ子どもが、戦争に駆り立てられて殺されたと。それはやっぱり、そのばあちゃんの心情は、否定はできないです。

6 終戦

事件から三カ月後の一九四五年八月。村人たちが激しい怒りと憎しみを抱いていたアメリカとの戦争は、突然終わった。

阿蘇の山村を揺るがした、B29墜落事件。終戦後、事件の全容解明のため、GHQは三年がかりで徹底的に村人を訊問した。

アメリカ兵に立ち向かった者は、一転して容疑者となった。罪に問われるのは誰なのか。密告する者がいるのではないか。村に疑心暗鬼が広がっていった。

■吉田千喜代さん……一九四〇年生まれ

吉田さんの父親は、アメリカ兵の遺体の第一発見者だった。

戦争に行ってない負い目っていうのが、すごく父にあったと思うんですよ。たいていの人は戦争に出て行ってるのに、自分は行ってない。だから銃後の守りは自分たちに任せられてる。何人か男の方が残ってましたのでね、銃後の守りはきちんとせなんということで、おそらく父も何かの形で、その米兵の方をやっつけるていうですかね、そういう意味で駆けつけたのは事実じゃないでしょうかね。聞いてないからわからないけど。

憎しみと、責任感ですかね。自分が守らなくちゃいけない。女、子ども、家族、村全体を守らなくちゃいけない。どうにかしなくちゃという思いで、あそこまで必死で駆けつけたって思うんですよ。

——五月に事件があってから終戦までの三カ月間、その出来事を、村の中で話すことはありましたか。

私はほんとに記憶がないのか、よくわからないんですけども、やっぱり敵の米兵をやっつけたていうことで、村じゅうお祝いだったそうです。みんなで炊き出し。そのころはもう何にもないんだけども、一軒のおうちに集まって、みんなで持ち寄ってお祝いをしましたという話は聞きました。

米兵を痛めつけたていうのは、そのころだったらすごいお手柄なんですよね。何だかその事実は、新聞にもでかでかと載ってて。それはもう村じゅうで、その方は英雄扱いされて、三カ月間は暮らしたんだそうですね。それが三カ月後には、犯人としてどん底ですもんね。

で、そこで村の人たちがどういう対応したのかは、ちょっと私にもわかりませんけども、やっぱりすごい落差だったと思いますよ。英雄から人殺しっていうようなことになってしまったとは。

父もその三カ月間は、いい思いをある程度してるんじゃないでしょうかね。落下傘で落ちた所には杭を打ってね、縄を張ったとかで、なんかつじつまが合わない部分もあるんだけど。

——つじつまが合わないというのは？

ほら、死体をみんなでもう、やっつけていいような教育は受けてるわけですよね。それを父が四カ所に杭を打って縄を張って、死体を人が痛めつけないようにしたっていうことは、なんか今考えると、つじつまが合わないなあては思うんだけど。

吉田さんの父親は、ＧＨＱから四回にわたって呼び出しを受けた。

父が第一発見者ということで、何回か呼ばれて出てるんですけども。どういう取り調べがあるかっていうのは、全然想像がつかないわけですよね。日本式でいったら、ひどいですよね。死刑まではならんでしょうけども、取り調べは厳しくて、牢屋に入れられたりとかですね、日本式だったらすごく厳しいというのを知ってたから、どういうことになるんだろうかって。それで、おそらく自分はもう帰ってこれないだろうって。九人家族、どういうふうに生活をするんだろうって、父にしては本当に後ろ髪を引かれる。まだ若い三六歳。見るに見かねるような苦しみを、父は味わってましたね。

――取り調べが始まったときに、村の状況で、何か覚えていることはありますか?

はっきりはわからないですが、父が呼ばれていく前の夜は、村の人たちが集まって、父を励ます会をしてくれたようですね。だけど、私は小っちゃくて、弟がいましたので弟の子守りで精一杯で、弟をおんぶして家の外回りをうろちょろしていたのは覚えていますけど。家の中では、みなさん別れを惜しんで、いろいろなものを持ち寄って、父のお別れをしてくれたんですよね。

その次の日だったですかね、父が、もう僕は生きて帰れないから、後のことは頼むっていうようなことで、水杯（みずさかずき）というのをしました。仏様の前だったと思います。父が飲んだ杯を回して飲んだような気がするんですよね。水が入ってるの。最後の別れっていうことで、みんな涙々だったから、言葉はなかったですね。

今は父がかわいそうで。何にも喋らなくて、家族にも母にもおそらく言ってないんじゃないでしょうかね、その戦争であった事実っていうのは。母が知ってたら、どこかにポロッと漏れるような気がするんですよ。父はおそらく、自分が喋ることで村じゅうの人が傷つくっていうので、自分の口からは絶対に言えないって。その父の苦しみは、本当すごかっただろうなと思ってですね。そのときに私たちが父の気持ちがわかってれば、もうちょっと慰めの言葉もかけられたでしょうし、「お父さん行かないで」ってすがりついたかもしれないって思うし。（でも）そうすればますます父は苦しくなるし。自分自身の気持ちの整理がよくつきません。申し訳ないっていう気持ちはすごく強いです。

自分が喋ることによって、家族の誰かが喋ると思うんですよ。子どもだったら特に喋るからですね、おそらく父は、家族を守るために喋らなかったというのが本当かもしれませんねえ。相手の方を守るというのも十分ありますけど、家族を守るっていうのは、すごいウェイトを持っとったでしょうね、父の中では。

父も、芯から打ち解ける人っていうのは、ほんとにいなかったと思うんですよね。それを抱え込んで。何か寂しさを、ふーって出すときはありましたもんね。

全然、楽器に関係なかった父がですね、あるとき突然、尺八を買ってきました。私がお盆なんかに里帰りしたときは、父は畑の上に座ってですね、一人で尺八を吹いていました。その父の心境っていうところまでは、私は思いが至りませんでしたねえ。

吉田さんの父親は、一九八五年、七三歳のときに、事件についての手記を書き残していた。吉田さんは取材の一年前に偶然それを手にし、初めて読んだ。「断末魔の手記」と題された手記には、取り調べで沈黙を守り続けた父の苦悩が刻まれていた。

〈初めての呼び出しは、(昭和)二三(一九四八)年一〇月六日。産山(うぶやま)村役場に出頭されたいと、警察を通じて呼び出しがかかった。三人は戦争犯罪者となれば、軽くて沖縄の重労働は間違いはないであろうと覚悟は決めていた。世間の人は三人が犠牲者となりはしないかと心配してくれた。

四回呼び出しを受けたが、そのたびに家族の心境は実に哀れであった。鬼畜の戦争審理であるから今日の呼び出しが最後か、次の呼び出しが最後になるのか。家族と親類まで戦々恐々の日々であった。呼び出しの前夜は大勢の人が見舞いに来てくれた。

一〇月六日、時間前に出頭した。警察調査官、通訳、五、六名の前での尋問である。調査官は次々写真を提示して、落下兵はどの人に似ているか、故国の家族に状況を知らせるためだから協力をしてほしいとのことから始まった。外傷などで形相が変わっていたので確認まではできなかったが、二人の兵士の推定はできた。そして当時の戦いの模様を述べた。案に相違して割合に優しい出方であった。第一回は簡単に終わった。

三カ月ほどで第二回目の呼び出しである。宮地警察署であった。

吉田さんの父、大久保惟次さん(吉田千喜代さん提供)

調査官も通訳も前とは別人である。第一回の繰り返し程度である。しかし、「暴行した者は見なかったか」と最後に付け加えた。

第三回目はまた三カ月経てからであった。今度は役場内である。一回目から二回目の尋問のさらいである。そして暴行した事実のあることを述べ、「その暴行した者を知っているはずだ」と迫った。今度の通訳は今までの通訳に比べて上等なほうだと思った。言葉巧みに「暴行した人を隠すと、責任はあなたにあるので、罪を受けねばならない」と遠まわしではあるが、そんな意味である。調査の主体は、暴行した者を詮索することにあるらしい。少々厳しさが出かけた。

「我らは縄張りをして、自警防団員に引き渡し、第二の落下兵の地点へ移動したので、後のことは一切わからない」と言えば、「引き渡した警防団員は誰であったか」と追及する。「三年も以前のことであり、数千人の中でのどさくさで、覚えがない」と言えば、「それでは罪に落ちてもよいか」と脅迫する。しかし「知らないことは言えない」と言い通した。

第四回目にまた宮地署であった。調査官も上位の人のようであった。前回までの尋問をまとめるような形で、強引なところは見られなかった。最後に「また後日、協力を願う」と言ったので、尋問はまだ続くものと思ったが、それが最後になった。銃殺した某氏はその後二回ほどの呼び出しを受けたようである。関係者の同情もあったが、三人とも無罪放免となった。

我らは銃後にある実戦の小さな一部を見た。無残さ、残忍さ、犠牲の大きさをしみじみ体得した。戦争は再び起こすべきではないと神に祈りつつ手記を終わる。昭和六〇年五月五日。四〇周年を記念して。大久保惟次。〉

吉田さんは今回の取材で初めて、アメリカ兵の小さな慰霊碑があることを知った。

へえー、知らんかった。はあー、こんなのがあったんだ。

家族でそういう話をすることもなかったし、村で話すこともなかったので、これがあるっていうの、私、今日知りました。

村の中でも全然そんな話せんかったからですねえ。やっぱり喋ることによって、誰かが傷つくっていうのが、狭い村の中では、すごく重荷になると思うんですよねえ。それで、それぞれみんなかばい合って、喋らないで、父もそのままあの世に持って行ったんですよね。

――「話しちゃいけない」という、暗黙の了解みたいなものがあったんですか。

はい。「話すな」とか、「喋っちゃならんぞ」とかいう言葉は聞いたことはないですけど、それが戦争のほんとの姿じゃないですかね。村の中での戦争っていうのは。

いまだにですね、尾を引いて苦しんでらっしゃるという方がいらっしゃるんだから。ほんとに戦争というのは、戦地だけじゃなくて、こんな山の中の谷底の小さな村に、大きな傷跡を残していったと。

あなたがここに落ちられてから六五年たちました。ほんとに何にも知らないで申し訳ありません。お参りに来んといかんだったのに、全然知りませんでした。誰もそんな話はしませんでした。ほんとにお気の毒です。まだ若い兵隊さんだったのに、こんな山奥に来て落ちてね、最期を遂げるなんて、ほんとにやっぱり戦争は怖いです。道なき道、ほんと馬車道しかなかったこんな田舎の中でねえ。空からねえ、落ちてくるなんて、ほんと考えもしませんでした。戦争ていうのは怖いです。お参りもしなくて、何にもしなくて申し訳ないことです。安らかにお眠りください。もう六五年も経ってこういうことを申し上げるのも、ほんとにおこがましいんですけど、お許しください。ほんとに悲しい出来事です。六五年も経って、知らんかったね、こんなのがあるって。

狭い村の中でですね、誰かが口にすれば、それは誰かが傷つくことになるんですよ。狭い村だから。誰があんな言った、こんな言ったって。やっぱりもう村じゅうが、喋ってはいけないっていう、暗黙の了解っていうんですかね、その重さ。そういう重さがありますよね。

やっぱりB29の傷跡は大きいですよね。代々残っていくような、大きな傷跡ですよ。その傷跡は、だいぶたたないと癒やされないと思いますよ。こんな山の中だったら、ひとつ起きた悲劇がずっと伝わっていきますので。それはやっぱり、こんな田舎の山の中の戦争の、大きな悲劇と思いますね。

――お父さんがもしかしたら加担したんじゃないかという思いを、心の片隅で持ち続けてきた千喜代さんご自身について、今どういうふうにお考えでしょうか？

父が加担したんじゃないかという疑問は、何年間かは持ってました。だけど途中で、父じゃなかったんだということで、ホッとしたんですよね。

父が加担したんじゃないかと思いながら、父には聞けなかった。今考えると、聞いてあげたほうが親孝行なんですけど、そのときは、聞かないほうが親孝行になるんじゃないかなあと、心の片隅で思ってました。

語り合えないっていうのは、戦争の残した大きな傷跡ですね。みんなで許し合える、話し合える、そういう事件は戦争中は当たり前のことだから、それはもう仕方のないことだからというふうに、みんなで許し合って暮らせるのがいちばんと思いますけども。語り合えないっていうのが、戦争の大きな悲劇ですよね。そう思います。

▒佐藤一三さん　ワラビ採りが始まると、まずは浮かんできますね。だけど私はできるだけ、振り返りたくなかったんですよね。自分の人生の中でいちばん大きい出来事だったけど、忘れたい、忘れてしまわにゃいかんちゅうような考えを持ってましたけん。

——どうして、忘れたいと思うんですか。

やっぱいちばん考えるとは、兄の死にざまを思いたくないですね。兄貴があぁいうふうに死んだちゅう、そういうふうに思い込んでしもうたけん、やっぱ忘れたいち思いますね。

手を取って水飲ませて死んでいく今の死に方と、兄貴たちみたいに戦争で、銃弾で倒れていくあの姿は、相当差がありますもんね。じゃけん、忘れたいですね。

悲しいですね。第一、悲しいですね。死んだ死体に遭遇したとき、手も合わせないような人間であったことは悲しいですよ。それでも、そのときはやっぱ満足感ありましたね。今考えてみたら、ああいう育ち方してたんだなあちゅうような感じで、もうほんと恥ずかしいような感じですね。

兄貴も殺された。アメリカ兵も殺されて、アメリカ兵にも遺族がある。私のように弟もおったろうし、兄さんもおったろうし、親もおったと思うけど、どっちもほんと、今考えてみると敵ではないんですよね、人間として考えたら。ただ国と国の争いの中で、そういうことになってしまった。

私もアメリカ兵の遺族も、手を握ってもいいくらい、憎しみはないとですよね。だけどそのときは、アメリカ兵はやっぱ憎かったですよね。そのアメリカ兵が兄貴を殺したわけでもないけど、やっぱし戦争のために、私たちはそういうことに遭遇したちゅうことですね。

で、得するもん何もなかったちゅうことですよ。ただ殺されたち、それだけだろうと思いますね。

爆撃された教室【大分・保戸島】

保戸島国民学校（島田繁夫さん提供）

大分県津久見市の沖合一四キロメートル、瀬戸内海と太平洋をつなぐ豊後（ぶんご）水道に浮かぶ保戸島（ほとじま）。周囲四キロメートル、現在の人口約一〇〇〇人の小さな島である。

太平洋戦争が始まったころ、保戸島国民学校には、およそ五〇〇人の子どもたちの笑顔があった。ところが終戦のわずか二〇日前、学校はアメリカの戦闘機に爆撃される。

爆撃を受けて崩れ落ちた校舎には、さらに機銃掃射が浴びせられた。この日、一二七人が亡くなった（慰霊碑に名前があるのは一二六人）。なぜ学校が爆撃されたのか。その理由を、島の人たちは今もわからないままだ。

三浦タズ子さん

(みうら・たずこ)1933年生まれ。1941年、保戸島尋常小学校(のちの国民学校)入学。1945年7月、学校で爆撃に遭う(当時6年生)。

三木功さん

(みき・いさお)1933年生まれ。1940年、保戸島尋常小学校(のちの国民学校)入学。1945年7月、学校で爆撃に遭う(当時6年生)。戦後は島で商店を経営。

鈴木研治さん

(すずき・けんじ)1935年生まれ。1942年、父が出兵。1944年、保戸島国民学校入学。1945年7月、学校で爆撃に遭う(当時3年生)。妹・昭代さん(当時1年生)を失う。1948年、父が復員し保戸島に戻る。岩波書店勤務を経て、父の跡を継ぎ、保戸島・海徳寺住職に。

矢内米子さん

(やない・よねこ)1925年生まれ。1941年、父のマグロ船が徴用。1942年、島の女子挺身隊に入り、監視哨で勤務。1944年、海軍学校に通っていた上の弟を亡くす(訓練中に攻撃を受け、船が沈没。死亡通知は戦後)。1945年7月、島で爆撃を目撃。下の弟(一雄さん・当時5年生)を亡くす。

島田繁夫さん

(しまだ・しげお)1936年生まれ。1942年、保戸島国民学校入学。1943年4月、父、長兄(島田弥喜雄さん)がマグロ船で軍の食料調達の仕事を請け負い、南方へ。1945年7月、学校で爆撃に遭う(当時4年生)。戦後は島の郵便局に勤務。

島田弥喜雄さん

(しまだ・やきお)1924年生まれ。父親の船(弥栄丸)に乗り、マグロ漁師。1943年4月、父とともに、マグロ船で軍の食料調達の仕事を請け負い、南方へ。1944年11月、インドネシアで船舶後衛13連隊に入隊。1946年、復員し保戸島に戻る。連絡船、マグロ船で機関士として勤務。

安藤キヨ子さん

（あんどう・きよこ）1929年生まれ。1943年、保戸島国民学校を卒業。1944年、島の女子挺身隊に入り、日本海軍監視哨で勤務。1945年7月、監視哨で学校の爆撃を目撃。

田邉国光さん

（たなべ・くにみつ）1927年生まれ。1944年6月、保戸島国民学校の教員として採用。1945年7月、学校で爆撃に遭う（当時3年生担任）。戦後は大分県内で教員。著書に『忘れ得ぬ保戸島の惨劇――一教師がつづる実体験』（大分合同新聞社）。

伊東フミ子さん

（いとう・ふみこ）1932年生まれ。1938年、保戸島尋常小学校（のちの国民学校）に入学。1943年、父のマグロ船が運搬船として徴用される。1945年7月、学校で爆撃に遭う（当時高等科1年）。8月、別府の国立病院に入院。島に帰れないまま、別府の病院で入退院を繰り返した。

1　開戦とともに変わりゆく島

戦前の保戸島は、マグロはえ縄漁で栄えた豊かな漁村だった。
「マグロ船に一年乗れば家が建つ」。若者たちは競うように漁師になったという。

■三木功さん……一九三三年生まれ

ここは、マグロ船がな、その当時としては景気のいいほうやったんよ。昭和一四、一五（一九三九、四〇）年くらいまでは。

岩手県の釜石とかな、それから高知の沖とか、それから対馬へんまで行ってな、イカを獲ったり、カツオ釣ったりの、いろんな漁には長けとったよ。戦争、始まるまでは、比較的裕福やったんよ。学校とか、ものすごいいい学校だった。昭和一五年くらいまではな、そりゃもう裕福やったわ。皆そいでいい着物きちょったわな、比較的。

ここの学校はなぁ、当時オルガンとかな、体育の道具とかな、案外揃えとったわ。学校もな、新しかったんよ。二階建てのな、八教室あったんかな。職員室があって、理科室があって、音楽室があって。

■**矢内米子さん……一九二五年生まれ**

にぎやかかったですよ。今、想像がつかんようになっちょんに。道路でもなぁ、子どもがいっぱいじゃった。三〇〇〇なんぼあったもんなぁ、人が。

ほいてもう、その当時は、そうあんまりな、（上級の）学校なんか行かんで、みんなマグロ船に乗りよったんです。

■**島田弥喜雄さん……一九二四年生まれ**

島田弥喜雄さんは、一八歳のとき、父親が持つマグロ船に乗り込んだ。

（当時の県知事は）三〇〇〇円年俸が貰えた。で、普通船員でね、「お前らはその県知事並みの給料が貰える」。そんだけ配当があるって聞いて、びっくりして。

漁師の子であったら、漁師をせにゃあつまらんというような観念を頭に持っちょるもんで。もうその子がね、良かろうが悪かろうが、みな漁師にする。収入がいいから。

一九四一年一二月八日、太平洋戦争が始まった。

島の人々は、戦争が始まると、海軍に戦闘機「保戸島号」を献納した。そのための寄付金を募ったとき、ほとんどの人がすすんで応じたという。

島田弥喜雄さんの祖父の書斎には、保戸島号の写真が飾られていた。

じいさんが、なんぼって言ったかな、六〇〇〇円かなんぼか寄付したって。寄付金を募ったらしい。

保戸島号（島田繁夫さん提供）

うちのじいさんの代が。

やっぱ軍備が不足しよったでしょう。金が不足しよったでしょう。だから、そういう気持ちのある人は寄付してくださいっていうようなことでね。

じいさんが鼻高々と歩いていくぐらいの値打ちがあるわね。「みんなで持ち寄って出来た飛行機、保戸島号じゃ」って、私どもに言って聞かせよった。


保戸島からも、徴兵された男たちが、次々と戦場に向かっていく。島でただひとつの国民学校では、男の先生の姿が消えた。

漁に出る男たちの活気でにぎわっていた島には、女性と子どもの姿が目立つようになった。

■三浦タズ子さん……一九三三年生まれ

もう来てな、一カ月もおらんでまたすぐ兵隊に行くじゃろ? じゃあけえ、みんなが「男の先生好かんなあ」って言いよった。

やっと先生が来たらもう兵隊に行くけえ、男の先生好かんって言いよった。


男が徴兵されただけでなく、さまざまな物も供出させられた。

■鈴木研治さん……一九三五年生まれ

（寺の前にある）釣り鐘ね、あれはお寺の顔ですよね。どのお寺でも。

浄土教のなかに無量寿経というお経がありましてね。その中に「正覚大音響流十方（しょうがくだいおんこうるじっぽう）」という言葉があるんですよ。この鐘の音と一緒に、仏様の正しい悟りが、みんなに行き渡るんだと。そういうことを私はいつも父から教わってましたからね。ガキのころから。

そのいちばん大事な、島じゅうに仏様の正しい教えを、という鐘をね、軍のために持って行くというんですよ。紙一枚持ってきたんですよ、当時の県知事の名前でね。

驚きましてね。もうね、母にすがって泣いたことを覚えてますよ。

県の方か軍の方か知りませんけどたくさん来て、あっという間に、何百年間続いたこの寺の顔の釣り鐘を、鉄砲の弾にするということで持って行かれたんですけどね。何百年、島の人たちのために正しく鳴らした、それが人を殺す鉄砲の弾に。大砲の弾に。

で、僕を怒るんですよ、取りに来た人たちが。お国のためにこの鐘は出すんだと。そしてアメリカ、敵の兵隊を撃ち殺す大砲の弾を作る。お国のためなんだからということ。

このお寺はね、遠い遠い天正、慶長、元和のころからね、敵（かたき）を持ったサムライが中央から落ちてきましてね、罪のざんげをした、そういう寺なんですよ。そういう人たちが相手を殺した刀、やり、そういうものをですね、仏様にお供えして、お詫びして、罪の償いのためにお念仏を申した、そういう歴史があるんですよ。その人たちが納めていた刀とか、槍とかね、それもあっという間に、一本残らず（供出させられた）。

あれがもう、本当の戦いの現実でしたね。すべてが嫌になりましたね。

■島田弥喜雄さん

戦争の進展につれて、漁師が操業するための燃料や漁具の入手は難しくなっていった。

昭和一七（一九四二）年ごろね、経済封鎖みたいなんでね。企業整備法っていう法律ができた（正確には、企業整備令という法令。一九四二年五月一三日公布）。それで全然、漁具とか燃料とかの配給が出らんのです。軍が押さえてね、個人には売らんのですよ。

さらに一九四三年四月、漁師たちを震え上がらせる事件が起きる。漁をしていたマグロ船が、アメリカ軍に攻撃されたのである。

土佐の安田かなんかいう所じゃ、そこの船がね。

潜水艦が浮上してね。こっちは無防備じゃ、漁船で操業しよった。これ（明かり）をつけてたもんじゃけね、目標にされてね。

ほて、これもう、むちゃくちゃじゃ。二五ミリぐらいの機関砲でやられとんの。むちゃくちゃ。みんながたまがって（驚いて）しもうて。それからもう一切、沖に出られんようになった。

追いつめられた漁師たちに、下関の水産会社が、マグロ船を買い取って戦地に派遣したいと言ってきた。働きたいならその船で雇ってもいいという。

軍に魚を納めるのが仕事だと聞いた島田弥喜雄さんは、船を売った父親とともに、インドネシアのスラバヤに向かった。

スラバヤの港に入ったん。ほいたらね、海軍の将校がバーッと乗ってくる。船の長さ、幅とか高さとか、そんなんを測定しだした。「こら上等じゃ」って言うん。

その将校はね、「この灯台を出て、右っかわ(右側)に一キロぐらい行ったら、軍港の小さいのがある。そこに桟橋があるから、明日朝八時にそこに入れ」って。

うちの親父が言うたんですよ。「今着いたばっかりで、荷物なんかまだ積んだままですよ」と。一喝ですよ。「そんなことはどうでもいいんじゃ。お前たちは明日八時までに回さんと、処罰を受くるぞ」っち言って。

いやおうなしや。もう私どうがどう思ったって、海軍の言う通り、将校の言う通り、八時になったら回さなんならん。いやおうなしや。


命じられた任務は、海中に敷設された機雷の撤去(掃海)だった。


掃海艇ってのがおんのですよ。海の底を掃除する、海軍の軍艦がね。ところがね、それがね、役に立たん。

豪州のね、北のほうに、ポートモレスビーかなんかいう航空基地、そっから飛行機が飛んできてね。磁気機雷というのを積んできてね。磁石の機雷。自分のほうから、船にひっつくんですよ。ほて、日本の輸送船爆発させるんですよ。

私ら木船でしょ。だからその磁石が通用せんのや。

いやや、もうしようがない。海軍の言う通り、指揮官の通り、この方向に漕ぎなさいと、同じ所を行ったり来たり。

マグロ獲る予定やった、ところがあんた、マグロどころじゃない。その軍の命令によって掃海作業をすんのが、主な任務になった。

ある日、同じ任務にあたる漁船が爆発するのを目の当たりにした。

資材を運ぶ運搬船が徴発されて。私たちの船の三倍も四倍も太かった。九名乗っちょった。ちょっと走ったらその下に機雷があった。爆発した。ドカーンと、海水ね、破裂した。ほじゃけえ、輸送船なんか木っ端みじんよ。

保戸島のマグロ船は、軍の要請で物資の運搬や監視の任務を負わされるようになっていった。軍部は開戦直後から、こうした民間の船の「徴用」によって、軍備の不足を補っていたのである。

戦況が悪化するにつれ、保戸島のマグロ船は、次々と戦地に送られた。島民への調査によれば、徴用や、軍の食料調達の仕事で、島のマグロ船八九隻のうち八三隻が東南アジアに向かったという。

軍の任務についた船は、戦後、一艘も保戸島に戻らなかった。島田弥喜雄さんの船も、戦地の海に沈んだ。

2 住民たちが知らないうちに、島が重要な軍事拠点に

島でいちばん高い山の頂。対岸の四国まで望めるこの高台を、島の人々は「遠見の丘」と呼んでいた。開戦から半年後の一九四二年六月、海軍がここに基地を築いた。施設には「佐伯海軍保戸島分遣隊」およそ四〇人が配置された。

■島田繁夫さん……一九三六年生まれ

島田繁夫さんは国民学校二年生のとき、「遠見の丘」に珍しい建物ができたので見学に行った。崖の上には、大きな望遠鏡があった。

望遠鏡の直径がね、一メートル以上あったでしょうね。ラッパを伏せたような、望遠鏡の台があったんですよ。

こうして覗くとね、ものすごいはっきりわかるんですよ。あの高甲岩にね、小さな虫が這いよるとかね、貝がついてるのが見えるくらいの、非常に性能の良い望遠鏡でしたね。

保戸島が浮かぶ豊後水道は、広島県・呉の軍港から、艦隊が南太平洋へと出撃するときに通行する海域。ところが開戦後すぐ、この豊後水道で連合軍の潜水艦が目撃されるようになっていた。

海軍は潜水艦を探知するために、保戸島より一八キロメートル沖合の水ノ子島灯台から二三キロメートルにわたって、潜水艦のスクリュー音を捉える探知機を海中に敷設した。遠見の丘に作られたのは、この探知機からの信号を受信する施設だった。

保戸島は、住民たちが知らないうちに、軍事上の重要任務を担うことになっていたのである。

さらに、島にはもうひとつ軍事施設が作られた。学校のすぐそばにある岩場に作られた「監視哨」。七名ずつの三班が二四時間交代で、海と空を見張るための建物である。

ここで任務についたのは、島に残された女性たちだった。

■安藤キヨ子さん……一九二九年生まれ

当時一六歳の安藤さんは、自ら希望して、この監視哨で働いた。

いちばん上の人が電話交換手よ。電話の前に座ってるのよ。あとの六名が、二名ずつ三交代で、一時間交代で見張りするの。

――見張り台に立つんですか？

はい。

見張り台が済んだらね、土間の上で、囲炉裏（いろり）に椅子があってね、腰掛けてるのよ。そんなの繰り返し。

――見張り台では、飛行機を見つけたことはあったんですか？

はい、あるよ。本土空襲になって、ボーイング（B29）がしゅっちゅう編隊で行きよった。

――島の上を？

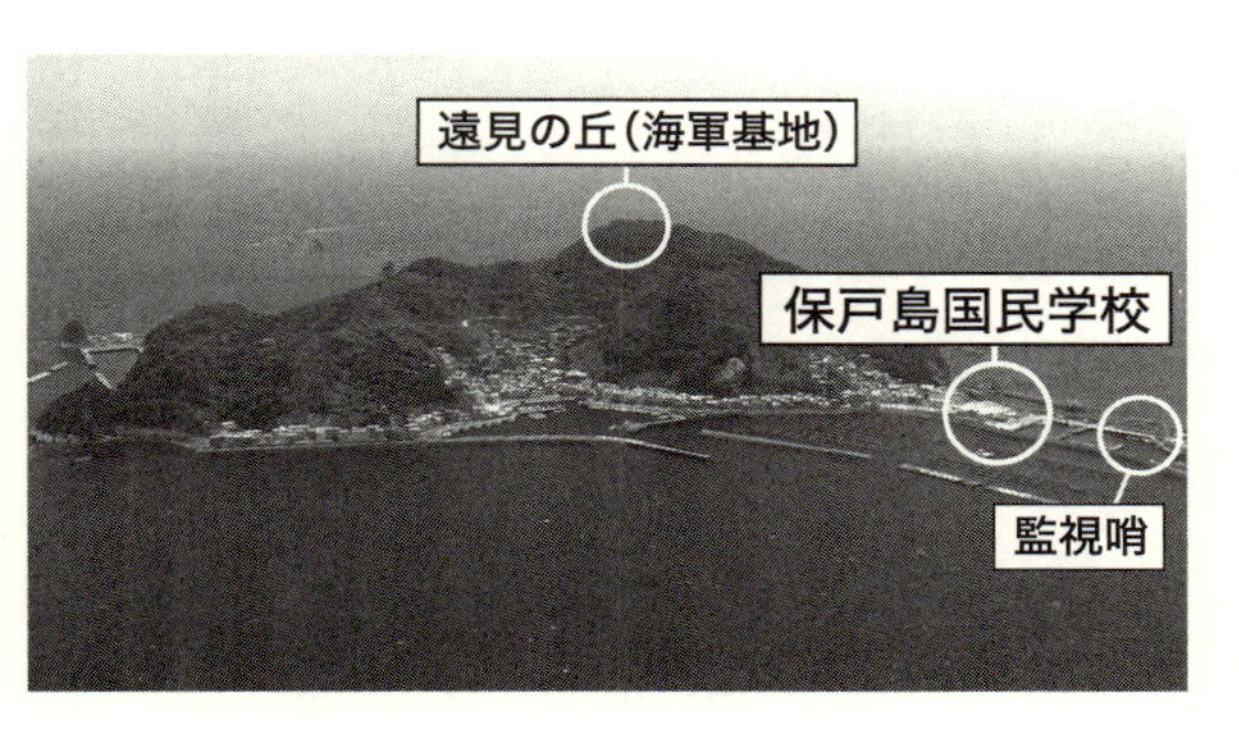

そう。保戸は九州の端だから、太平洋に近いからわかるんです。保戸の上空を通らなくても、わかるでしょ。空の上から、毎日編隊で行きよったのよ。

「どこそこのほうから、どっちのほうに侵攻、何機」って、「高度何メートル」って、高度なんか私たち知らないけど、まぁ、当てずっぽうよね。何機っては、数えればわかるけど。

ボーイングが何機で、編隊で、南方に侵攻中って、それだけを、佐伯(海軍保戸島分遣隊)の本部に連絡するんですよ。

――電話交換台に座っている班長さんが、電話で連絡するわけですね?

はい。私たちが立哨台から言うの、聞こえる範囲内におるから。窓開けてるからね。その人(電話係)が、佐伯のほうに連絡するんですよ。

それから先、私たち知らないんですよ。軍の仕事ですから、みんな秘密ですから。何にも教えてくれないんですよ、結果は。なんもかんも秘密秘密やからね、あの当時は。私たちは、敵機がどうって報告するだけ。結果は全然わからないの。

一九四四年に入ると、子どもたちの前にアメリカの軍用機が姿を見せるようになった。

この年の一一月には東京が、一二月には名古屋が空襲され、日本の防空体制は破綻しようとしていた。しかし、その危機的な状況を島の人たちが知ることはなかった。

■三木功さん

大東亜戦争が始まって、二年くらいはまだ何ちいうことなかったけんな。敵機がどうの、そんなことは、大都会じゃあったか知れんけど、こっちはもう、よその話のような考えやったけな。みんなワイワイワイワイ、そのころはほんと子どもが多かったわ。

お寺の前でな、いつも遊びよったんよ。すると（アメリカの軍用機が）低空でな、旋回するんよ、ずーっと、市内回ってな。それが面白いやったんよ、そのときの。

グラマンっていうたら艦載機よなありゃ、ピャーッて飛行機が低空で飛ぶと、子どもが手を振りよったくらいや。

偵察しよったんやろうか。こっちが手を振りよったら、向こうも手を振りよった。

一九四五年三月、アメリカによって、水ノ子島灯台が攻撃された。

その直後、遠見の丘の海軍は、山の斜面に防空壕を作り始める。山頂の施設にある機材を防空壕へと移し、そこを拠点にしようとしたのである。

軍は、防空壕の建設に使う砂を準備するため、保戸島国民学校に協力を要請した。

■田邉国光さん……一九二七年生まれ。当時、保戸島国民学校三年生の担任教員

船着場に、砂をいっぱい、積んであるんですわ。それを海軍さんが、三年生には三年生なりに、少

しずつ、袋に砂を入れてくれる。五年生は五年生なりに、大きな子どもは、男の子は少し重く。六年生は、高等科は大きくね。その体に見合って海軍さんが、砂を入れてくれるんですわ。

それを山まで、かるい上げる。そこに砂をこぼして、ほんでまた下がって、また持って上がって、こぼす。

済んでから帰って、支度をして学校に行く。今言うたの、登校前の仕事ですから。終わって、学校に行って、授業が始まるということになる。

それで何をするのかは、私たちにはわからん。わからなかった。それからしばらくしたら、あっこ通ったら防空壕あるんや。あのときの砂はこれやなと思って。

元気がよかった、不平言う子もおらんし、汗を流して、ニコニコニコニコな、笑いながら仕事しよった。ほんと無邪気じゃなって思いましたね。

ニコニコ、フーフーフーフー言いながら、砂を背負って、上まで上がりよった。本当、子どもはよく働いた。

▒三木功さん（六年生）

そりゃあ汗びっしょりじゃわな。おにぎり一個もらってな。

ほりゃあ大変っていえば大変よ。だけど、そげなあんた、小言いったり弱音吐いたりしたら大変じゃあ。怒られるわ。


この防空壕には、常時兵士が詰め、任務に当たっていた。島民が立ち入ることは許されなかった。

一九四五年七月一六日には、一二四機のB29が大分市に来襲した。保戸島の監視哨からも、大分市の上空が炎で赤く染まるのが見えたという。

■安藤キヨ子さん（監視哨員）

いくら敵機が通ってもね、ただ素通りするだけですから。怖いなんか感じなかった。別に怖くないいんですよ。保戸まで来ないから。遠いから。空が赤くなってるっていうだけで、実際に焼けたとこなんて見ないから、怖いことなんてないんですよ。「大分が焼けよるなぁ、かわいそうに」っていう気持ちはあるわねぇ、やっぱ。でも別に、自分たちがそんな目に会わないから、怖いっていう感じはないいんですよ。

海軍基地と監視哨という、二つの軍事施設に挟まれた保戸島国民学校。しかし子どもたちにとって、戦争はまだ遠くにあった。

3　爆弾と機銃掃射——一瞬で命を奪われた子どもたち

一九四五年七月二五日。真夏の暑い日だった。

三浦タズ子さん（六年生）
いい天気。どこ見ても雲がひとつなかった。ほで向こうにな、入道雲がもくもく出てた。夏じゃからな。そのときの入道雲が、すごい入道雲じゃった。で、ずーっと、なぜか私は、止まってそこで見た。その入道雲を。

――学校に行く前に？

うん。ほで学校に行ったん。

三木功さん（六年生）
朝ね、だいたい七時半か八時ごろ行くんだけども、朝「空襲警報だぁ」って言うんでね。じゃあもう今日は休みかなぁって思って、防空壕の補強しよったんよ。家族で山のとこ上がってね。そしたら友達が、「おーい、解除になったっち言いよるぞー」って言ってな、「えー、ほんなら行かないけんぞ」って思って。親たちが「今日は行かんでいい」って言いよったんや。もう敵機はひっきりなしに通るしね。「何があるかわからんけん、行かんでいい」って言いよったんよ。ちょうど期末やったんよ。昔は八月一日から夏休みやったけんな。七月二五日っていったら、学期の試験や。今で言う期末テストやな。試験があるけん、行かなわりーわいと思って、自分はさっさ行かんと行ったのが、もう九時……九時過ぎちょったわ。

■田邉国光さん（三年生担任教員）

その日は早朝に空襲警報が発令されて、島は大騒ぎになった。それで登校時刻を繰り下げて、敵機の去るのを見届けて、登した。

九時前から、子どもたちが、学校にそろそろ行きだしたんですわ。みな元気よかった。（校門で）私の姿見たら、「おはよぅございます」「おはようございます」っちね。夏の九時っていったら暑いでしょ。もう汗びっしょりなってね、子どもは学校に来よったですね。みなさんがニコニコニコ笑ってね、走ったり、止まったり、肩を組んだりね。そして仲良く笑いながら、本当ににこやかにして、正門を走って、来ましたわね。

子どもたちもだいぶ来たからね、だいたい、八割はもう、登校したようにあるからし、そろそろ入らんともう、職員朝礼が始まりそうにあるからね。それから校舎に入っていって、そしたら先生たちは全部、揃っていましたね。

全校の外朝礼は省いて、最後に登校してきた子どもを待って、授業をした。始業は午前一〇時。国語の授業やった。「天孫降臨」の、板書しよったんですわ。

そしたら授業の最中、西のほうから微かに、金属製の爆音が聞こえたんですわ。

■三木功さん（六年生）

先生が来ていろいろ（授業を）始める前の話をして、黒板に書きかかったくらいや。自分たちは先生の話を聞きよったんよ。

そしたらなんか、爆音がな、飛行機の音がしだして。「友軍やろうかえ」、友軍ってことは日本のな。

「友軍じゃろうかい」って言いよったんな。

ところがな、急に爆音が変わってきたんよ。ブーンって音じゃなしに、ギューンって急降下するような、飛行機が。ハッて思って先生が窓を見たら「敵機じゃー!」って、それこそ、金切り声っていうんかな。

びっくりしてな、つい窓見たんよ、窓のほうに寄ってな。そしたら低空ですごいスピードでサーッと通ったわ、飛行機が。

それで怖くなってな。その当時、空襲にあったら耳と目をつぶして(押さえて)な、机の下に入りなさいって訓練をいつもしてた。その訓練どおり、私はそうしたんやけど。

次の瞬間はもうな、ものすごい音がしてな。ウワーッと音がして、家(校舎)がもうグラグラグラグラ、ジェットコースターとか乗っちょるような感じよ。揺れてな。

女の先生やったけな、ほんと金切り声で叫ぶしな、他の人もなんかワーワー言いよったけど、もう自分も一生懸命やけな。グアーッてこう落ちて(校舎が崩壊して)何秒もなかったんじゃわ、もう意識不明のような状態やった。

■鈴木研治さん(三年生)

ものすごい地震みたいに、なんか地震かと思ったら、真っ暗くなりましてね。なんかさっぱりわからん。窓ガラスが全部、紙吹雪みたいにね、吹きこんでくるんですよ。あれは爆風というんですかね。みんな、いつも練習してたように、机の下に潜りこんで。私の横にね、マツキというのおりましてね、それがウワーと言って泣く。

そしたら、爆撃で上がった、石とかそういうのが、屋根を通して落ちてきてね、私の隣におるマツキ君の頭に直撃したんですね。もうその、その血見て、びっくりしましてね。

私の教室だけが、本校舎と離れてましたからね、崩壊は免れたんですけどね。頭に石が当たった友達がね、頭から、ものすごい(血)。そのときに現実に返ってね。こらおおごとだと。

先生もね、若い代用教員でしたからね。先生ももう、どうしたらいいかわからんようなことでね。「先生、爆弾じゃあ」って言うたら、みんながワンワン泣き出してね。窓からみんな飛び出して、それから、いつもの通り、いつも練習してた、奉安殿(天皇の写真と教育勅語を納めた建物)まで行ったんですね。

ワンワンワンワンワン校舎の下敷きに、四百何十人でしたからね、生徒が。その校舎がぺっしゃんこになりましたから。

■田邉国光さん(三年生担任教員)

校舎が揺れるのが収まって、これは危ないなと思って、「よし、それじゃあ今から避難するぞ」っち言うてな。「東の、運動場の所の奉安殿があるから、あの下の防空壕に入れ」っち言うてな。「突いたり、競ったり、邪魔したりせんで、窓から飛び出てすぐ入れ」っち。「もう、教科書もノートも鉛筆もかばんも、履物も、帽子も要らんけん、このままその、四つの窓から順番に飛び出て、走って、避難しなさい」っちことで。

みな入った、六九人。そいで私が最後に入ったけどねぇ。

避難するときに、西のほうの空がね、明るかったんですわ。おかしいなぁ、と思ってパッと見たらな、もう、学校が、やられちょった。今の爆弾で、子どもがやられたんやなぁて思いましたね。(防空壕に)入ってしまって、これはもうどげぇしようかっち考えたやわ。ここにおるべきか、避難しちょかなと思って、またどこに避難させたらいいかなと思って。そしたら、また今度爆弾が落ちたんや。もう一個、また爆弾が。

子どもたちはね、とにかく入ったらまた泣くんですわ。怖いって、それしかない。男子はね、泣く子どもはいなかったけど、もう色が青白くなってね、涙を出しよった。ガツガツガツ震える子もおった。膝を組んで座り込んでね、もう、身震いしよった。で怖い怖いっち、男子はそういう子どもが多かった。声を出して泣かんけど。

女子は声を出して真剣に泣きよった。座り込んでね、女子はもう、肩を寄せ合ってね、体を寄せ合って、グループごとに寄せ合ってね、泣いてましたね。

「おばあはん、助けに来てくれ」とか、「おかあ、助けに来てくれ」とかな、「おじい助けてくれー」「おとう助けてー」っち。「怖いよー怖いよー、死にたくないよー死にたくないよー」っちな、死にたくない、死んだら怖いっち、子どもが口々に言うて、泣きながら叫ぶんですよ。

ウワァァアン、ウワァァアンっち具合にね、反射してね。トンネルの中に入って話しよるような声でね、聞こえないんですわ。だけどゆっくり話せばね、ジェスチャー交えてゆっくり話せばわかるかなぁぐらいですね。

そしたら今度、なんちいうかな、御真影(天皇の写真)が、気になったからね。奉安殿の中に御真影がね、これもどっかに安置しちょかな、御真影を傷したり無くしたりしたら大変やぁと思ってんが、それも気になったし、子どもも早くもう、家に帰したいなぁ、帰さんと、こらもう、命がなんぼあっても足らんわと思ってな。

それから子どもたちに言ったんですよ、「先生はね、敵機が来とるか来とらんか、外に出て、様子ば見てくるけん」っちって。

「外に出たら死ぬるんぞ」って、「絶対出ることはならんぞ」って厳しく言うて、そして私は出た。やっぱちょっと怖かったな。初めてじゃけん。下半身から下は、やっぱちょっと震えた。だがしかし、震えても、自分が震えている姿は見せないつもりでがんばった。

私が震えよったら、子どもはなお震えるから、冷静に冷静にっちことは、やっぱ努めておったけどな。顔色も出さないし、下半身がそげえ大きく震えるところは、見せまいと思うてな。それぱっかりにな、気をつけとったな。

それから、受け持ち児童を帰宅させた。全員が正門を走り去るのを確認した。

学校に投下された爆弾は三発。そのうちの一発が、一年生と五年生の教室を直撃し、校舎は崩れ落ちた。

さらに米軍機は、崩壊した校舎に機銃掃射を浴びせた。

■三木功さん（六年生）

機関銃の音でちょっと目が覚めたような感じで。どこにおるんじゃろうかっていうような感じでな。机の中でもう、それこそ真っ暗すぎやけん。

——校舎が崩れて、その下敷きになっていた。

そうそう、もう、校舎がバーッと。二階やったんよ、私たち。火が出らんかったけんよかったんや、火が出ちょったらもう命はねえわな。爆撃で校舎が壊れた、壊れたというか、ほとんどそのままの状態でぺしゃんこになっちょったわ。

私たちは、運よく、屋根組みの間になっちょったんやと思うわ。大きな柱の下敷きになっちょったら死んじょるわな。

エレベーターがパーッて落ちるような感じで、それから先は覚えんな。で、機関銃の音がダダダダダダーッてしたのでハッと思うたけどな、もう怖いけな、動かれんわぁ。それこそもう、何かにしがみついちょるような感じやった。

もう恐ろしいのを通り超えて、もうあんた、もう通り超えてもう、正気やねえわ。やけんまあ自分も思いよったわ、これでもう、俺死ぬんじゃろうなぁって思ってな。

▒鈴木研治さん（三年生）

鈴木さんは奉安殿に逃げ込んでいた。

ものすごい音がして、何かと思ったら、爆弾を落とした艦載機が、今度は下敷きになってる友達をね、機銃掃射って言うんですか。あとから、大きな鉄砲の弾が散らばってましたからね。それを上から撃ってくる。それで、三分の二は亡くなったんですね。

そうしてる間にですね、島の人たちが一人の友達を、奉安殿の中に連れて入ったんですよ。私の友達のニシダさんってね、五年生でしたかね、六年生やったかな。毎日遊んでたんですよ。彼がね、半分裸でね、着てるもん吹き飛ばされて、頭にね、それから胸に、腹にね、ものすごい穴がね、体中穴だらけなんです。血も出ないんですよ。

そしてね、まだ息をしてましてね。呻くんですよ。「うーん、うーん」と。

それを目の前で見ましてね。ああいうことは僕、言葉では表現がしにくいですね。

で、一時たったら、やはり息が切れたのか、グターッとなったまんまね、血も出ないんですからね。

体に六つか七つ、穴が開いてましたね。

今まで、朝遊んで、その方が目の前でね、半分爆風で裸になって、パンツだけ残ってて、それで裸の体に穴だらけですからね。もう、ちょっと、言葉で表現できんですねぇ。で、息が切れて、苦しい呻き声が聞こえなくなったときね、なんか私も、空の世界というんですかね。さっぱりね、なんなのかわからなくなりましてね。

そうしてるうちに、母が迎えに来てくれましてね。奉安殿の穴から出まして、手を引かれて、グラウンドに。そしたらね、手とか、足とかね、一緒に遊んだ、友達のね、頭が転がってるんですよね。爆風で転がってるもんだからね。

みんなね、木で作った(ような)、土で作った(ような)ね、人間の皮膚の色ではないですからね。黒い頭の塊が転がってるんですよ。そんなことなんかね、言葉では表現できませんよね。

それを見てね、怖くないんです。普通だったらね、手が一本転がってても怖いですよ。で、ワンワンワンワン、まだ生きてる友達が、校舎の中から泣いてる声を聞きながらね、母と帰ってくるのにね、怖くないんですよ。

今から何が始まるのか、今何があったのか、全然わからないまんまね。母と一緒にお寺に帰りがけ、うちのお檀家のおばさんが、わめきながらね、自分の娘を抱いてね、帰ってるん。そしたらね、その抱いてる娘さんのお腹が破れてね、腸がぶら下がったままね、それを引きずって帰ってるんですよ。それを見てもね、怖いとも思わんしね。

そしたら、また前のほうを行ってるイシダさんという方ですけどね。男の人を抱いてるね、頭が半分ないんですよ。皆さん方、想像がつきますか? お母さんがわめきながらね、生きてる子どもを抱いてるみたいにね、頭がない、割れて、その子どもを連れて、帰ってましたけどね。

■島田繁夫さん(二年生)

そーらもうね、むごいですよ。手がもう、皮膚が高圧線に巻きついてね、ぶら下がってる。手がぶら下がってるんです。ま、首が多かったね。女生徒のね。男子生徒はみな丸坊主ですから、女生徒の髪が長かったからね、バーンと飛び散ったやつが、その高圧線に巻きついた。二〇体ぐらいぶら下がってた。すごい様子でしたね。

んでね、ある生徒はね、内臓がバンと出てね、「腹が痛いよー、お腹が痛い、助けてくれー、助けてくれー」って。二階におった生徒が吹き飛ばされてね、運動場に飛び散っちょるんです。爆弾の破片が飛んで、腹が破れてね、内臓が出てるんです。だけどまだ息を呼吸しながら「あー、痛いよー痛いよー」って、「助けてくれー」って言うけど、どうすることもできなくてね。五、六年生の生徒が抱えて、近くの奉安殿の下に引っ張り込んだ。しかしもう、「あー、痛いよー」と言いながら、だんだん虫の声のように小さくなっていって、もう一〇分か二〇分で死んだとかね。そういう生徒もおりましたですよ。

地獄っていうか、地獄以上っていうかね、そらもう、びっくりするっていうかなぁ。驚くっていうか、表現のしようがないぐらいね、たまげるっていうかね。まさに戦争ってはこれだなと、思いますよ。戦争っていうたらそんなこと思いますな。

▒伊東フミ子さん……当時高等科一年生、一九三二年生まれ

伊東さんは教室で爆撃を受け、大ケガを負った。

ほいてもう、だいたいな、音も落ち着いたけな、自分で一人で材木から這い出て、材木に腰掛けちょったら、ここん所（臀部（でんぶ））が穴がほげて血が出てな。「助けてくれ、助けてくれ」ってな。自分の子どもとか、まんご（孫）をたすくる（助ける）のにな、うちに取り合わんでなぁ、みんなあっちに行くんねぇ。

それから、姉さんの友達の家までたどり着いたらな、そこのばあさんが、「ああ、あんたもケガしちょん、はいここ寝りよー」っちってな。ほして、そこ寝ちょったらな、お母さんが誰かに聞いてな、帯持ってな、迎えに来てくれたけど、そいな状態じゃなかったんよ。ほいて村の人が、敷布団を担架代わりで、四、五人で抱えて家に帰った。

家に帰ってな、もう血がな、じょぶじょぶ出てな、痛くて痛くてな、「あー、もう殺してくれ」ってことな、ものすご痛かった。

「つらいわぁ、殺しちょくれっち、殺しちょくれ」、何回言ったよー。痛いんのとな、熱とな、もう生きたくなかった、私は。あの痛みと熱があんのに、薬もなんもねぇ、ほったらかしじゃあ。水枕するくらいやろう。そら夢までも痛かった。何回殺してくれえっち言った。

■三浦タズ子さん（六年生）

三浦さんも教室で爆撃を受け、崩れた校舎の下敷きになった。

もう一生懸命じゃあね、助けてもらうんが。でもな、「助けて、助けて、出してー」ってしたら、「後で後で」って。自分の子どもを探すんに、「後で」って言うて逃げたんと思う。じゃあけん、そのときは、動かんで伏せて、相当泣いた。

そしたらそれからな、「ここもおるぞー。元気じゃあー」っていっぱい来たんや。消防の人と。そして助けてもらった。ケガのひとつしちょらんでな、のこぎりで、（柱を）切って出してもろうた。

その後はな、お母さん連れ来て、学校、運動場で、バラバラになったのが魚みたいに動きよるってビクビク。それを私に見せられんって言うてな、山通って帰った。学校の後ろの山。

ビクビク動きよったって。私は見てないけど、うちの母親がな、それ見て。真っ黒になってな、目だけ光っちょったって。

うちのすぐ近くの女の同級生、（よく一緒に）遊びよったんよ。うちがそこの前を通るとな、（その親が）「ここに来るな」って言いよる。その人が、いっぺんに即死じゃなくて、家でだいぶ……。

自分の子どもはそげなって、私どうは元気でおるけん、まあ、見たくない、とかいうような。親やけんなあ。そで亡くなった。その後な、すぐ亡くなった。

■安藤キヨ子さん（監視哨員）

監視哨にいた安藤さんからも、爆撃された学校が見えた。

子どもが、みんな叫ぶんよ。校舎の下になっちょん子どもがね、やっぱ生きちょる子どもが、「おかあ助けてくれぇ」「おっかさん助けてくれぇ」っちて聞こえるんですよ、監視哨まで。人数が多いからねぇ。やっぱ子どもだから賑やかいわ、声がな。甲高いじゃねえな。何が何かわからなくて、やっぱ必死じゃわな。

生徒が一人とな、おじいさんが一人、監視哨に来たわぁ。顔血だらけでな、「姉さん助けてくれ」。でも、私たちも驚いて、そんなどころじゃないから、私たちも逃げたのよ。爆弾落とされて、またゼロ戦〔米軍機を指す〕が引き返してくるから、機関銃やる、だから私たちも怖いから逃げたのよ。

避難したら、監視哨離れたら、役場に佐伯から連絡があって、「監視哨員が逃げるとはなんということか」っちって、呼び出しがあって、また監視哨に帰ってきたのよ。

校庭に四散していた子どもたちの遺体も目の当たりにした。

あんなとき、怖いって感じらん。かわいそうなんと、驚いたのとが先で、怖いっていう気持ちは全然ない。ゼロ戦〔米軍機を指す〕が機関銃バンバンやるときには怖いけど、爆風でやられた子どもやら、手なんか、足なんかいっぱいあっても、怖いって全然感じらん。血なんか一滴も出てない、泥人形みたいな。

お母さんたちがやっぱ、探すわね。木の下敷きにあって、子どもの声やら聞こえたら、柱なんか除(の)けて、助け出すわね。また敵機が来てバリバリやるのよ。ほんでお母さんたちが逃ぐるのよ。敵機がまた逃げたら、また出てきて、また子ども探すのよ。そんな状態でしたよ。

お母さんたちがな、爆弾を落として明けの日に、手やら足やら拾い集めて、山のようにしちょんのや。それを、お母さんたちが、霜焼けの跡があるから自分の子どもじゃあ、足に傷があるから自分の子どもじゃ、手やら、足なんか、こんなお菓子をよるようによりあいする(選ぶ)もんで。血なんか一個も出てない、土人形みたいなんで。衣類なんか無いんで、パンツなんかゴムだけ、きれ(布)は無くて。頭のお皿が無い子やら、はらわたの出た。

▒田邉国光さん(三年生担任教員)

西側校舎の一年生と、五年生の教室が無いからね。爆撃でやられたから、ちょっと気になったから、そこに行ったんですわ。

そうしたらもう、村中の人がいっぱい来て大騒ぎ。死体ころがっちょるしね、大騒ぎでね、父兄が泣くやら叫ぶやら、もう怒るやら、嘆くやら、もう収拾がつかんようなありましたね。

お母さんたちが、「先生、お前がその子ども殺したんやろが」っち、「子どもを殺してのぅのぅとよう、歩いて回られるもんじゃ」っち、「お前はそれでも先生か」とか「それでも男か」っちてな、「責任取れ」っちな、「子どもを帰してくれぃ」っち。

そしてその、私は黙っちょんですよ。言うたらまた、激高しますからねぇ。そうでなくても興奮しちょるから、何をされるかわからんけん、黙って静かにしとるんですわ。そしたら、「お前はその責任を取ってくれ」とかな、言いたい放題言ぅわけですわ。「他の先生とかが、逃げたんじゃろぅが」っち、「子どもほたくって(放置して)逃げたんじゃろぅが」っち、そういうことを私に言ぅわけですよね。「防空壕に入っちょんけん大丈夫」っち言ぅたげても、絶対に信用せん。それ言ぅたらな、「お前、あげなことを言われたのはもう、初めてやったなぁ。「どげえ責任取るんか」っち、「今言うてくれ」っち、詰め寄られたな。ほんでまぁ、「誠に申し訳ございませんでした」っちな。

今度は遺体の片づけ、手伝おうと思うて、そこ行ったんや。そこで、子どもたちの手を拾ったり、足を拾ったり。子どもの皮膚は、浅黒い、青白い、白い、様々で柔らかかった。死体を抱えると垂れたまま、人間とは思われない感覚やった。「かわいそうやなぁ」、その一念でしたわ。

それから、瓦礫の片づけをしたり。今の時代みたいに機械がないですから、作業をすべて、手でやるでしょ。そして、元気な男の人たちはみな、兵隊に行ってますからね。もう、年寄りと、女の人、まぁ少しは元気にしてる男衆もいますけど。やっぱ戦力になる人が少ないんですわ。

木箱を持ってきたり、雨戸を、いわゆる戸板を持ってきたりしてね。自分の家の子どもの死体を、みかん箱に入れて、持って帰ったり。雨戸に乗せて、連れて帰ったりね。一年生の子どもなんか、小さい子どもは、お母さんが前掛けにくるんで、抱いて帰ったりね。そういう光景がありましたな。

年寄りのおばあさんでも、子ども(孫)の名前、呼ぶんですわ。「ルリコー、ルリコー」とかね、「ヨシコー、ヨシコー」とか呼ぶんですよ。大きな声でな、泣きながら呼ぶんですけど、返答は無い。瓦礫を片づけるけど、年のおばあさんは力ない。力尽きて、嘆いて、そこで座って、座り込んで、泣くんですわ。もう、どうしようもなくて、手で、地面を叩いて泣くんですわ。

おばあちゃんなんかはやっぱ、かわいそうに、孫が、かわいい女の子が一瞬にして死んだんやから、あきらめきれんわ。それを楽しみにして、生きてきたんやから。それが一瞬の間に影も形もないように死んだんじゃから、やっぱ、嘆きも大きいわ。

気が狂うとんのじゃ」っち。「信用するかえ」っちてね。

■矢内米子さん（二〇歳）

矢内さんは、五年生の弟を探しに学校へ行った。

弟がな、おらんけえな、見つけに行ったんです。お母さんがな、「なぁ米子、あんた、イチオは探すまで、見つけえ」っち言うてな。ほんてな、夕方まで見つけた（探した）んです。やけん、なかなかな、見当たらんでな。もう暗くなってわからんようになってな。帰ってな、「お母さん、よう見つけん。無いっちわ。もうどっか吹っ飛んだんじゃねえかなぁ」って言うてな。

ほしたら、メガホンでな、消防団か何かの人がな、「今、手足を出しちょるけん、足とか手とかに印のある人は、見に来てくれ」って言うてな、メガホンで歩いたんじゃ。

ほてお母さんがな、「（弟の）足を洗（あろ）うてあぐんのにな、右足の親指にな、輪が入（い）っちょる」っち言うけな。「五年生じゃけんど、一人でさせたことがねぇ、じゃけ私覚えちょる」っち言ってな。爪に輪が入っちょんのがな、見覚えがあるっち言うて行ったんです。

雨が降ってな、にわか雨やったからな、（遺体には）むしろを被せちょった。それをはぐったらな、いちばん上にあったっちってな、弟の足。弟の足がな、関節から下な、ほいて三センチくらい骨がな、二つくらいひっついちょったわぁ。

お母さんが、気が狂わんばっかりになってな、「もういつ死んでも構わん」、「もう死んだほうがええ」って言うてな、海岸べたに行くんです。そして私がな、「あんたがもう死んでも構わんかしらんけどな、あんたがここにおったらな、この付近に人がおると思うて、また機銃を撃つとかするけえな。あんた一人じゃねえんじゃ」って言うて、言い聞かしてはな、連れて帰りよったんですけど。

■田邉国光さん（三年生担任教員）

正門で子どもたちとな、あいさつした子どもが、こんな遺体になったんかなぁと思うたらなぁ、なんとも言えなかったな。嘘じゃねぇかいと思った。信じられんやった。

日ごろ掃除するときゴミを入れるザルに、子どもの死体を入れるんだがなぁ。あんまりじゃなぁと自分ながら思った。申し訳ないなぁ、子どもたちは悲しいじゃろうなぁと。何の因果が、こんなことなるんかなぁと。

死体がわからない子どもが三十何人ぐらい、三六人くらいおったはずですわ。最後までわからんやったのが。

たったひとつしかない命、しかも右も左もわからない、戦争には関係ない、かわいそうな子どもたちのね、わずか八歳か一〇歳の子どもたちのね、殺してしまうなんて。これが戦争かなぁと思いましたな。こんな子どもまで殺していいんかなぁと。かわいそうやった。もうとにかく、かわいそうやった。

■鈴木研治さん（三年生）

このお寺、高台ですからね。海が見えるでしょ。

お母さんが、妹の遺体を探しに、朝行こうと思ったらね、あの小学校の近所の海が真っ赤なんですよ。びっくりしましてね。

一二四人の友達、二人の先生もね、あれが血の色だったんですね。妹の血もその一部かもわかりませんけどね。

妹もね、一週間探して、とうとう遺体が無いままでね。学校のすぐ裏、豊後水道に、手が飛んでいったり、足が飛んでいったり、それが波で浜に打ち寄せられてね。それを遺体の無い親が、一緒に火葬にしましてね。

私がお経を読んだんですよ。もう、小学校三年生で、父がずっと戦争行ってましたんでね、私がお経読んでてね。

誰の手か、友達の足かわからないけれども、火葬にしまして、それを遺体の無い親たちが、みんなでわが子と思ってね、みな、つぼに入れて持ち帰った。私も、その中の一部をいただいてね、私の妹としてね。誰の手か、誰の足か、わからないけども、妹としてね、いまだにご回向(えこう)してるんですけどね。

あのときの恐ろしさは、現実じゃないですね。今でもそう思いますよ。間違いなく現実なんだけどね、間違いなく事実だったんだけど、僕の頭ん中にはね、どうしてもそれがね。

怖い。首は転がってる。妹は死体がない。この現実がね、現実じゃないですね、いまだに。

二人しかないですからね、きょうだい。だから、いつもそばにおるもんと思ってましたからねぇ。「兄ちゃん、兄ちゃん」言ってましたからね。で、僕は「アキちゃん、アキちゃん」言ってたんですけどねぇ。

なんか、今もそこにおるようですねぇ。死体を見ないまま別れたままですからねぇ。子どものときの妹が、今もそこにおるようですね。「あの子がおったらなぁ」、いつもそう思ってますよ。

4 なぜ学校が爆撃されたのか——今も癒えない傷跡

学校を攻撃したのは、九州近海にいた空母ランドルフから出撃した戦闘機だった。その作戦報告書によれば、出撃した一二機の戦闘機は、目的地の天候が悪く、急遽目標を変更、そのうちの三機が保戸島を攻撃したという。記録には、目標は島の「無線レーダー基地」だったと記されている（U.S.S Randolph Action Report 1 July through August 1945）。

潜水艦探知機の受信基地だった「遠見の丘」が攻撃目標だったとすれば、学校は誤って爆撃されたことになる。しかし、逃げまどう子どもたちに機銃掃射まで加えて攻撃した理由は、今もわからないままだ。

■安藤キヨ子さん（爆撃時監視哨員）

終戦になって、やっぱみな想像で、悲しむのよ。戦争中はそんなの考えないから。

爆弾落とされたんは、学校を、工場と間違えたんじゃないだろうかって言う人もあるのよ。村の人が、仕事に出ちょったのよ、学校に。ザルで砂やらガラスなんか運ぶ、そんな部に出ちょったのよ。だから、人間がたくさんおるから、工場と間違えたんじゃないかって言う人もある。

誰もみな知らないの。学校に爆弾なんか落とされたっていう意味は知らないのよ。海軍の基地があるから、工場か何かあるように思って落としたんじゃろうって言う人もあるのよ。本当のことは誰も知らないのよ。

だからやっぱな、理由も無いのに、なんも知らん子どもが、犠牲になっちょるけな。終戦なって、あっちこっちみな戦死なんかして、それでからやっぱ、戦争って怖いなぁって思うたの。

■島田繁夫さん（爆撃時二年生）

保戸島には高い山も無いしね。小学校の地域がね、非常に攻撃しやすい、飛行機が攻撃しやすい場所であったということですよね。

年寄りも子どもも、誰も彼もない。もう突き殺すと。だからね、日本の兵隊であれ、アメリカの兵隊であれ、戦争になったらね、子どもも大人もない。病人も年寄りも老人も婦人も何もあるかと。やれるんならやっちまえというふうなね、鬼になると言われてるんです。

だからね、常識的には考えられないようなね、病院だとか、小学校とか、幼稚園とかね、そういう所に、米軍が爆弾を落とすんですよ。それはね、米軍の飛行士になって考えてみるとね、他国の知らない基地に来て、どっから弾が飛んでくるかわからんようなね、食うか食われるかの兵士はもう、死にものぐるいですよ。だからね、あれが病院だとか、あれが小学校だとかね、そういう判断がわからないんですよ。とにか

ランドルフから飛び立つ戦闘機

く、敵の基地に最大な被害を与えるようにね。子どもとか大人とか、病人だとか婦人だとかね、そんなことを考えてない。とにかく、いたらやる。やられる前にやっちゃえというふうなね、狂乱状態の精神だと私は思うんですよ。

よく兵士の話を聞くとね、もう鬼になってると。自分がやられるくらいなら、やられる前にやっちゃえというふうなね。とにかく大きな建物、大きな工場らしきもの、そういうふうなのにやれば、大きな被害が出ると。そういう精神状態であったと、私は思うんですよ。

田邉国光さん（爆撃時三年生担任教員）

学校ということは、子どもたちはいちばん安全な所でなければいけない。家庭と学校は、子どもたちにとっていちばん。家庭は子どもの、安住の地やわなぁ。昼は学校で友達と仲良くできる、いちばん遊びやすい、学びやすい、とこやわなぁ。安心のできる所でやられたんですから。それを私は言うんですよね。

今回の空爆でも、グラマンは、学校ということはわかっていると思うんですわ、低空で来たから。暑いから窓を開けて、子どもたちが安心して勉強している。それを標的にして子どもを、一挙にして、命を奪うんですよ。こりゃ普通、人道的には、考えられない。

兵隊ならどうか知らんけど、子どもは兵隊じゃないのに、どげえしてここまでするんかなぁと、そういうこと、やっぱ思いましたなぁ。

ことにその、まだ、つぼみのつぼみですから、子どもたちは。八歳、一〇歳で、ほんともう、わからん子どもたちの命をとるんですから。人間がこげなむごいことをしていんかなぁという、そんなことも思いましたな。

子どもたちを何とかして、成仏させてやらないけんなぁと、かわいそうでならんのや。やけん、私が保戸島に行ったときは必ず、お寺に参るんですわ。

本当、これが戦争じゃなぁと思いましたなぁ。男も女も子どももないな、戦争は。家庭を破壊するし、命を奪うし、戦争ほど悪いものはないですわ。

六〇年過ぎても、あの子どもたちの顔は忘れられんな。笑ってニコニコ肩を組んで、おどけながら学校に来よったあの姿見たらな、この前のようにしか思わん。かわいそうやなぁと思うてね。やけん、子どもたちの、気持ちをやっぱ、自分の中ではこう、何とかしてこう、成仏させてやりたいなぁと思いますわな。

■伊東フミ子さん（爆撃時高等科一年生）

伊東さんは、臀部に刺さった破片の後遺症に苦しみ続けた。

ハサミみたいなんでな、なんかつまみだしたんやな、先生（医者）が。「これが破片じゃあ」と。それがほら、肉のあちい（厚い）とこに入っちょったやろ。じゃから、はまり込んだままやった。まあ、何回も手術して、生きちょれば、苦しいことばっかりないし、いいこともあるやろうと思ってな、がんばってきたんよ。うん。

そらな、爆弾が落ちた後の痛みはそらぁー、「殺してくれ」て何回も言うた。痛かった。破片が入ったままやろ。熱が出ても、注射も薬がねえ、ほったらかしでガーゼつくるだけでな。苦しかったよ、あれは。

先生が、「あんたがいくら歩きてえったっちなー、こっから落とさななー、歩かるらせん。足、落とすか」ち言うけん私がな、「足、落とさんよ先生。一生、傷治らんでいいからな、この足だけはな、落としません」て言って。

まあ足のほうも二十二、三回切って、骨髄炎の傷が三五年目に塞がった。やっとよくなった。で、もうこれであれかなー（終わりかな）と思ったら、傷があんまり深かったから、膀胱（ぼうこう）が右の骨盤にくっついて、その毒で今度膀胱のほうになったやろ。

何回か手術してもらって、結果は、尿管に管入れてな、死ぬまで管の入れ替えに週一回な。ほんとあれ痛いんよ。

でもな、いつの間に七七（歳）もなったんじゃろうかと思う。知らん間になぁ、一三（歳）からケガしてなぁ、六十四、五年なるよ。いつの間に七七もや、長生きしちゃならんなあと思う面も多いけどなぁ、なかなかこれが死なれん。

ほじゃけどな、もうこれ以上は悪くならんで、手術することもなかろうと思うけど、先のことは言えんわな。どういうふうになるか。

ほじゃけどなー、人間は甘えちょったらな、自分がほんとに駄目になる。私は甘えるの好かんほうじゃからな、自分でできること、自分でなんでもするほうじゃからな。ほじゃからこれまでな、何十回切ってもなってきたと思うよ。看護師さんとかきょうだいに甘えちょったら、寝たぎりなっちょるわ。

なんでも、腹をガバーッと切っちょっても、二日もしたら、看護師さんが「あーんた鉄人みたいようなんじゃな」ってたまがるもん。「痛い」やら言わんもん。

一三から一生が、戦争のおかげであんなんされて。そら結婚して家庭持ったりしてこうなったんならいいけど、一三のときからで、ちょっと学校に行ってからアメリカが爆弾落として、一生が台無しされてからな。

あのときみんなと一緒に死んじょりゃな、こういう思いもせんでいいのにって、そら思うこと多いよ。でも最近は、月日とともに、そんなこと考えんことなったよ。

考えてもな、なんていうことないわえ。今さらもう、年とって、最近ほんとそいなこと考えんよ。でもやっぱ、七月二五日の日になったら、ああ今日は、学校に爆弾が落ちて、あのときに学校に行かんじゃったらなぁっち。

そら忘れられんよ。何十年経ったち、今でもそらな、思い出すよ。学校にちょっとカバン持ってトントン行き、行かんじゃったらなぁんてことなかったのに、行ったばっかしにな、こういうふうになって、ほら思うこと多いけどな。もうそんなことは最近はな、考えんことなったわ。

■島田繁夫さん（爆撃時二年生）

島田さんは、各地の学校で自分の体験を話し続けてきた。

私はね、みんなにお話しするときにね、一二七名の写真を見せたいんですよ。ところがね、写真のある人っていうのが少ないんですよ。

この人たちはね、六歳から一三歳までぐらいの犠牲者なんですよ。まぁ学校の先生たちは三〇歳とか四〇歳とかいうような人もおりますけど。だけど、その子どもたちは、六歳から歴史が止まってるんですよ。その人たちが元気でいたらね、私たちと同じような生活、あるいは私よりもっといい、出世してね、生活してる人もたくさんいると思うんですよ。

そういう生徒を思うとね、あれでもう歴史が止まってかわいそうやなぁと思うんですよ。だから、私たちが同士でね、三人なら三人でよい、今日が命日やからね、ひとつお供え物でもしてね、弔いをしようじゃねえかということもね、言うんですよ。だからね、一緒に学校に行ってない最近生まれた人たちはね、「もうお前、五〇回忌もしてね、六〇回忌なんかせんでいいんじゃねえか」と。そういう人がね、あの戦争を知らない人が多いですよ。

ところが私たちはね、爆弾が落ちたときに一緒に逃げるかといって、逃げる方向が違ったわけよ。思い思いで、自分がよい所に逃げるんだから。私はこっちに逃げたほうがよかろう、俺はこっちに逃げたほうがよかろうと、逃げる方向が違ってね。私はこっちのほうに逃げて、校舎の下敷きになって埋められて助かったけど、彼のほうはこちらの方向に行って、爆弾がバンと落ちたら爆風でバーンと吹き飛ばされてね、亡くなったんです。わずかな方向の差でね。そういうことを考えると、彼も生きちょったら俺より体格はいいしね、もっと正規に就職してね、子どももできてね、豊かな生活をしよったんやろうなぁと思うんですよ。

そういうのを思うとね、やっぱ、かわいそうだなぁということがね、いつも頭の中にありますね。そういう気持ちはね、一生消えませんですよ。

そういう悲惨なことを、二度と、繰り返してはいけないと。そういう気持ちですよ、心の底にあんのはね。そんなことはしてはいけん、二度とさしてはいけないと。

だから、私の心の中にはね、本当に(日本国憲法)九条を守らなければいけないとかね、再軍備をね、憲法改悪をね、絶対に許してはならないとかね、そういう気持ちですよ。

■**鈴木研治さん**（爆撃時三年生）

戦争反対。当たり前のことですけどね、その言葉の中に、自分の体験、あの恐ろしさ、あれをこう、ひとつの言葉の中に含めて、表現はしたくないですね。戦争反対という言葉を超えた、まだまだ恐ろしい体験でしたからね。たまらんですね。

そら会いたいですよ、妹にねぇ。一緒に手をつないで学校行ったんですからねぇ。妹の遺体が、無かったのがよかったのか、あったのがよかったのか、そんな馬鹿みたいなことを考えるんですよ。あったら、僕が抱いて、学校からお寺に連れて帰りますよ。首は無くっても。お腹が破れてても。まったく妹の姿が無いまま、どなたのお骨かわからない骨を、自分の妹として供養してる。やっぱり、妹に会いたいですねぇ。友達にも会いたいよね。

保戸島は、奈良時代の『豊後国風土記（ぶんごのくにふどき）』に島の名前の由来が明記されているんですよ。美しい海藻、最勝海藻の門（ほつめと）と。そして、明治時代にはもう土佐までマグロ漁に出ている。こんな平和な海の民（たみ）の島に、突如として米軍機が現れ、爆撃したということです。

結論。私どもが生きていくこの命、みんなで思いやって、大事にせんと。今生きてる、この命を、やっぱり尊いものとして、受けとめたいですね。

つい最近ですね、平和教育っていうんでね、小学校三年生の子どもを連れて来るんですよ。お地蔵様を拝みにね。でも私は、「先生、六年生の子どもを連れてきて。私の言葉がわかってくれる子どもたちを連れて来て」と言ったこともあるんですよ。

もう、わかってもらいたいですからねぇ。僕は生きた体験者だから、生きた話をするからと。六年生になれば、大方わかるだろうからね。

略年表（一九四〇〜一九四五年）

年	日本　＊は本巻の内容に特にかかわりのあるもの	世界
一九四〇年（昭和一五年）	七月　第二次近衛文麿内閣成立／大本営政府連絡会議、武力南進決定 九月　部落会・町内会・隣保班・市町村常会整備要綱通達／北部仏印進駐／日独伊三国同盟締結 一〇月　大政翼賛会発会 一一月　大日本産業報国会創立／日華基本条約調印	六月　独軍、パリ占領
一九四一年（昭和一六年）	一月　「戦陣訓」布達 四月　日ソ中立条約調印／日米交渉開始 七月　御前会議、「情勢の推移に伴う帝国国策要綱」決定／関特演（関東軍特殊演習）発動／第三次近衛内閣成立／米、在米日本資産凍結／南部仏印進駐 八月　米、対日石油輸出禁止 九月　御前会議、「帝国国策遂行要領」決定 一〇月　東条英機内閣成立 一一月　御前会議、「帝国国策遂行要領」決定／米国務長官、ハル・ノート提示 一二月　御前会議、対米英蘭開戦決定／日本軍、マレー半島上陸・ハワイ真珠湾攻撃／マレー沖海戦／グアム島占領／香港全島占領	三月　米、武器貸与法成立 六月　独ソ戦開始 八月　ルーズベルトとチャーチル、大西洋憲章発表
一九四二年（昭和一七年）	一月　日本軍、マニラ占領／大日本翼賛壮年団結成 二月　日本軍、シンガポール占領／華僑虐殺事件／翼賛政治体制協議会結成 三月　日本軍、ジャワ島上陸／大本営政府連絡会議、「今後採るべき戦争指導の大綱」決定	一月　連合国二六カ国共同宣言 三月　米、日系人強制収容の命令

	四月　日本軍、バターン半島占領／ドゥーリットル隊、日本初空襲／翼賛選挙 五月　珊瑚海海戦／翼賛政治会結成 六月　ミッドウェー海戦 七月　大本営、南太平洋進攻作戦中止決定 八月　米軍、ガダルカナル島上陸／ソロモン海戦 一〇月　南太平洋海戦 一一月　大東亜省設置	八月　米、マンハッタン計画開始
一九四三年 （昭和一八年）	二月　日本軍、ガダルカナル島撤退開始 三月　戦時行政職権特例公布 四月　連合艦隊司令長官山本五十六、ソロモン上空で戦死 五月　アッツ島の日本守備隊全滅／御前会議、「大東亜政略指導大綱」決定 六月　＊閣議、「学徒戦時動員体制確立要綱」決定 八月　朝鮮に徴兵制施行 九月　御前会議、「今後採るべき戦争指導の大綱」（絶対国防圏の設定）決定 一〇月　学生・生徒の徴収猶予停止（学徒出陣） 一一月　軍需省設置／大東亜会議開催 一二月　徴兵適齢一年引き下げ	二月　スターリングラードの独軍降伏 九月　伊、無条件降伏 一一月　カイロ宣言／テヘラン会談
一九四四年 （昭和一九年）	一月　大本営、大陸打通作戦命令／横浜事件 二月　米軍、マーシャル諸島上陸／東条首相・陸相、参謀総長兼任／嶋田繁太郎海相、軍令部総長兼任 三月　＊閣議、学徒勤労動員通年実施を決定／インパール作戦開始 六月　米軍、サイパン島上陸（翌月、守備隊全滅）／マリアナ沖海戦／＊閣議、「学童疎開ノ促進ニ関スル件」決定	六月　米英軍、ノルマンディー上陸

	七月　東条内閣総辞職／小磯国昭内閣成立 八月　＊学童集団疎開第一陣、東京・上野を出発／＊沖縄の学童らを乗せた疎開船・対馬丸、米軍の攻撃で沈没／学徒勤労令・女子挺身勤労令 九月　台湾に徴兵制施行／＊東京・浅草の精華国民学校の児童三五〇人、宮城・白石へ疎開 一〇月　＊米軍機動部隊、沖縄を空襲／米軍、レイテ島進攻／神風特攻隊出撃 一二月　＊東南海地震	八月　連合軍、パリ解放
一九四五年（昭和二〇年）	二月　近衛文麿、敗戦必至と上奏／米軍、硫黄島上陸（翌月、守備隊全滅） 三月　国民勤労動員令／＊東京大空襲 四月　米軍、沖縄本島上陸／小磯内閣総辞職／鈴木貫太郎内閣成立 五月　＊熊本・阿蘇に米軍のＢ29が墜落／戦時教育令公布 六月　御前会議、「今後採るべき戦争指導の基本大綱」（本土決戦方針）決定／義勇兵役法公布／沖縄守備隊全滅／花岡事件 七月　近衛文麿の特使派遣をソ連に申し入れ／＊米軍、茨城・日立と勝田の兵器工場に艦砲射撃／＊米軍、大分・保戸島の国民学校を爆撃／＊青森大空襲 八月　広島に原爆投下／ソ連、対日宣戦布告／長崎に原爆投下／御前会議、ポツダム宣言受諾を決定／戦争終結の詔書を放送（玉音放送）／東久邇宮稔彦内閣成立／マッカーサー元帥、厚木に到着 九月　降伏文書調印	二月　ヤルタ会談 五月　独、無条件降伏 七月　ポツダム宣言発表

（吉田裕『アジア・太平洋戦争』〈岩波新書、二〇〇七年〉掲載の年表などを参考に作成）

番組スタッフ一覧

試練に耐えた「少軍隊」～宮城・学童集団疎開の記録～

（二〇一〇年四月二五日放送）

語り　坂本朋彦
撮影　河瀉 敏
映像技術　中村和典
音声　浜山君平
音響効果　黒田健司
編集　市川芳徳
ディレクター　星野英理子・飯田健治
制作統括　矢吹寿秀

海に沈んだ学友たち～沖縄　対馬丸～

（二〇〇九年一二月一三日放送）

語り　飯田紀久夫
撮影　森 信幸
音声　嶋 猛・坂口一夫
音響効果　塚田 大
編集　尾崎孝史
ディレクター　森本真紀子
制作統括　宮本英樹

封印された大震災～愛知・半田～

（二〇一一年八月一〇日放送）

語り　内多勝康
撮影　川崎智弘
照明　出口佳代
音声　児玉良友
音響効果　岩城成生
編集　久保 守
ディレクター　山崎啓明
制作統括　林 幹雄

禁じられた避難～青森市～

（二〇〇九年八月一二日放送）

語り　中條誠子
撮影　柏木 新
映像技術　小口智也
音声　猿田茂一
音響効果　三澤恵美子

編集　下山田昌敬
ディレクター　高橋 司
制作統括　原 靖和

戦場になると噂された町～茨城　勝田～

（二〇一〇年四月二五日放送）

語り　大木浩司
撮影　唐澤宗彦・興野 理
映像技術　鴻巣太郎
音声　井上正章・町田亮一
音響効果　神山 勉
編集　佐藤真一
ディレクター　興野 理・井上将治
制作統括　河内博之

B29墜落　〝敵兵〟と遭遇した村～熊本県・阿蘇～

（二〇一〇年八月九日放送）

語り　礒野佑子
撮影　糸数康宏
照明　鬼塚明敏
技術　中橋孝雄
美術　山崎正臣
音声　田川 久
音響効果　吉田隆一
編集　久保 守
ディレクター　新里昌士・若林千絵
制作統括　田中美利

爆撃された教室～大分・保戸島～

（二〇〇九年八月一〇日放送）

語り　高橋美鈴
撮影　小野慶子
音声　井上徳補・藤永太陽
音響効果　最上 淳
編集　橋本恵久
ディレクター　丹野康平
制作統括　沖田 昭

監修者

吉田 裕（よしだ ゆたか）

一九五四年、埼玉県生まれ。一橋大学大学院社会学研究科教授。著書に、『日本人の戦争観』（岩波現代文庫、二〇〇五年）、『アジア・太平洋戦争』（岩波新書、二〇〇七年）、『兵士たちの戦後史』（岩波書店、二〇一一年）ほか。編書に、『日本の時代史26　戦後改革と逆コース』（吉川弘文館、二〇〇四年）、『岩波講座　アジア・太平洋戦争』（全八巻、岩波書店、二〇〇五〜二〇〇六年）など。

一ノ瀬俊也（いちのせ　としや）

一九七一年、福岡県生まれ。埼玉大学教養学部准教授。著書に、『近代日本の徴兵制と社会』（吉川弘文館、二〇〇四年）、『銃後の社会史』（吉川弘文館、二〇〇五年）、『皇軍兵士の日常生活』（講談社現代新書、二〇〇九年）、『故郷はなぜ兵士を殺したか』（角川選書、二〇一〇年）、『日本軍と日本兵』（講談社現代新書、二〇一四年）、『戦艦大和講義』（人文書院、二〇一五年）ほか。

佐々木 啓（ささき　けい）

一九七八年、埼玉県生まれ。茨城大学人文学部准教授。共著書に、『占領期文化をひらく』（早稲田大学出版部、二〇〇六年）、『「マニュアル」の社会史』（人文書院、二〇一四年）、『歴史の「常識」をよむ』（東京大学出版会、二〇一五年）、『岩波講座　日本歴史　第18巻　近現代4』（岩波書店、二〇一五年）、『歴史学と、出会う』（青木書店、二〇一五年）ほか。

編者

NHK「戦争証言」プロジェクト

戦争体験者の高齢化が進むなか、その証言を記録するため2007年に発足。戦場の実態を描く「証言記録　兵士たちの戦争」の放送を同年8月から、銃後の人々の体験を取り上げた「証言記録　市民たちの戦争」の放送を2009年から開始し、2012年のシリーズ終了までに合わせて69番組を制作した。取材で得られた数々の証言は、未放送部分も含めて「NHK 戦争証言アーカイブス」でネット公開されており、現在も新しい証言が追加され続けている（http://www.nhk.or.jp/shogenarchives/）。著書に、『証言記録　兵士たちの戦争』（全7巻、NHK出版、2009～2012年）がある。

組版—岡田グラフ
装幀—鈴木 衛

証言記録　市民たちの戦争　②本土に及ぶ戦禍

2015年8月10日　第1刷発行

定価はカバーに
表示してあります

編　者　NHK「戦争証言」プロジェクト
発行者　中川　進

〒113-0033　東京都文京区本郷2-11-9

発行所　株式会社　大月書店

印刷　三晃印刷
製本　ブロケード

電話（代表）03-3813-4651　FAX 03-3813-4656　振替00130-7-16387
http://www.otsukishoten.co.jp/

ISBN978-4-272-50217-2　C0321　Printed in Japan